Wolfgang Hanff
Licht über dem Waisenhaus

Wolfgang Hanff

Licht über dem Waisenhaus

Roman

Die Handlung dieses Romans sowie die darin vorkommenden Personen sind frei erfunden; eventuelle Ähnlichkeiten mit realen Begebenheiten und tatsächlich lebenden oder bereits verstorbenen Personen wären rein zufällig.

Bibliografische Information der Deutschen Nationalbibliothek
Die Deutsche Nationalbibliothek verzeichnet diese Publikation
in der Deutschen Nationalbibliografie; detaillierte bibliografische
Daten sind im Internet über http://dnb.d-nb.de abrufbar.

© 2015 Wolfgang Hanff
Umschlagdesign, Satz, Herstellung und Verlag:
BoD - Books on Demand
ISBN 978-3-7392-6204-8

Kinder gestalten das Leben
die Jugend die Liebe
die Mütter den Weg

Wolfgang Hanff

Ein Kind von vier-halb Jahr

Ein Kind von vier-halb Jahr schon längst eine Waise war

Ein Kind von vier-halb Jahr schon längst eine Waise war

Ach Mutter Mutter mein, warum ließest du uns so allein

Ach Mutter Mutter mein warum ließest du uns so allein

Ach Vater Vater mein wolltest du nicht ein Vater mal sein

marike könig 4½

Prolog

Es gibt sie noch, im einundzwanzigsten Jahrhundert. Überall. Und überall auf der Welt. Sie leben in Heimen, bei Adoptiveltern, auf der Straße, in Slums. Mädchen und Jungen, Kranke und Behinderte. Ein jedes lebt mit seinem Schicksal. Wir schreiben den 27. November 1992. Es war ein Freitag, ein wolkenbehangener, trüber Tag bei milder Temperatur. Auf dem Bahnhof in Stralsund lief gegen Abend ein supermoderner Zug ein, dessen Räder auf einem schienenstoßfreien Gleis zum Nullpunkt glitten.

Mit dem Abendzug kamen viele Menschen nach Hause. Sie hatten es eilig. Frau Thekla von Kulmbach konnte sich dem Trubel nicht anschließen.

Es waren ihre zwei Koffer aus handgenähtem Schweinsleder, die sie seit ihrer Kindheit begleiteten. Sie stand zwischen ihnen am äußeren Ende des Bahnsteiges im Freien und wartete. Sie wartete auf ihren Ehemann, den Banker Wilfried von Kulmbach. Kulmbach war längst da. Er stand am anderen Ende des Bahnsteiges, etwas ungeschickt und unerfahren mit Bahnsteigen, er fand nicht zum richtigen Blickwinkel. Eben ein Banker. Thekla wurde nervös. Sie spürte, dass sie noch immer vom haltenden Zug aus beobachtet wurde. Nichts hasste sie mehr, als ständig beobachtet zu werden. Sie trug einen schwarzen Mantel, an den Füßen Stiefel, ihr langes blondes Haar überdeckt einen weißen Schal. Ihr spitzes Gesicht mit den braunen Augen und einem dezenten Lippenrot macht sie zu einer hübschen Frau. Ihre Eleganz bei einem Meter und achtzig Größe zur auffallenden Dame. Kulmbach erkannte sie endlich, als sie versuchte, ihre Koffer hinter einem breiten Eisenträger zu bewegen. Sie fuhren auf ihre Insel. Sein Jeep lag trotz seiner höher gelagerten Karosse gut auf der Straße. Thekla warf den Mantel auf den Rücksitz, zog ihre Füße aus den Stiefeln und setzte sich gehockt in den Sitz, um sich an Wilfried anzulehnen. Nach einem halben Jahr der Trennung sind ihr Atem, ihr Parfüm, ihre zarten Hände wieder bei ihm. Er änderte seinen Weg, um auf Nebenstraßen bedächtiger fahren zu können. Thekla schlief ein. Alles, was sie ihrem Ehemann auf der Fahrt zu ihrem Häuschen sagen wollte, versagte ihr die Müdigkeit. In allem wäre mehr gewesen als in ihren Briefen, die sie ihm zu schreiben pflegte, wenn sie lange im Ausland wirkte. Wenn sie sich nach Liebe sehnte. Nach ihrem Zuhause. Wenn sie Woche für Woche von einem Hotelzimmer zu einem anderen zog und nach menschlicher Wärme sinnte. Angekommen, trug er sie auf beiden Händen ins Haus.

Im Innern war es taghell. Wilfried von Kulmbach fand in der Tageshelle das Licht. So ließ er ein ausgefallenes Geflecht von leuchtenden Strahlern installieren. Thekla kam schnell zu sich, war bald wieder bei sich, empfand ihr Zuhause. Zu einem wohlwollenden Begrüßungs-Champagner verwandelte Wilfried per Knopfdruck die Tageshelle in ein angenehmes Beige. Wie unter einer strahlenden Sonne lagen sie schließlich beieinander. Sie liebkosten, reizten mit allen Sinnen, doch Thekla empfand anders. Nach einem halben Jahr der Trennung empfand sie anders. Als Wilfried mit seinen Fingerbeeren ihre Brüste streichelte, sind ihre Gedanken beim Papiergeld. Als seine Fingerbeeren ihren Körper von oben nach unten berührten, spürte sie etwas Papierenes. Als er sich einem Pünktchen näherte, ergriff sie seine Hand und – wehrte ab. Sie legte sich, ihm seitlich zugewandt, den Kopf gestützt, bei plötzlich verlorenem Glanz in ihren Augen und sagte: »Das Geld an deinen Fingern – ist wie das Blut eines Mörders.« Wilfried sprang wie von einer Tarantel gestochen in Sitzhaltung. »Thekla!«, rief er erregt. »Du! Du! Mein Schatz, was? Was um Gottes willen hat dich so verändert? Ein anderer Mann!«, rief er, »ein anderer – wie oft habe ich das in vielen schlaflosen Nächten befürchtet.« Wilfried sprang aus dem Bett, zog sich den Morgenmantel an und setzte sich in den Sessel. Er wurde ungerecht und schimpfte. Thekla kam nicht zu Wort. »Du bist eine exzellente Dolmetscherin«, redete er auf sie ein. »Du bist im diplomatischen Dienst, sprichst perfekt sechs Sprachen, stehst auf der oberen Stufe der Karriereleiter.

Diplomaten und Politiker liegen dir zu Füßen. Zudem bist du auch noch ausgesprochen hübsch. Ich bin ein Trottel.« Thekla blieb gelassen, ruhig, auch beim Anziehen ihres Morgenmantels, auch bei einem Glas Whisky, Wilfrieds Getränk. Auch bei ihm im Sessel. Sie reichte das Glas: »Stoß an!«, sagte sie. Wilfried atmete ruhiger, sah nachdenklich in ihre Augen, er sprach ohne Emotionen: » Da gibt es eine Finanzkrise, eine Wirtschaftskrise, da gibt es Krisen in den Familien. Dich habe ich bewundert, dich werde ich immer bewundern. Du warst für mich das ostdeutsche Mädchen, das DDR-Mädchen, wie ich dich nannte. Du gabst mir eine ganz andere Vorstellung von eurem Land. Jetzt enttäuschst du mich. Du enttäuschst mich nach deinen sprachgewandten Reisen von England über Frankreich nach Russland, Ägypten und Indien.« Seine letzten Worte klangen apathisch, wirkten gleichwohl in tiefster Demütigung.

»Hörst du das Wellenrauschen?«, fragte Thekla so überraschend, dass Wilfried empört Wellenrauschen wiederholte.

»Ja, die Wellen erwecken meine Sehnsucht. Ich möchte näher an sie heran, ich möchte ihre weißen Kämme sehen; es ist eine helle Vollmondnacht.

Gehst du mit mir?« »Einen letzten Gang auf trennendem Wege? Thekla. Siehst du im Toben der Wellen unser Schicksal? Ein ähnliches, das wir mit vielen Paaren zu teilen haben?

Willst du mir sagen, dass Mann und Frau – lass mich betonen: Karrierefrau – nicht zusammenpassen? Willst du mich mit der Schöpfung und der Evolutionslehre irritieren?«

»Mit dem Letzteren, Wilfried. Gehen wir?« Thekla bewies Geschick. Sie hakte ihn ein, zog seinen Körper eng an sich heran, wollte ihn führen. Die Wellen schlugen gegen die Buhnen, bullerten, gurgelten, lockerten ihrer beider Gedanken.

»Siehst du, wie die Bewegungen die Steine, den Sand und das Gras verändern? Millionen von Jahren brauchten wir zu Frau und Mann und nicht eine Sekunde will ich weniger sein als deine Frau. Ich bin nun vierzig. Habe zehn Jahre lang alle Kontinente bereist. Ich bin enttäuscht vom Wesen Mensch. Von den Männern in feinen Nadelstreifenanzügen, gefärbten Haaren und trügerischer Mimik. In meiner Sprachkunst lag, Gott sei Dank, das Schwert, in meiner Liebe zu dir, hörst du, in meiner Liebe zu dir lag ein starker Wille. Du hegtest Befürchtungen, wie wahr, so will ich dich endlich zu deinem Mannesrecht bringen. Ich will bei dir bleiben.« Wilfried drehte sich ihr zu, er ergriff ihre Hände und zog sie in den Mond.

Thekla näherte sich seinem Mund. »Bei mir willst du bleiben«, brummelt er durch die angepressten Lippen. »Will ich, Wilfried. Wir gründen ein Heim für Waisenkinder aus fünf Ländern. Die Zustimmungen sind eingeholt, deine fehlt noch. Dich hat das Geld geprägt, ich weiß, aber notgeprägtes Geld lässt Kinder leiden.« Wilfried rang nach Luft.

»Du willst? – Du wolltest? –, da die Zustimmungen schon eingeholt sind: mit mir? Nach diesem typisch weiblichen Vorspiel nun eine Tabula rasa?«»Ja, Wilfried. Ich habe durch meine sechs Sprachen einen erbärmlichen Himmelskörper kennengelernt, ihre Politiker als rotierende Fetzen im Kreislauf der Bewegungen, Anhängsel des Kapitals, nur ihre vielen armen Kinder erkennen im weltweiten Müll einen Krümel Brot. Lass uns Mann und Frau bleiben, sage ein Ja zum Heim.« Und bis in den Morgen, bis der Mond in den Wolken verschwand, wanderten sie am Strand entlang.

KAPITEL I

»Es war schon einmal ein Waisenhaus, Thekla, es gefällt mir. Alle Räume beeindrucken mich, in jedem seiner Zimmer hegte ich Gedanken an Kinder. Morgen schon steht es zur Besichtigung frei, ein gutes Omen fürs neue Jahr.« »Sollten wir es bekommen, Wilfried, lass uns in seine Mauern Edelsteine geben.« »Es war ein Nachkriegswaisenhaus bis zur Wende, der sogenannten ostdeutschen Wende, Thekla. Dann stand es leer. Dann hatte es einen anderen Marktwert, einen ganz anderen als mit Waisenkindern. Aber ihre kindlichen Stimmen müssen noch aus allen Wänden gekommen sein, denn es brachte einer neurotisch fixierten Dame kein Ferienhausglück.« »Es gehört also einer Dame, Wilfried.« »Einer Pompadour, hat jedenfalls was von der Marquise de Pompadour. Reagiere bitte nicht auf ihr Geschwafel. Unbedingt aber auf ihre gewünschte Anrede: Gnädigste.« »Ha! Ha – ich erkenne ein weiteres gutes Omen, Wilfried. Bankiersratschläge bestimmen den Preis. Ich werde den Kindern zurückgeben, was man ihnen genommen hatte«, sagte Thekla in militärischem Ton. Beide erschienen vornehm. Thekla kannte die Moral auf diesem Parkett, Wilfried den Betrug. Mit ihrer Größe von einsachtzig überragten sie Kopf und Kragen aller Mitstreiter. Ein Vorteil. Bei geistiger Überlegenheit und Raffinesse unschlagbar. Bis zur Unterschrift des Kaufvertrages dominant.

»Schön, dich als Diplomatin kennengelernt zu haben«, flüsterte Wilfried Thekla ins Ohr, als sie die letzten Stufen zum Ausgang nahmen. »Noch schöner, erfahren zu haben, wie ein

Banker mit dem Geld spielt«, kam als Antwort. Bald war es ihr Waisenhaus.

Die ersten Kinder kamen: Mareike König, vier Jahre alt, und ihr Bruder Bernd. Ihrem Schicksal ergeben, bekamen sie Halt bei Pflegeeltern. Die Kinder wussten vom Heim, ihrem neuen Zuhause. Ihre Pflegeeltern waren gut. An ihren Rucksäcken hingen ihre Talismänner. Mareike hatte zwei. Einen von ihrer Mama, einen anderen von der Pflegemutter. Bernd ließ sich vom Pflegevater ein Äffchen schenken. Ihr Zimmer sagte ihnen auf Anhieb zu. Bernd liebäugelte mit dem Bett am Fenster, Mareike enthielt sich einer Zustimmung und legte kurz entschlossen ihren Rucksack aufs andere Bett. »Nimm dir, was du willst«, sagte sie. »Hauptsache, wir bleiben immer zusammen.« Die Pflegeeltern verabschiedeten sich unter Tränen. Thekla und Wilfried halfen beim Einräumen. »In den nächsten Tagen kommen noch viele Kinder«, sagte Thekla. »Sicherlich möchtet ihr auch deren Zimmer sehen, auch unsere Wohnung hier im Haus. Wenn ihr wollt, können wir gehen«, meinte Wilfried.

Ihre Wohnung, über allen Kinderzimmern gelegen, beherbergte einen großen Raum mit offener Küche für alle Kinder. Der Tisch war gedeckt zum Abendbrot. Ihren neuen Eltern gegenüber blickten die Kinder aufs reichhaltige Angebot. Sie musterten mit veränderter Mimik Thekla und Wilfried, bevor Mareike nach einem Joghurt griff. Bernd blieb nachdenklich. »Du darfst dir nehmen, was du möchtest«, sagte Wilfried. Er senkte seinen Kopf, er sagte: »Ich will nichts.« »Bernd!«, böse ermahnte Mareike ihn. Bernd blieb störrisch. So gab sie ihm auch einen Joghurt mit den Worten: »Iss endlich, der schmeckt sehr gut, sonst rede ich nicht mehr mit dir.« Bernd aß und trank. Thekla stieß unauffällig Wilfried an, sie zwinkerte mit den

Augen. Aber Bernd würgte, ließ den Kopf gesenkt und dachte an seine Mutter und seine Pflegeeltern. Er wollte nicht in ein Heim. Nach dem Abendbrot folgte er nur widerwillig Mareike aufs Zimmer. Ihr Zimmer mit Blick aufs Meer war stilvoll eingerichtet, eine gelb schillernde Beleuchtung wirkte beruhigend, ihre Betten luden ein zum Schlaf. Bernd weinte. Er weinte bitterlich schluchzend. »Warum weinst du?«, rief Mareike, indem sie sich aufsetzte, ihre Nachttischlampe anmachte und sagte: »Wir haben schöne mollige Betten und du zudem einen Platz am Fenster, was willst du also?« »Ich will zu dir.« »Ach! Lass mich endlich in Ruhe.« Aber Bernd blieb ungehalten.

Er drückte sein Gesicht ins Kopfkissen und schrie. Mareike ging schließlich zu ihm, umarmte ihn und holte ihn in ihr Bett.

Am nächsten Morgen kam Aljoscha Schewtschenko mit seiner Schwester Irina aus der Ukraine. Und am Nachmittag hielt ein Wagen vor ihrem Haus, dem Indira und Ranga Tagore aus Indien entstiegen. Thekla hatte sie auf einer ihrer Reisen durch ihr Land, in Radschastan, auf einer Müllkippe lebend, beobachtet. Diese war für viele Kinder ein Zuhause. Mit Stolz zeigten sie ihre Höhle unter dem Müll, mit einer Überdachung aus Säcken und Lumpen. Ranga zeigte bei strahlenden Augen auf ein Fenster aus Folie, eilte in die Höhle, um hinter dem Fenster zu winken. Beinahe unbemerkt blieb das Humpeln seiner Schwester, ihr fehlte der linke Unterschenkel. Wilfried wollte sie hereintragen. Indira wehrte ab. Sie griff nach ihren Unterarmstützen und geschwind war sie auf den Beinen. Mit ihrer Ankunft und der der Schewtschenkos ereiferten sich Mareike und Bernd, eine gewisse Rangordnung zu etablieren. Aber Thekla verstand es, allen zu erklären, auf Russisch, Hindi und Deutsch natürlich, dass sie alle gleich seien. »Ich werde im Heim immer für Gleichheit sorgen«, sagte sie allen Kindern am ersten Tage ihrer Ankunft. Sie wusste sehr wohl um das Spiel aller Spiele, das seit Beginn der Menschwerdung zwischen den Stärkeren und Schwächeren, zwischen den Reichen und Armen gespielt wird. Sie änderte ihre erdachte Strategie. »Die körperlichen und geistigen Unterschiede bei den Kindern, Wilfried, gilt es, mit Bedacht und großer Liebe auszugleichen.« »Ein mühsamer Weg, Thekla. Eine Handvoll Reis wandelt noch nichts. Die indischen Kinder leben genügsam. Wir werden ihren Körper und Geist dazu bringen, ein Vielfaches mehr essen zu wollen. Was fanden sie schon auf der Müllkippe? Die Schewtschenkos sind den Indern körperlich überlegen.« »Ja, sie leben seit Jahren auf der Straße. Und alle Straßen führen zu Gott, sagt man.« »Jetzt wirst du ironisch, Thekla.« »Sie entstammen einer anderen Kultur. Sie aßen sich ins Brot.« »Aber Indira tut mir leid. Sie ist so ein fröhliches Mädchen, ließ sich baden, kämmen und küssen, aber – ihr zarter Körper, ihre verhornten Fingerbeeren, ach könnte ich zwei verhornte Füße erwähnen, – aber ihre strahlenden Augen. Und ihr amputiertes Bein muss schnell eine Prothese bekommen.« Thekla hatte sie lieb gewonnen. Sie war die Schwächste in der Gruppe. Noch Schwächere dürften unter den nächsten Ankömmlingen nicht sein, dachte sie. Sie kamen am Wochenende: Mao Sun mit Schwester Cixi aus China, Karl Marx und Schwester Lili aus Deutschland und schlussendlich Dantos Rivera mit Schwester Teresa aus Mexiko. So waren es ihrer zwölf. Zwölf Kinder sollten es sein. Karl Marx war schon vier Jahre alt, als sein Vater erst die Mutter, dann sich selbst erschoss. Manchmal hören wir vor oder nach einer Comedyshow, dass man auch Kinder erschossen habe oder Säuglinge getötet. »Unsere Kinder sind alle wohlauf«, sagte Wilfried drei Tage nach Ankunft der letzten. »Dr. Fiedler hat sie untersucht.«

»Das freut mich natürlich«, antwortete Thekla nachdenklich. »Aber wie ist es möglich, dass Indira und Ranga immer noch auf dem Fußboden schlafen? Sie verlangen nach Blättern eines Baumes, den ich nicht kenne, zum Reinigen ihrer Zähne. Zahnpasta und Bürste lehnen sie ab.« Wilfried lächelte. »Alles braucht seine Zeit«, antwortete er. »Lass sie sich finden in ihrer jeweiligen kindlichen Welt, lass sie sich beschnuppern. In einer Woche bekommen sie ihre einheitliche Kleidung, Indira die Prothese und Fröhlichkeit wird einziehen, denke ich.« Durch die bunten Farben in der Mädchenkleidung und dem Schwarz-Weiß der Jungen fanden alle schnell zueinander. Es begann ihr Lebensweg mit Lebensfreude, das Heim gab ihnen ein anderes Lebensgefühl. »Die Kinder sind uns gewogen, Wilfried«, sagte Thekla eines Abends, als sie in Wilfrieds Armen lag. »Es macht mich glücklich, es bestätigt unseren Sinn nach einem anderen Leben.«

Dr. Leo Fiedler kam jeden Tag. Er war ein Freund der Familie. Ein guter. Ihre Freundschaft begann auf dem Lande. Auf gemeinsamen Pfaden zur Schule, auf gemeinsamen Wegen zum Gymnasium und gemeinsamer Straße zum Studium.

Ihre unterschiedlichen Studienrichtungen verbanden sie durch Vielfalt der Gedanken. Trotzdem blieben Thekla und Wilfried nach einer Studienreise in Westdeutschland. Deutschland war noch immer geteilt. Der Zweite Weltkrieg hatte Deutschland in eine Bundesrepublik und in eine Deutsche Demokratische Republik geteilt. Und Besatzungsmächte gestatten keine Gedankenvielfalt. Wilfried wurde Banker und Thekla Dolmetscherin. Dr. Leo Fiedler blieb seinem Lande treu, seinen Kindern als Kinderarzt und seinen Erwachsenen als Facharzt für Allgemeinmedizin. In der Deutschen Demokratischen Republik hatte jeder Hausarzt einen »Facharzt« zu haben. Dr. Fiedler erstellte für alle Kinder einen Impfplan und legte Karteikarten mit ihrem Organstatus an. Er wollte einen Status quo, um nach einem Jahr, bei einem Status quo ante, einen Entwicklungsvergleich zu haben. Er wollte keine ewig kränkelnden und schwächlichen Kinder. Er wollte Kinder mit einem starken Immunsystem, er wollte Kinder mit guter geistiger und körperlicher Entwicklung. Der Doktor war ein sensibler Arzt, zu sensibel. Immer hatte er Tränen in den Augen, wenn ein Kind starb, weil es verhungert oder verdurstet war, wenn ein Kind starb, weil es zu Tode geprügelt wurde, er hatte Tränen in den Augen, wenn man irgendwo einen toten Säugling fand. »Unsere Kinder, Thekla und Wilfried, müssen zur allumfassenden Befähigung heranwachsen. Sie haben die gleichen Organe, gute Hirne und niedliche Augen, sie haben die gleichen Schicksale. In einem Jahr müssen wir ihre Seelen geheilt haben«, sagte er.

»Mit Gottes Hilfe«, antwortete Wilfried. »Mit unserer Hilfe, Wilfried, mit unserer. Wir sollten alsbald mit meiner Therapie in unserem ›Sinnesraum‹ beginnen. Er ist fertig, absolut schallgedämmt und funktionell bestens.« »Er ist ein Wunderwerk der Gefühle«, antwortete Thekla. »Sollten wir ihm nicht einen anderen Namen geben? Zum Beispiel: Reizraum der fünf Sinne?« »Oder einfach Reizraum«, erwähnte Wilfried beiläufig. Ihr Doktor aber sah in dem Namen zurzeit kein Problem. »Irgendwann wird man sowieso wieder etwas Englisches finden. Wichtig ist doch die Funktion. Die zusätzlichen Reize auf alle fünf Sinne des Menschen.« »Das klingt sehr einfach, Doktor. Wie soll ich's den Kindern erklären?«, bat Thekla. »Also! sage es ihnen so: Der Raum sei immer warm, bunte Lampen brächten schöne Farben, in der Luft seien wohlriechende Düfte. Sie bekämen wohlschmeckende Getränke, manchmal sehr süße, ein andermal saure, auch bittere und salzige. Sie hören Musik, von Kinderstimmen gesungen.«

»Und du denkst an eine halbe Stunde, Leo.« »An eine halbe Stunde mindestens. Reizintensität und Zeit bestimmen die Entwicklung. Ihr wisst, wie ich es meine: Alle Reize auf unsere Sinne gelangen über die Nervenbahnen ins Großhirn, gelangen über die Milliarden von Neuronen an die einzelnen Zentren und fördern den Stoffwechsel. Und ein guter Stoffwechsel entwickelt.« » Das verstehen wir, Leo«, antwortete Wilfried. »Dann kommen die Reize über die Augen durch ein ständiges Farbenspiel der sechs Regenbogenfarben: Rot, Orange, Gelb, Grün, Blau und Violett, von der Decke. Währenddessen hören sie Musik in dezenter Tonhöhe und Lautstärke, bei kindlicher Klangfarbe. Verstehe ich das so richtig, Leo?« »So ist es.« »Die Reizung der optischen und akustischen Rezeptoren, auch ihre Wirkung leuchtet mir ein, Leo«, sagte Thekla. »Die Getränke zur Reizung der Geschmacksnerven nehmen sie mit in ihr Traumhaus. Für die Kinder muss es ein Raum der Träume sein – so jedenfalls habe ich ihn den Kindern beschrieben.« »Wohlweislich zutreffend, Thekla«, antwortete der Doktor. »Schließlich geht es uns um ihre geistige, psychische und körperliche Entwicklung. Haben wir alle Duftstoffe?« »Wir haben bisher, Thekla und ich, an fünf Abenden Nelkenöl, Lavendel, Anis, Pfefferminze und Orange eingesetzt, Leo.« »An fünf Abenden! Nach fünf Abenden Erfahrung lässt sich etwas sagen. Welches Gefühl?« »Ein sehr gutes«, antwortete Thekla. »Unter Beachtung der thermischen Reizung bei Temperaturen von fünfundzwanzig bis dreißig Grad: ein herrliches Gefühl.« »Herrlich – herrlich sollte es sein.

Mit jenem Empfinden wird es uns gelingen, die psychischen Traumata der Kinder zu lösen. Wir müssen sie jeden Abend mit dem anschließenden Sandmännchen, dem berühmten ›DDR-Sandmännchen‹ in den Schlaf wiegen«, fügte der Doktor hinzu. Nach einer Pause ergänzte er:»Wir müssen allen Kindern gleichermaßen eine Zukunft geben. Wir müssen den Kindern Vater und Mutter ersetzen.« Thekla lächelte.»Du hast zwei Kinder in ihrem Alter, aber wir.«»Ach, Thekla, fremde Kinder lassen sich leichter erziehen als eigene. Es ist alles eine Frage der Psychologie und Pädagogik.« Er schmeichelte ihnen.»Bessere Eltern als euch gibt es nicht. Und übrigens! – eigene Kinder könnt ihr doch auch noch bekommen. Nunmehr sind alle Bedingungen gegeben. Ich meine nicht nur den Raum der Träume.« Thekla schmunzelte und griff nach Wilfrieds Hand. Seit wir täglich Mann und Frau sind, entwickelt sich in mir wieder mehr die Frau. In mir regen sich Glücksgefühle, bekomme nächtliche Träume, Liebesträume und wundervolle Reaktionen. Bald!, Leo, bald.« Die Kinder schliefen ungleich lange morgens. Weckzeiten, Gebote und Verbote gab es noch nicht. Auch keine geregelten Tagesabläufe. Die Hauseltern hatten zu tun. Über jedes der Kinder machten sie sich täglich Aufzeichnungen. Dr. Fiedler überflog sie. Rot unterstrichene Wörter, Ausrufe- und Fragezeichen bedurften einer gründlichen Analyse.

»Was ist nur mit Aljoscha Schewtschenko?«, fragte Leo. Bei einem Blick über die Eintragungen erwähnte er:»Rot, rot – rotes Tuch! Aber was sehe ich hier: auch Karl Marx, mit vielen Frage- und Ausrufezeichen!«»Gleich viel bei beiden, Leo, gleich viel«, antwortete Thekla.»Ist aber positiv zu bewerten, Leo.«»Thekla stimmt mit mir überein, dass es sehr fidele, intelligente, auch pfiffige Burschen sind«, fügte Wilfried hinzu.»Beide?« Leo kniff mit dem rechten Auge.»Nicht dass wir es mit Nachkommen des großen Schriftstellers Schewtschenko oder des genialen Karl Marx zu tun haben. Hatten sie eigentlich Kinder? Wie kann man überhaupt seinen Sohn Karl nennen, wenn man Marx heißt.« Thekla und Wilfried mussten laut lachen. Dann aber sagte Wilfried: »Der Karl hat tatsächlich den Kopf – diesen breiten, großen, diesen Denkerkopf, der geistige Nahrung braucht. Wir sollten mit der Bildung beginnen.« »Ich denke«, warf Thekla ein, »in einer Woche. Nach unseren Erfahrungen mit dem Sinnesraum.« »Gut. Würdet ihr dann die Aufzeichnungen erweitern. Mich interessiert vor allem ihr Schlafverhalten. Ihr wisst, dass ich aus allen Kindern einen Schewtschenko und einen Karl Marx machen möchte.« »Gut, Doktor, und zur ersten Träumerei morgen, kommst du?« »Morgen und manchmal mit meinen Kindern, um zu erfahren, wie sie über eure Kinder denken.« Er sprach mit einem Lächeln, als hegte er Hintergedanken. Scharfsinnig, wie er war, kam er noch einmal auf seine Charakterisierung von Schewtschenko, aufs rote Tuch zu sprechen. »Er habe ihn nicht als zornigen Jungen einstufen wollen, er habe auch nicht das rote Tuch mit einem bösen Stier in einem Zusammenhang gesehen. Er fügte hinzu, dass er den Aufzeichnungen über die indischen und mexikanischen Kinder zu wenig entnehmen könne.« »Sind unsre Lieblinge«, antwortete Thekla prompt. »Lieblinge? Euer beider Lieblinge?« »Eher Theklas, Leo. Sie sind so ruhig, so bescheiden, so niedlich und dankbar. Sie sind so, wie Thekla als Kind gewesen sein soll.« »Ach, schön«, antwortete Leo. »Aber bleibe mütterlich gleich zu allen Kindern.« »Sie sind natürlich in ihrer ganzen Art anders«, erwähnte Wilfried, um keinen falschen Eindruck aufkommen zu lassen. »Sie sind noch so hilflos und schwächlich.« »Und Sun und Cixi Mao?« »Halten gut mit, Leo. Sind aber ganz anders: Sind überaus ordentlich, kümmern sich um eine saubere Stube, achten auf ihre Kleidung, haben sich mit den Königs, Mareike und Bernd, angefreundet. Ihre Zimmer liegen nebeneinander.«»Mit den Königs?«, fragte Leo.»Sind das nicht jene Kinder, deren Mutter, eine Erzieherin, im Gefängnis sitzt?«

»Sie sind es, Leo. Es ist eine Tragik. Eines ihrer Kinder, das Erstgeborene, hat sie getötet. Die Kinder wissen vom Gefängnis, Gott sei Dank, aber nichts von der Tötung ihres Bruders.«

»Erzieherin und Kindstötung!« Leo schüttelte den Kopf.»War sie gläubig?«»Katholisch«, antwortete Wilfried.»Diesbezüglich und überhaupt zu den Eltern der Kinder wollen wir später etwas sagen. Das sind wir den Kindern schuldig. Es gehört sich so. In diesem Recht des Kindes liegt ihr Leben.«

KAPITEL II

Mit der Zeit kamen die Zeiten.

Frühstück um acht Uhr. Die Köchin war in den Tagen zuvor zur liebsten Mama geworden.

Sie erriet die Wünsche der Kinder an deren Augen, in ihrer Mimik und ihrem Fingerspiel. Nur manchmal half Thekla, wenn es um unbekannte Speisen ging. Indira Tagore war nicht nur mickrig, sondern auch misstrauisch. Sie traute nur Thekla. Ihr Misstrauen erwarb sie sich auf der Müllkippe. Manches vermeintlich Essbare verdarb ihr den Magen. »Geben wir ihr Zeit zum Beschnuppern und Probieren«, sagte Thekla der Köchin. Und in ihren Proben lag mancher Biss. Ranga saß neben ihr. Er aß gierig einen »dosa«, einen großen, papierdünnen Reispfannkuchen und dazu eine »sambhar«, eine mit Kräutern garnierte Linsensuppe. Unbeeindruckt von allen Nationalspeisen blieb er bei dem, wonach er sich auf der Müllkippe so sehr gesehnt hatte. Er stieß Indira an, merkte, dass sie nichts essen wollte. Jeden Morgen stieß er sie an. Heute riss er seinen Pfannkuchen in zwei Hälften, warf ihr zornig eine Hälfte auf ihren Teller und rief recht laut: »Iss endlich!« Indira zuckte zusammen, sah in die Gesichter der aufgeschreckten Kinder und – aß. Auch die Hälfte seiner Linsensuppe aß sie. Um zehn Uhr begann ihr erster Englischunterricht. Thekla sprach in Russisch, Chinesisch, Hindi, Spanisch und natürlich in Deutsch ein paar einleitende Worte. »Seid ab heute meine Schulkinder«, begann sie. »Seid so lieb. Seid gewillt, die englische Sprache zu erlernen, um euch immer zu verständigen. Hier im Heim und überall. Seid so lieb.« Thekla nahm sich die Zeit, um in jedes ihrer Augen zu schauen. Sie sah in erregte und erwartungsvolle Gesichter. Sie hatte ein gutes Gefühl. Schon war sie beim ersten Gruß: »Good morning!« Ihr Gefühl hatte sie nicht getäuscht. Alle Kinder sprachen relativ schnell nach. »Good morning!«, rief Karl in den Raum, weil Indira zu leise sprach. Thekla lächelte ihn an. Beim zweiten, dem Tagesgruß, erging ein lautes »Gut« von Karl an Indira. Thekla ließ ihn gewähren. Die ersten Stunden können sehr lang werden, dachte sie sich. Wohlgemeinte Zwischenrufe spornen an. Karl Marx saß in der dritten Reihe rechts. Es gab zwei Reihen à sechs Schüler. Die Inder vorne links, dahinter die Ukrainer, in der letzten Bank die Königs. Vorne rechts die Chinesen, hinter ihnen die Mexikaner, Karl Marx als Größter sah über alle Köpfe hinweg. Nur Mareike König reichte an seine Größe um zwei Zentimeter heran. Möglicherweise auch an seine geistige Größe. Da das Lernspiel in der ersten Reihe begann, hatten die Letzten das letzte Wort. Und Mareike bemühte sich, dem Karl im Unterricht gleich zu sein. Sie beobachtete ihn mit einem unauffälligen Blick, ohne den Kopf zu bewegen. Sie schmunzelte, wenn er der Lehrerin gleichwohl schnell, deutlich und laut antwortete. »Ich bedanke mich bei euch«, sagte sie nach Beendigung der ersten Stunde. »Ihr wart sehr gut. Übt miteinander! Mareike mit den Kindern der linken Bankreihe«, Thekla zeigte auf Indira, Ranga auf Teresa und ihren Bruder. »Karl übt bitte mit allen Kindern der rechten Bankseite. Heute Nachmittag. Jeden Nachmittag eine halbe Stunde. Einverstanden?« »Ja.« Von beiden kam ein deutliches Ja. Zum Mittag antworteten sie schon der Köchin mit: »Please und thank you.« – Sie war den Kindern sympathisch. Ihre Sympathie gewann sie durch Freundlichkeit. Mit diesem Wesen passte sie in ein Heim für Waisenkinder. Auch ihre äußere Erscheinung, schlank war sie, jugendlich und kinderlieb. Ihre Kochkunst vermochte alle Wünsche der Kinder zu erfüllen. Sie spielte Klavier, war eine gute Pianistin. Erklangen ihre Melodien, sie liebte den »Robert Schumann« und den »Ludwig van Beethoven«, war Stille im Haus. Die Leidenschaft zur Musik bemächtigte sich ihrer so sehr, dass sie jeden Abend spielte. Das Klavier stand neben dem Raum der Träume. Als sie so spielte, gesellten sich eines Abends die Geschwister Mao, König und Schewtschenko dazu. Sie betraten schüchtern den Raum, setzten sich und kamen jeden Abend wieder. Sie bewunderten Manu.

Nach jeder Melodie erhob sie sich, um eine Verneigung vor den Kindern zu machen. Sie klatschten. »Danke, Manu«, sagte verhalten Mareike König. Beim weiteren Spiel sah Manu gedankenvoll übers Klavier zu den Kindern. Sind es wirklich die weichen, wohlklingenden Schumann'schen Melodien oder ist sie es, fragte sie sich. Vielleicht suchen sie auch eine Bezugsperson, dachte sie.

Nach dem gelungenen Frühstück heute dachte Manu wieder an ein gutes, landestypisches Mittagessen. Den Mexikanern bereitete sie eine Füllung aus Fleisch, Gemüse, Gewürzen mit pikanter Soße. Indira Tagore, aller Liebling im Hause, wünschte sich Murg massalam mit Ingwer, Pistazien, Ei und mit Cashewnüssen gefülltes Huhn. Die anderen waren schon mit der deutschen Küche zufrieden. »Du isst gut heute«, sagte Ranga. »Endlich.« »Ich wünschte uns beiden Huhn, also muss ich es auch essen. In mir tut sich was, Ranga. Ich merke meinen Bauch.« Ihnen gegenüber saßen Aljoscha und Irina. »Aljoscha«, sagte sie »du isst viel zu schnell!« Aljoscha grinste. »Lass mich. Karl hat sich schon den zweiten Teller geholt.« Ihnen gegenüber saßen Sun und Cixi. Und ein Gegenüber führt manchmal zu neuer Erkenntnis. »Warum, Sun, aßen wir bisher mit Stäbchen? Ich esse den Reis lieber mit dem Löffel.« »Wie du siehst, ich auch. Ich esse so wie die anderen.«

Nach der Mittagsruhe war Konversation. Das am Vormittag erlernte Englisch galt es zu vertiefen in einer gewandten, gepflegten Unterhaltung. Wilfried leitete, Gesprächsführer aber sollten Karl, Mareike und Lili sein. Vor ihrem ersten Einzug in den Raum der Sinne brachte Thekla jedem ein Badetuch. Und pünktlich waren sie da, das Tuch um ihren nackten Körper, bei lustiger Stimmung. Manu reichte jedem einen Drink mit Bittergeschmack. »Er schmeckt sehr bitter«, betonte sie. »Nehmt die Flaschen bitte mit in den Raum, stellt sie in die Halterungen und achtet auf das Saugrohr. An jeder Halterung steht euer Name. Schaut hinein, auch eure Matten sind gekennzeichnet. Der Raum ist schon schön warm.« Thekla begleitete die Kinder auf ihre Plätze, legte sich dann in die Mitte des Raumes neben Wilfried. Musik erklang. Klassische Musik. Wohl Schumann'sche Melodien, weil Manu es so wollte. Und bei einsetzenden Lavendeldüften begann das Farbenspiel. Die Kinder lagen ruhig. Ab und zu mal ein Flüstern, auch mal ein Zug aus der Flasche. Karl Marx hielt seine Hände angewinkelt unter seinen Kopf, Indira griff nach der Hand ihres Bruders, Mareike schluchzte leise weinend. »Du weinst!«, flüsterte Thekla. »Ich dachte an meine Mutter im Gefängnis.« Thekla streichelte ihre Wangen. Nach einer Stunde, bei ganz leiser Musik, waren alle Kinder glücklich ermüdet. Der Sandmann vor dem Schlafengehen stand im Nebel.

KAPITEL III

Der Gärtner grub früh im Garten. »So fleißig schon am Morgen!«, rief Manu aus dem Küchenfenster. Lucas hielt inne, setzte einen Fuß auf den Spaten und schaute hinauf. Er antwortete mit einem »Guten Tag« und verwies auf den Frühling. Er sagte: »Durch mein geöffnetes Fenster drang warme, milde Seeluft. Möwen kreischten, Vögel zwitscherten auf meiner Fensterbank, so musste ich aufstehen. Hier fand ich eine gute Erde für Heilpflanzen aller Art.« »Nicht nur Heilpflanzen, Lucas, denke auch an allerlei Gemüse für unsere Küche.« »Denke ich, Manu.« Lucas hatte goldene Hände und einen klugen Kopf. Er passte zum Heim, auch wegen seines perfekten Englisch. Der erste Frühling belebte Haus und Hof. Alsbald waren alle Kinder in der englischen Sprache gleich gut. »Es wird unsere wichtigste Aufgabe sein, alle Kinder an das Niveau unserer Besten heranzuführen«, sagte Thekla im Kollegium. »Sie sind fröhlicher, seit es so ist«, ergänzte Wilfried. »Auch lockerer im Musikunterricht«, fügte Manu hinzu. »Gibt es geistige, genetisch bedingte Unterschiede?« Dr. Fiedler, der einmal im Monat an den Sitzungen teilnahm, schreckte auf. »Thekla«, sagte er, überrascht von dieser Frage, »es gibt Unterschiede, allein die Entwicklung entscheidet. Die Entwicklung entscheidet im Allgemeinen, im Besonderen, auch in der Medizin. Unsere Kinder werden gute Menschen werden.« Dr. Fiedler sagte es so deutlich, dass im Kollegium für Sekunden Nachdenklichkeit herrschte. »Davon bin ich überzeugt«, begann Lucas mit seinen ersten Worten. Er war noch schüchtern. Wollte auch nicht gleich mit der Tür ins Haus fallen.»Im Garten erlebte ich mit ihnen ein großes Interesse an den Kulturen. Vor allem mit den Chinesen, Indern und Mexikanern. Es sind liebe Kinder, Wilfried.« Nach einer Weile sagte er anerkennend zu allen:»Wir sind gut.« Dann sogleich begann er über Psychologie und körperliche Ertüchtigung zu reden.»Wir haben Lucas«, sagte er,»einen richtigen Kerl.« Wilfried konnte ihn so nennen, weil sie sich gut kannten.»Er ist nicht nur ein versierter Gärtner, der englischen Sprache mächtig, er war auch ein Mönch. Er möchte ab sieben Uhr morgens Tai-Chi und Qigong, chinesische Bewegungsübungen, mit den Kindern machen.«»Mit uns natürlich auch«, warf Thekla ein.»Wie sind diese Übungen?«»Tai-Chi ist das sogenannte Schattenboxen. Beim Qigong handelt es sich um verschiedene Übungen mit oder ohne bewusste Atmung. Qi kann als vitale Energie verstanden werden, wirkt sehr gut auf die Psyche. Es gibt nichts Besseres, die Kinder physisch und psychisch aufzubauen, als abends das Traumhaus und morgens Tai-Chi und Qigong«, sagte der Doktor.»Und dazu der Garten«, pflichtete Lucas bei.»So gesehen bleibt uns nur noch über das Seelenheil der Kinder zu sprechen«, begann Thekla mit einem wichtigen Thema:»Der Glaube.«»Haben wir das Recht, die Kinder mit einer Religion vertraut zu machen?«, stellte sie ihre Frage.»Eine gute Frage, eine wichtige, denke ich«, antwortete der Doktor.»Wir können den Kindern nicht immer einen Halt geben. Irgendwann werden sie nach Mutter und Vater fragen. Irgendwann werden sie etwas glauben, ja glauben wollen.«»Richtig, Leo.« Wilfried plädierte für eine Religion in ihrem jeweiligen Lande. Er blickte zu Lucas. Lucas verzog keine Miene. Ihre Blicke trafen sich, kreuzten einander im Hirn, entwickelten Gedanken. Gedankengelöst begann Lucas zu schmunzeln. »Du siehst mich so an«, sagte er in Erwartung eines Wortes. »Ich dachte: Du als Deutscher, mit dreijähriger Erfahrung in einem chinesischen Kloster, solltest zuerst was sagen.« Lucas richtete sich auf und sah in die Runde. »Klöster, Kirchen und Kathedralen sind steinerne Zeugen menschlichen Unrechts. Jeder ihrer Steine fehlte in Tausenden von Jahren an den Hütten der armen Menschen. Ich bin für Konfuzius und seine Spruchweisheiten in seinem Lun-yu.« Er machte eine Pause, wartete auf eine Reaktion. Dann sagte er weiter: »Ich bin für Buddha und seinen »Achtfachen Pfad«, der da heißt: rechte Erkenntnis, rechte Gesinnung, rechtes Reden, rechtes Handeln, rechtes Streben, rechtes Leben, rechte Achtsamkeit, rechtes Sichversenken.« Wieder machte er eine Pause. Wieder wartete er auf ein Echo. Alles schwieg.

Er hob an zum nächsten, zu Jesus Christus. »Er sollte für uns der Wanderprediger aus Nazareth bleiben mit seinen Predigten für: Toleranz und Menschlichkeit. Zwei Worte nur, zwei seiner vielen guten, Toleranz und Menschlichkeit, von einem Menschen gepredigt. Nicht von einem Gott, lassen wir die Mythen und Märchen biblisch. In den Mythen und Märchen liegt die Verdummung der Menschen, in ihnen die Macht der Herrschenden. Seit dem römischen Kaiser Konstantin 325. Sagt nicht den Waisenkindern, dass ihr Schicksal in Gottes Hand liegt. Nur des Menschen Geist und Seele sind des Menschen Gott.« Ein letztes Mal machte er eine Pause. Er bekam von jedem Zustimmung. Ein Glück.

Lucas hatte sich in der Kellerwohnung eingerichtet. Das Heim stand am Hang. Bergabwärts lag der Garten. Er ließ ihn umzäunen, beseitigte alle wild gewachsenen Sträucher, um aufs Wasser schauen zu können. Nach seinem dreijährigen Mönchsleben war ihm nach mehr Licht. Auch in seiner Wohnung. Die

Außenwand, seeseitig seiner Bibliothek, bekam Säulen und Glas. Er wollte aufs Wasser schauen. Wollte die Fischerboote sehen. Wollte bei Jesus Christus, dem Fischermenschen, sein. Er wollte sich aber auch mit dem Umbau beweisen, dass er ein guter Architekt war. Wilfried besuchte ihn in aller Frühe beim Handwerkern. »Willst du heute mehr Architekt oder Mönch sein?«, fragte er ihn. »Du weißt es, denke ich«, antwortete Lucas demütig. Wilfried legte eine Hand auf seine Schulter: »Ich weiß es.« Beide lernten sich während eines Gerichtsverfahrens kennen. Ein Turnhallendach tötete vier Kinder. Lucas war der Architekt, der junge Architekt, Wilfried der Geldgeber. Beide kannten die Konstruktion, die Statik, die Sicherheit. Beide dachten an die Kinder, nur andere nicht. »Meine Säulen hier, Wilfried, werden auf Ewigkeit Ausdruck kluger architektonischer Baukunst sein.« Schon am Abend saß er in seiner Mönchskutte auf einer Bank im Garten und erfreute sich wieder nach einigen Jahren seiner gelungenen Arbeit. Die Sonne auf dem Wege hinter dem Horizont befand sich über der Ostsee bei Arkona und schickte für Sekunden helles Licht durch die Scheiben in seine Bibliothek. Allein, derweil dunkel geworden, seine Kapuze über den Kopf geschlagen wegen der Brise, blieb er bis Mitternacht nachdenklich. Wir brauchen den Sonntagvormittag, dachte er – wir brauchen einen Tag der Besinnung. An jedem Sonntagvormittag möchte ich alle aus dem Hause in meiner Bibliothek haben. Er schaute auf die Uhr und ging ans Telefon. »So ähnlich haben wir uns das vorgestellt«, sagte Thekla. »Danke, ich darf euch erwarten?« »Jeden Sonntag, Lucas.« Noch am gleichen Tage verkündete Thekla die Botschaft allen Kindern. »Wir gehen heute zum Mönch«, sagte Karl während der Morgentoilette zu Lili. »Zum Lucas«, entgegnete sie, »oder zum Mönch Lucas.« »Ist egal, alle sagen zum Mönch«, antwortete er schnippisch. Jeder bekam eine Blume aufs Zimmer gereicht. »Wir möchten bitte unsere besten Sachen anziehen.« »Bin schon dabei. Beeile dich, wir sollen noch bei Indira und Ranga hineinschauen.« »Meine Güte, Lili. Nach so langer Zeit müssen wir immer noch helfen?« »Müssen wir, Karl, schon wegen ihrer Prothese.« »Prothese, Prothese, ich komme.« Jedes der Kinder kam mit einer Blume, jede der Blumen war eine besondere. Von Kulmbachs schenkten eine Ikone, der Doktor einen Karton Wurzelstöcke für den Heilpflanzengarten, Manu ein kleines, verschlossenes Kästchen.

Alle fanden Platz an einem langen Tisch in der Bibliothek. Manu hatte ihn in aller Frühe gedeckt. Lucas bemühte sich, verständlich und mit einfachen Worten auf Englisch zu sprechen. »Ich habe, liebe Kinder, wie ihr, in diesem Heim, dank der Familie Thekla und Wilfried von Kulmbach, ein neues Zuhause gefunden. Ich möchte, wie ihr, ein Kind sein, vielleicht ein großes Kind.« Derweil lenkte ein großes weißes Schiff auf der Ostsee die Kinder vom weiteren Zuhören ab. Im Blickfeld der Erwachsenen blieb ein mächtiger Konfuzius an der Wand der Giebelseite. »Ein weiser Mann«, sagte Lucas als Antwort auf ihre fragenden Blicke. Daneben ein Kreuz mit Jesus Christus. Zwischen beiden, in einem Glaskasten, ein Denar (um 330). Seine Prägung zeigte die Standarte des römischen Kaisers Konstantin mit Christusmonogramm. Buddha fanden sie in seinem Bücherschrank. Währenddessen war das Schiff nicht mehr zu sehen.

Die Kinder kehrten an ihre Plätze zurück. »Das weiße Boot ist weg«, sagte Teresa leicht erregt auf Englisch. »Unten im Wasser, unten Mönch Lucas.« Lucas schmunzelte. Teresa aus Mexiko, denkt er so. Das kleine Mädchen sagt »Mönch Lucas«, es spricht verständlich auf Englisch über ihre Gedanken zum Boot. Sie hat Geburtstag, ist heute vier Jahre alt geworden. Ein hübsches Mädchen, denkt Lucas. Sie trägt einen schilfgrünen Rock, eine weiße Bluse und auf dem Kopf einen Haarschmuck. Ihre Augen glänzen beim Anblick aller bunt bemalten Blätter mit kindlichen Fantasien. Aljoscha Schewtschenko hatte sie von allen Kindern eingesammelt und überreicht. Lucas schenkte Rasseln und aus Holz gekerbte Raspeln aus ihrem Lande, für den Musikunterricht.

Plötzlich aber weinte sie bitterlich, als sie auf einem der Bilder von Irina Schewtschenko einen Vater und eine Mutter mit einem Kind in deren Mitte erkannte. Thekla drückte sie an sich, gab ihr einen Kuss auf die Wange und mütterliche Wärme. Manu bat um ein Ständchen für Irina. Es sollte ihr Tag sein. Es sollte ein Tag der Kinder sein. Es gab einen Spielnachmittag im Freien, bei sommerlicher Wärme und Sonnenschein. Es gab Getränke aller Art, auch Kaffee und Kuchen und ein durchaus ländertypisches Abendbrot. Die Kinder freuten sich wie jeden Abend auf ihren Raum der Sinne. Er zeigte Wirkungen: Die Schwächeren schwächelten nicht mehr. Sie gewannen an Körper und Geist. Ihre Kindheitstraumata schwanden. Mit Beginn der Musik im Traumhaus, Karl nannte es so, alle lagen auf ihren Matten, sagte Thekla: »Ihr hört heute Abend russische Musik. Irina wünschte sich Lieder und Tänze, gespielt auf einer Balalaika und auf einem Harmonium.« Es klang harmonisch, mal staccato, mal appassionato, dazu ein intensiver Lavendelgeruch bei einem reizvollen Farbenspiel in einer Hitze von achtundzwanzig Grad. »Mir wird übel«, sagte Thekla plötzlich, Wilfried zugewandt. »Zu laut, zu grell, zu –? Der Lavendelduft! Thekla.« Wilfried nahm sie behutsam an den Händen hoch, griff unter die Arme und brachte sie in den

Vorraum. »Lavendel? Wilfried.« Es riecht zwar eigenartig, hat einen stark würzigen, etwas bitteren Geschmack, aber –? »Nein, wir bevorzugen nur echtes Öl. Kampfer haben wir nur im Spiköl.« Theklas Übelkeit wich einem glücklichen Lächeln, ihre Augen glänzten. Sie drückte Wilfrieds Hände und sah ihn an: »Ich glaube an eine Schwangerschaft«, flüsterte sie. »Ich spüre es, ich spürte es seit Tagen. Gehe bitte zurück zu den Kindern und komme bald!«

Ein Tag der Tage: In guter Hoffnung die Eltern des Hauses, in guter Verfassung alle Kinder am frühen Morgen, perfekte chinesische Bewegungsübungen beim Tai-Chi und Qigong, einen guten Appetit beim Frühstück. Zwei Stunden Englisch, Wörter und Sätze aus dem Munde einer glücklich imponierenden Lehrerin. Eine Stunde beim Mönch im Garten, jedes Pärchen erhielt ein eigenes Beet. Hungrige Mäuler zum Mittagessen, Mittagsruhe auf der Wiese. Sonne, Vogelgezwitscher, frische Seeluft. Alle machten am Nachmittag Musik mit Manu am Klavier und Lucas an einer Orgel. Es erschollen Trommeln, Triangeln, Raspeln und Rasseln. Ein halbes Stündchen Konversation auf Englisch mit Lucas. Lucas stand ein weiteres halbes Stündchen zu. Er erzählte verständlich Geschichten aus ihren jeweiligen Heimatländern. Und an ihren Beeten im Garten fanden sie Erholung bis zum Abendbrot. Vor dem Raum der Träume warteten sie auf Thekla: »Gehst du mit?«, fragte Karl. »Natürlich komme ich wieder mit.« »Aber –« »Es gibt kein Aber, Karl«, entgegnete Thekla so prompt, dass gleich eine Entschuldigung folgte. Sie erfolgte stehenden Fußes, weil es sich nicht gehörte, Kindern das Wort zu nehmen. »Ich erzähle nach dem Sandmann, warum ich gestern das Traumhaus so plötzlich verlassen habe.« Der Sandmann kam nicht gut an.

Die Kinder machten sich so ihre Gedanken über Thekla. Endlich sagte sie: »Wir bekommen ein Baby, Kinder. Wir alle im Haus. Wilfried ist der Vater, ich die Mutter.« »Ist doch klar«, antworteten Aljoscha Schewtschenko und Karl Marx gleichlautend mit einem lachenden Seufzer. Thekla schmunzelte. Indira Tagore atmete etwas erregt, mit weit geöffnetem Munde, und sagte: »Dann ist das Kind schon in deinem Bauch!« »Ja, ja, es wächst schon, wird immer größer und mit ihm mein Bauch, und irgendwann wird es bei euch sein. Dann hat sich eure Heimmutter um ein Kindchen mehr zu sorgen.« Die Kinder machten einen entspannten Eindruck. Nach ihrem Traumhaus und dem Sandmännchen gingen sie glücklich zu Bett.

Es war der Tag der Tage, der allen ein erwartungsvolles Leben gab. Bis zur Geburt, dem Glück. Es war der Abend des Tages, an dem der Rotwein in besinnlicher Stimmung getrunken wurde. »Ein Glas darf sein«, sagte Leo auf Theklas Frage. »Ein guter, ihr Lieben«, fügte Lucas hinzu. »Er muss rein sein, wie einer von Rheinhessen, von den Mönchen, von mir. Ich werde ihn kaufen.« »Er muss so gut sein, dass er alles Üble vom Übelbefinden abhält.« Leo lachte. »Es ist nichts Übles, es ist eine gute Schwangerschaft«, antwortete er. »Lebe wie bisher deinen Tag, weiche nicht von der Freude an deinen Kindern.« »Von der Freude an einer guten Entwicklung«, warf Wilfried ein. »Indira und Ranga sind von Müllkindern zu Schätzen geworden, Dantos und Teresa zu immer Dankbaren, Aljoscha und Irina zu den vermutlich ewig Nachdenklichen, aber Sun und Cixi, wie unsere beiden deutschen Paare, zu den Unentwegten.« »Und das in kurzer Zeit«, fügte Leo hinzu. »Ja, Leo, Doktor: Deine Idee mit dem Raum der vielen Sinnesreize zeigt sich bestätigt. Die Entwicklung der Kinder ist augenscheinlich, die ihrer Psyche gelungen«, ergänzte Wilfried. Leo lachte plötzlich. Sein plötzliches Lachen deutete immer Gedankensprünge an: »Auch Theklas Schwangerschaft war eine psychologische Frage«, so seine ausgesprochenen Gedanken. »Wohl auch, wohl auch«, lästerte Wilfried. »Einen Sinneswandel jedoch spürte ich: Das Reizsystem allabendlich auf unsere Sinnesorgane, du nennst sie Analysatoren, funktionierte.« »Jede Musik, wenn man sie mag, verändert die Psyche des Menschen«, erwähnte Manu. »In der Tat, Manu«, entgegnete Dr. Fiedler, »aber täglich stärkere Reize auf alle Sinnesorgane des Menschen führen zu einem höheren Hormonspiegel. Ein höherer Hormonspiegel zum besseren Stoffwechsel, ein besserer Stoffwechsel zur guten Physis und Psyche.« »Einfach, aber wahr«, witzelte der Mönch Lucas. »In uns steckt ein unerschöpfliches Reservoir zur Menschlichkeit.«

Es klingelte. Eines der Kinder zu später Stunde. An der Alarmtafel leuchtete eine Zwei. »Die Königs«, sagte Wilfried. »Mareike wird es wieder sein«, meinte Thekla. »Wieder ein Albtraum. Ihre gute geistige Entwicklung erbringt täglich neue Gedanken. Gute. Unglaublich, was im Kopf eines Kindes vor sich geht, dessen Mutter im Gefängnis sitzt.« »Die Mutter, die eines ihrer Kinder umgebracht hat?«, fragte Lucas. »War sie nicht Erzieherin?« »In der Tat«, antwortete Thekla. »Sie hasste ihren ersten Mann. Irgendwann auch ihren gemeinsamen Sohn. Ein Vatersohn. Nach Deutschlands Wiedervereinigung ließ sie sich scheiden. Charakterliche Schwächen. Westliche Einflüsse gruben tiefe Gräben.« »Über deren Ufer wir Brücken bauen müssen. Der Sohn braucht nicht zu sterben und die Tochter darf nicht krank werden«, fügte Wilfried hinzu. »Wie lautete das Urteil?«, wollte Lucas wissen. »Acht Jahre!« »Acht für die Mutter und acht für die Kinder! Eine Schande im einundzwanzigsten Jahrhundert. Psychische Dekompensationen bedürfen der modernen Psychologie und nicht der Knastzelle. Ich möchte sie sehen.« »Du möchtest was?«, reagierte der Doktor. »Sie sehen!« »Die Zelle oder die Mutter der Kinder?« »Beides«, antwortete er ganz selbstverständlich. Alle verharrten eine Weile in Gedanken, sie sahen sich gegenseitig an. »Hm, Lucas«, unterbrach Thekla die Stille verhalten. »Du, – vielleicht als Mönch mit dem Doktor zusammen?« Leo reckte sich. »Ich – ich meine – ich mit einem Mönch auf Reisen, bis nach Süddeutschland, bis in einen Knast?« Er sprach so humorvoll, dass man sich genötigt sah, hinzuzufügen: »Bis in die Zelle, bis ins Herz der Frau, Leo.« Emotional erregt spornte Wilfried an. »Macht eine Reise über die deutsche Bürokratie, über die deutsche Justitia, über die deutsche Eisenbahn.«

Monate vergingen. Die Königs-Kinder bekamen Post von ihrer Mutter zu Weihnachten. Der Brief sollte am zweiten Advent verlesen werden.

Auf ihn fiel der erste Tag der Tage der Ruhe und Besinnlichkeit. Leise, in bester Kleidung, kamen alle des Hauses am Morgen zu Lucas. Geräuschlos nahmen sie Platz, legten ihre Arme auf die Stuhllehnen und verharrten in Ruhe.

»Wir genießen den Sonntag«, sagte eben noch verständlich Lucas. »Wir denken: Wir denken an Indira und Ranga, an Aljoscha und Irina, an Mareike und Bernd, an Sun und Cixi, an Dantos und Teresa, an Karl und Lili. – Wir denken an uns. Wir wollten immer wir sein. Die Kinder vom Waisenhaus.« Und noch bedächtiger sprach er: »In uns schlägt das Herz, strömt das Blut, mit ihm die Gedanken. – Gedanken erinnern mich an irgendetwas: ein Spielzeug, ein Tier, einen Menschen, es erinnert mich an mein Zuhause. Wer erinnert sich an was?«, fragte Lucas leise. »An unseren Buddha«, begann Ranga zu antworten. »Ja, an Buddha«, stimmte Indira zu. »An die Gespenster im Busch«, meinte Teresa. »Teresa schlief immer in meinen Armen«, fügte Dantos hinzu. »Mein Großvater fiel einfach um und war tot. Ich rief nach Großvater, Großvater – ja, Lucas, Großvater – riefen wir«, sagten Teresa und Dantos. »Uns störte nur der Zug, jede Nacht – jede Nacht im Güterwagen«, erinnerten sich die Schewtschenkos. Karl Marx und Lili schienen alle Traumata überwunden zu haben. Er sprach laut und deutlich: »Nachts hörten wir Schüsse, Lili sprang zu mir ins Bett, wieder hörten wir Schüsse, wir krallten uns zusammen, bis in den Morgen, bis eine Fremde kam. Vater hatte unsere Mutter, dann sich erschossen. Unser Vater war ein Trinker, weil sein Vater auch ein Trinker war.« »Karl, aber unsere Mutter war lieb«, entgegnete Lili. Einige Kinder starrten nachdenklich auf die Tischplatte, andere zu Karl und Lili hinüber. Lucas wartete auf eine Antwort von Sun und Cixi. Cixi weinte. »Als wir morgens aufwachten, waren wir allein. Nur auf dem Hof – auf dem Hof lag der Hund. Wan war tot«, stotterte schluchzend Cixi. »Wir gingen aufs Feld, zum Vieh, an den Fluss, überallhin. Papa und Mama waren weg. Irgendwohin, irgendwo.« Cixi hatte sich gefangen, sie weinte nicht mehr. »Aber – sie leben«, sagte sie überzeugend. »Wenn wir groß sind, finden wir sie.« Nach einer Weile der Nachdenklichkeit holte Lucas den Buddha aus dem Schrank und schenkte ihn Ranga und Indira. »Er war ein Fürstensohn.« »Der!«, flüsterte Karl verwundert. »Das ist doch ein Mönch. Wie der da sitzt, mit gekreuzten Beinen, mit Pustebacken, Glatze und einem dicken Bauch! Äh, ein Fürstensohn?« »Wohlweislich ja, Karl: Aber der Luxus am Hofe seines Vaters wurde ihm zur Fessel. Seine Neugier trieb ihn durch sein Land. Er sprach zu den armen Menschen, er sprach mit den Reichen über die Armut im Lande. Mag sein, dass Indira und Ranga ihn deswegen so lieben. Euch gebe ich ein Kreuz mit Jesus Christus.« Karl sah ihn abweisend an. »Zwei Milliarden Menschen auf der Welt glauben an ihn.« Lucas stellte das Kreuz auf den Tisch. Der Mensch am Kreuze erwirkte Ehrfurcht in den Kindern. »Mein Vater hat meine Mutter erschossen, und diesen Menschen, diesen Jesus, haben die Römer ans Kreuz genagelt! Wir glauben an unsere Mutter, die war gut«, sagte Karl. »Dieser Jesus aber, Karl, der niemals Hass, sondern Liebe predigte, hätte deine Mutter vielleicht gerettet.« Karl wirkte böse. »Am Kreuz, mit Nägeln in Händen und Füßen!« »Als Prediger, Karl, dessen Anhänger Menschen wollten, wie ihr es seid: lieb zueinander, hilfsbereit, bescheiden, gut.« »Und warum musste er sterben?« »Weil die Herrschenden über Tausende von Jahren mehr sein wollten.« »Die Herrschenden, Lucas, immer die Herrschenden! Ich gebe ihn dir, Lili, oder Mareike, oder Bernd. Ach nein, wir geben ihn den Chinesen!«, rief er aus. »No, Karl, we have Konfuzius!«, antwortete prompt Sun Mao zur völligen Überraschung von Lucas. Denn er hatte den Konfuzius da. Ein chinesisches Porträt.

Aber sie kannten ihn schon. »Wir verehren ihn«, sagten Sun und Cixi, als sie freudestrahlend das Porträt in Empfang nahmen. »Er war bei uns, Lucas.« »Bei euch?« »Im Kindergarten. Na ja, er sah so aus wie auf diesem Bild. Er sprach aus seinem Leben. Jesus sollte auch aus seinem Leben sprechen.« »Auch Buddha«, ergänzte Sun. »Ja, Lucas, Konfuzius war auch ein Waisenkind.« »Nein, Cixi, er war ein Halbwaise«, erwiderte Sun. »Sein Vater starb, als er drei Jahre alt war.

Er konnte früh lesen und schreiben.« »Und Bogenschießen und Wagenlenken, Sun«, fügte Cixi hinzu. »Wir mögen ihn. Ach ja, auch Musik liebte er und Gerechtigkeit. Ja, alles im Leben soll gerecht zugehen. Wie hier, Lucas, wie hier.« Im

letzten Satz lag Dankbarkeit. Lucas erkannte kindliches Empfinden. Wie mag nur der Brief von Mutter König ankommen?,
dachte er.

Wie sollte er ihn vorlesen? Sollte er Satz für Satz interpretieren, gar manches Wort? Dann trieben die ersten Schneeflocken an seine Fensterfront. Schon gehörte den Kindern das
Schauspiel. Lucas dachte. Er nahm den Brief, nahm ihn fest in
beide Hände, las ... dachte ... las. »Der Brief!«, sagte er. »Der
Brief einer Mutter aus dem Gefängnis an ihre Kinder. Für
Mareike und Bernd und alle Kinder.« Mareike begann plötz-
lich bitterlich zu weinen, auch Bernd schluchzte. Karl drückte
ihre Hand. Ein Ausdruck seines Mitgefühls. Eine gute Geste,
dachte Lucas. Alle Kinder zeigten in ihren Gesichtern ein
Mitgefühl. Lucas las nicht. »Gefängnisse, Kinder, was ist ein
Gefängnis?«, begann er, als eine von Traurigkeit ablenkende
Frage. Keines der Kinder antwortete. »Hmm ... Kinder: Ich
lese. Ich habe eine gute Zelle. Neben meiner Liege ein kleines
Tischchen, auf dem eure Bilder stehen. Ich arbeite in einer
Wäscherei. Manchmal mache ich Fehler auf der Arbeit. Alle
Menschen machen Fehler, aber ich – ich wollte nie mehr –, es
sind die Gedanken – die Gedanken an euch. Euer Vater hat sich
von mir getrennt. Ihr aber müsst mir verzeihen. Ich bin eure
Mutter.« Mareike atmete tief durch, verharrte mit ihren Blicken
bei Lucas, als wollte sie sagen, dass sie auf diesen Satz gewartet habe. »Mareike und Bernd!«, sagte er, »sie ist eure Mutter.
Nehmt den Brief, es liegt ein Bild dabei.«

Unerwartet tobte ein Sturm über die Ostsee heran. Er verwandelte das Wasser in hohe, tobende Wellen. Sie rüttelten an
den Empfindungen der Kinder, sie erlebten ihren ersten Sturm
an der Küste. Die Mädchen wirkten ängstlich, die Jungs erregt.
Aljoscha rief: »Karl, Bernd, Dantos, Sun, wir müssen raus, in

den Wind, zu den Wellen, kommt ihr mit?« Wilfried erschrak vor Angst über Aljoschas Vorschlag. »Du hast Mut. Bei diesem Schneetreiben ans Wasser. Die Wellen könnten euch holen!« Aljoscha blieb für Sekunden nachdenklich. »Wind, Wasser?«, fragte er. »Kennst du den Bahnhof? Wilfried.« »Welch ein Vergleich, Aljoscha.« Schließlich stimmte Wilfried zu. »Na gut, nach dem Essen. Wir alle. In Wetterkleidung und in Vierer-gruppen: Indira, Cixi, Teresa gehen mit Thekla. Mit mir kom-men die Schewtschenkos und Karl. Zu den Königs gesellt sich Lili, sie bleiben bei Lucas und Manu führt Ranga, Sun, Dantos.« Es gab keine Widerrede. Die Jungs verschlangen in Eile das Essen, das Wetter reizte. Es kam, wie Wilfried befürchtete. Unaufhaltsam blies der Wind den Schnee in die Gesichter. »Bleibt eng beieinander!«, rief Lucas. »Wie? wenn der Wind uns vom Pfad treibt«, scholl es aus den Reihen. Schnell waren ihre Wangen gerötet, ihre Wimpern und Augenbrauen mit Schnee bedeckt. Sie erreichten die Uferböschung, fanden ein windstilles Plätzchen und sammelten sich. Wilfried band ein Seil um eine Buche. »Zum Festhalten«, sagte er, als Manu nach dessen Sinn fragte. »Ich werfe es jetzt halbwegs den Abhang hinunter, ihr könnt kommen!« Die erste Gruppe war schnell am Seil, ihr folgten die anderen und sicher ging es abwärts. Zwischen den Bäumen, noch geschützt, pfiff der Wind ihnen entgegen, es war gruselig, die Äste knickten, die tobende See trieb die beweglichen Steine hin und her. Sie ließ ihnen nur einen schmalen, sicheren Weg über schneebedeckte Steine am Ufer entlang. »Bleibt zusammen!«, rief Lucas. Denn Aljoscha warf Steine, Karl schürfte mit einem Stock, Cixi reichte ihrem Bruder ein Steinchen nach dem anderen. Teresa eiferte ihm nach. Plötzlich peitschte ihnen, nach einem heftigen Wellen-schlag gegen einen riesigen Felsen, das eiskalte Wasser ins

Gesicht. Ein Aufschrei aus aller Munde folgte. »Ich sehe eine zweite große Welle ankommen!«, rief Lucas. »Schützt die Kinder!«, forderte er. Aljoscha fühlte sich herausgefordert. Er wollte der Gewalt des Wassers Paroli bieten. Unversehens schleuderte er einen faustgroßen Stein gegen den Felsen, er prallte zurück und traf Indira am Kopf. »Lucas!«, schrie Thekla. »Lucas«, rief sie in dem Moment, als Indira plötzlich blutüberströmt zusammensackte.

Reflexartig hielt Thekla ihre Hand noch fester. »Ein Stein muss sie getroffen haben, Lucas, ein Stein! Er kam mit der Welle.« Lucas ließ Thekla in diesem Glauben, denn er wusste vom Steinwurf.

Gegen den peitschenden nassen Wind waren alle schnell zusammengerückt. Lucas wirkte ruhig. »Indira, Indira«, sagte er, und als sie reagierte, er schon Verbandszeug aus seinem Rucksack genommen hatte, wirkte er beruhigend auf sie ein.

»Ich lege meinen Rucksack unter deinen Kopf. Wilfried hält meinen Regenmantel über dich, dann bekommst du einen Verband.« »Yes, Lucas, where is Ranga?« Ihre Schwäche, ihre Qualen suchten nach Halt. Ranga stand neben ihr, nur seine Hand, seine Hand wollte sie. So blieb er bei ihr. Alle verfolgten den mühsamen Aufstieg auf einem Tierpfad. Lucas trug sie huckepack, die Blutung schien gestillt zu sein. »Damit es so bleibt«, sagte Thekla, als sie ihr Zimmer erreichte, »sollten wir ihren Kopf hoch lagern.« »Sie ist tot!«, rief Ranga plötzlich, »ihr Kopf ...« Kaum ins Bett gelegt, fiel ihr Kopf nach völliger Erschöpfung zur Seite, auch ihre Augen fielen zu, Ranga weinte bitterlich. »Nein, Ranga, nein, mein Junge, deine Schwester schläft ... Sie schläft, sie atmet ruhig, ihr Puls ist stabil«, beruhigte ihn Lucas. Von Rangas plötzlichem Aufschrei irritiert, überprüfte er leicht erregt die Atmung und den Herzschlag. Er strich mit seiner Hand über ihren Kopf und vermochte sie zu beruhigen. »Sie schläft, Ranga, sie schläft ruhig.«

Alsbald kam der Doktor. Totenstille im Haus. Alle Kinder hatten sich nachdenklich auf ihre Zimmer zurückgezogen. Aljoscha lag auf seinem Bett, das Gesicht in sein Kopfkissen gebohrt, und grübelte. »War es mein Stein? Ich hatte einen Stein gegen den Felsen geworfen, gegen den Felsen ... dann kam die Welle. Vielleicht liegt er dort, wo Indira getroffen wurde, es war ein Flintstein ...« Er grübelte. Dr. Fiedler zog, auf dem Bett sitzend, Indira an sich, sie war aus ihrem Schock heraus. Ihre Pupillen reagierten prompt. In ihrer beiden Gesichter eine entspannte Mimik. »Die Wunde sieht gut aus. Die Blutung steht. Lucas: Du hast einen guten Druckverband gemacht. Erneuere ihn! Drei Tage Bettruhe, würde ich sagen. Würde ich es nicht sagen, würdest du so denken, Thekla, ich kenne dich doch.« Beide sahen sich erleichtert an, Thekla drückte ihn und sagte: »Danke.«

Drei Tage Bettruhe: Ranga aß mit ihr Frühstück. Lucas lehrte danach das Englische. Manu brachte das Mittagessen, sie verließ sie nach ihrem Mittagsschlaf. Mittags durften abwechselnd die Geschwisterpaare kommen. Wilfried pflegte mit ihr zu Abend zu essen. Nach dem Sandmann las Thekla eine Gutenachtgeschichte. In ihrer Muttersprache. Sie sollte ihr Köpfchen noch nicht zu sehr anstrengen. »Was willst du hören?«, fragte sie zu Beginn. »Etwas über unsere Müllkippe, unsere heiligen Kühe und über den Heiligen-Ratten-Tempel.« Nach jeder Geschichte verfiel Indira in einen nur leichten Schlaf. Nachdem Thekla gegangen war, erregte sie Ranga. »Ranga«, sagte sie leise: »Wenn wir zurückkommen«, erzählte Thekla, »werden wir keine Müllkippe mehr haben.« »Wir werden sie finden.« »Unsere Kühe werden so sein, wie hier die Kühe sind.

Anders schon, aber niemals so. Und die Ratten?«»Ich mag sie, schlaf jetzt.«»Ich schlafe! Aber wenn wir zurückkommen, möchte ich noch einmal in unserer Höhle auf der Müllkippe schlafen.«»Ich nicht, schlafe!«»Wir sind wieder vollzählig«, begann Thekla ihren Unterricht am nächsten Morgen. Dann bemerkte sie einen Flintstein auf ihrem Tisch. Sie nahm ihn in die Hand.»Das ist der Stein, Thekla.«Aljoscha stand weinend auf.»Ich habe ihn geworfen, die Wellen schleuderten ihn zurück. Es ist der Stein. Ich habe ihn gefühlt, ein kantiger Feuerstein. Entschuldigung, Entschuldigung.« Thekla dachte einen Moment nach.»Indira, Aljoscha, – dann war es Pech, aber auch Ehrlichkeit und Glück. Lasst uns auf Englisch darüber reden, lasst uns aus dem Glück eine glückliche Stunde machen.«Aljoscha blieb fortan an Indiras Seite.

KAPITEL IV

Als Frau König schon zwei Jahre im Gefängnis lebte, reiste
Dr. Fiedler mit Lucas als Mönch gekleidet per Bahn. »Schau
aus dem Fenster, Lucas! Ich sortiere derweil Gutes und Schlech-
tes auf dem Papier.« »Danke, Doktor: Ich sortiere derweil
Gutes und Schlechtes in der Natur.« Der Zug sauste mit hoher
Geschwindigkeit beinahe lautlos dahin, mit einer Nachdenk-
lichkeit bei Lucas und Kopfschütteln beim Doktor. »Du hegst
Gedanken, Lucas – mir fehlen sie.« »Dir fehlen sie, weil der
Mensch gedankenverloren dahinsaust. Er bleibt auf der Strecke.
Ich suche nach Landwegen, Gräben und Leben in der Natur.
Alles ruht, alles ist verschneit. Ich suche, schon ewig fährt der
Zug.« »Kaffee, Cola, heiße Bockwurst!« – Die Männer hören
nichts. »Ah! Lucas«, rief Leo. »Jetzt habe ich sie. Die Drecks-
kerle, verlogene Justiz, verlogener Anstaltsarzt ... Arzt! –
Leo ... Arzt! Unterschlagen haben sie uns die Gutachten von
Prof. Meyer und Prof. Simon: Hallo, Professores! Ich danke
euch!«, rief Lucas so laut ins Abteil, dass die Mitreisenden neugierig aufhorchten. »Ich danke euch! Ihr habt euch an mich
erinnert, an einen eurer Kommilitonen. Ich danke euch für die
Wahrheit in den Gutachten: Sie bringt uns näher heran an eine
Frau, eine Bestie, eine Mutter, an eine Erzieherin, die ihr Kind
tötete.« Der Mönch ließ den Zug sausen, die Natur vorbeizie-
hen – er richtete seine Blicke auf die Gutachten. »Darf ich sie
lesen?« »Lies sie: Zeile für Zeile, manches Wort zweimal.
Beim Lateinischen frage mich.« – Silvia König, geboren am
26. Mai 1964 in Lugau, Ostdeutschland. Von Beruf Erzieherin.

Sie tötete ihren Sohn gleich nach der Geburt und vergrub ihn im Keller. – »Das sind die Fakten, Lucas.« »Ich erinnere mich an Burgverliese, in denen solche Frauen zu Tode gefoltert wurden.« »Ich, Lucas, erinnere mich noch, wie man Homosexuelle in den Kerker warf und Menschen vergaste.« »Entschuldige, Leo, ich wollte nicht den Verteidiger spielen.« »Du musst es mit mir gemeinsam. Lies weiter.« »Frau Silvia König litt zum Zeitpunkt der Kindstötung an einer ekklesiogenen Neurose«, las ich, Leo. »Neurosen kannst du definieren«, dachte ich. »Du denkst falsch, oder würdest du meinen Gang ins Kloster als neurotisch definieren?« »Gewissermaßen schon, Lucas. Du warst ein kluger Architekt. Du warst der Macht emotionaler Impulse hilflos ausgeliefert. Dein Gang ins Kloster war ein weiser Weg. Also: In deinem Falle handelte es sich um einen existenziellen Konflikt zwischen Ich und Welt.« »Ich und – dieser – Welt! Leo.« »Rechne die Innenwelt und deinen eigenen Leib dazu, dann stimmt's.« »Und ekklesiogen?« »Tja! Lucas, darin liegt die Tücke des Falles – Silvia König.« »Eine Tücke also?« »In einer besonders gearteten, übersteigerten, pervertierten Gläubigkeit. In der Kirche, mein Freund. Ecclesia, lateinisch, heißt Kirche. Lies bitte weiter!« »Mein Gott, war das in deinem Interesse, was hier steht? Mein Gott?« »Du liest ihre Schilderungen?« »Genau, Leo.« »Ich war zwanzig Jahre alt, ich gehörte Gott. So haben mich meine frommen katholischen Eltern und unser Pfarrer erzogen. Ich durfte keinen Freund haben. Und obwohl ich Angst hatte vor den Männern, entwickelte sich in mir das Bedürfnis nach einem Freund. Ich wollte so sein wie meine Geschwister: Sie fanden trotz aller Frömmigkeit ihren eigenen Weg. Zweimal am Tag ging ich beten. Immer musste ich die Beichte ablegen, obwohl es nichts zu berichten gab. So dachte ich mir etwas aus, was ich nie getan habe. Denn ich kannte nur Verbote und Gebote. Alle Verbote hat mein Vater mit Bibelsprüchen begründet. Ich glaubte nur noch an Gott und die Mutter Maria.

Ich hatte nie eine Menstruation wie meine Schwestern. Ich gebar ein Kind. Ein Gotteskind, dachte ich. Meine Beichte lehrte mich etwas anderes. – Ich tötete. – Erst Jahre später, als ich mich einem Arzt anvertraute, fand ich zurück ins irdische Leben.«»Schlimm, wenn ich das hier so lese. Wer war doch dieser Arzt? Lucas.«»Na, Simon, Professor Simon. Er erkannte die wohl seltene Diagnose: ekklesiogene Neurose. Er führte Frau König in eine heile Welt, während andere Mediziner ihr nur Psychopharmaka gegeben haben.«»Traurig, Lucas, es war ein Trauerspiel. Schön, dass heute zwei gesunde Kinder auf ihre Mutter hoffen.«»Wir sind bald da, Leo.«

Der Ministerialbeamte ließ sie warten. »Möchten Sie einen Kaffee oder Tee?«, fragte seine Sekretärin. »Bitte einen Tee und einen Kaffee für die Herren.«»Du machst das Weltliche und ich das Irdische«, flüsterte Leo. »Aber nur in Bezug auf die Gutachten, Leo. Und kurz und bündig, ich bringe die Fakten. Ich weiß, wo wir sind«, antwortete er zynisch.

Nach dem Tee und Kaffee bei der Sekretärin stand beim Ministerialbeamten erneut die Frage nach einem Getränk. Leo und Lucas blinzelten sich an und bestellten einen Kaffee und einen Tee. Diesmal bestellte jener, der zuvor einen Tee getrunken hatte, einen Kaffee, während der andere, der zuvor einen Kaffee getrunken hatte, nunmehr einen Tee wollte. Irritationen gehörten zu ihrem gemeinsamen Spiel, wo immer sie agierten. Unvermittelt, von seinem Schreibtisch her, redete plötzlich der Mann mit ihnen, der über den Dingen stand.

»Ich habe hier ihren Brief«, begann er mit brummiger Stimme und sah die beiden Herren das erste Mal an. »Der

Inhalt ist falsch«, bemerkte er. Danach machte er eine längere Pause, sah über den oberen Rand des Briefes zu den Herren. Sie waren baff, sagten nichts. »Frau König ist zu Recht verurteilt worden«, warf er ihnen recht deutlich an den Kopf. »Nicht zu Unrecht?«, fragte Lucas bestürzt kurz und bündig. Leo gab sogleich eine Erklärung zur Frage. »Wir berufen uns in unserer Einschätzung auf die Gutachten von Prof. Simon und Prof. Meyer.« »Kenne ich nicht, auch das Gericht kennt sie nicht.« Leo wurde böse, er mochte keine Lügen. »Wir sind der Wahrheit wegen gekommen, und der Wahrheit wegen sollten sie in den nächsten Tagen die Wahrheit aus den Zeitungen erfahren. Danke! Herr …« Leo und Lucas wollten gehen, plötzlich kam alles anders. Gespannt wartete Frau König auf ihren Besuch. Sie malte in ihrer Zelle an einem ihrer Bilder mit Acrylfarben. Sie malte gut. Landschaften und Kinder waren ihre Motive. Die beiden Herren, im Besucherraum des Gefängnisses angekommen, fanden ihre Bilder an der Wand. »Was erkennst du in ihnen?«, fragte Leo. »Keinen Vincent van Gogh, Leo, ich erkenne einen gesunden Maler. Sie kommt.« Nicht allein, es dauerte eine Weile, bis sie miteinander reden konnten. Leo mit seinem geschulten Arztblick, las in ihren Augen. Er drang tief ins Innere, ins Motorische und Vegetative. Ihr Lebenslauf durchdrang in Sekundenschnelle seine Gedanken. Frau König saß ruhig, mit beiden Händen auf den Oberschenkeln, großen, klaren Augen, demütig, beiden Herren gegenüber. Plötzlich scheute sie sich vor ihren Blicken, hielt beide Hände vor ihre Augen, sie erwartete ein menschliches Wort. »Wir, Frau König«, begann Lucas, »würden Ihnen gerne herzliche Grüße Ihrer Kinder Mareike und Bernd überbringen wollen.« Lucas sprach leise und gut. Frau König nahm ihre Hände vom Gesicht und reagierte mit aufgeschlossener Mimik.

»Danke, Herr Lucas von Berlichingen, und danke, Herr Doktor.«

Seit ihrer beider Briefe, seit der mich erleuchtenden Bilder meiner Kinder, seit Prof. Simon bin ich wieder irdisch. Wer sie zur Märtyrerin machte, soll erfahren, dass wir sie von ihrem Martyrium befreien werden, dachte er und sagte leise: »Frau König, wir haben heute erreicht, dass Sie Ihre Kinder in unserem Heim besuchen dürfen.« Frau König verstummte, nur Tränen kullerten über ihre Wangen. »Bald, schon in den nächsten Tagen«, fügte Lucas hinzu. Jetzt reagierte sie, wischte sich die Tränen aus ihren Augen, reckte sich und fragte nach dem »Wie?«. »Wie ein freier Mensch, Frau König, wie wir es vorbereiten werden.« Die Besuchszeit war bemessen. Ein Blick auf die Uhr an der Wand veranlasste sie schneller zu antworten. »Um mit Prof. Simon zu reden, möchte ich aber bei allen Entscheidungen mein Ich haben. Ich möchte einen ganzen Tag bei Ihnen und meinen Kindern weilen dürfen. Ich möchte ein gutes Ja oder ein gutes Nein auf der Zunge haben dürfen.« Die Männer reisten zufrieden zurück.

Schon eine Woche später nahm Frau König ihren Weg. Gegen Mittag ein Klicken im Schloss ihrer Zellentür, das zwei Jahre gleich und gleich unverändert klickte.

Und unverändert öffnete sich die blecherne Tür. »Sie können gehen«, sagte eine weiche Stimme, eine klanglose, monotone, militärische Stimme. »Gehen Sie!« Alles wiederholte sich bis zum letzten Tor, in allem lag Stumpfsinn.

»Guten Tag!«, rief ein Passant, als sie außerhalb des Tores stand. Sie stand unbeholfen und mit einem Köfferchen in der Hand. Sie reagierte nicht, war mit ihren Gedanken in der bunten Welt. Dann, plötzlich, schaute sie dem Mann hinterher. Er hatte ihr einen guten Tag gewünscht, dachte sie. Einfach so.

Beim Vorübergehen. Einen »Guten Tag« in zwei Jahren, dachte sie. Unvermittelt hielt ein Taxi. »Wohin?«, rief der Fahrer durch die geöffnete Tür. »Zum Bahnhof, aber …« »Kommen Sie«, rief er recht laut. »Ich kenne das«, begann er zu reden, als sie im Wagen saß, »ich stand auch einmal hier. Gefängnisse dieser Größe zeigen den Verfall einer Gesellschaft. Wir sind da. Gute Reise.« Der Taxifahrer nahm tatsächlich kein Geld. Nur ein Dankeschön, ein Dankeschön wollte er hören. In seiner Schnelligkeit gab es nur ein Auf- und Zuschlagen der Türen und ein Fort.

Der Zug kam pünktlich. Ein schöner, moderner Zug, wunderte sich Frau König. Aber was nützte ihr ein schöner, moderner Zug, wenn in ihrem Abteil, auf ihrem Sitzplatz, ihrem Platzkartenplatz jemand saß. Frau König zeigte ihre Karte, ihr fehlten die Worte. Vier Jugendliche, flegelhaft, beim Büchsenbier, bei Wurst und Brot und langen Messern, grinsten sie an. »Was willst du, Olle?«, lachten sie. Frau König blieb stehen. Sie hatte es gelernt, Haltung zu zeigen. Ich bin ich, dachte sie. Die Worte ihres verehrten Professors Simon, die sie bestärkten, wenn es um Demütigungen ging. Dennoch wich sie zurück. Der Pöbel blieb pöbelhaft. Plötzlich empfand sie eine Schmach, sah sich unterlegen durch ihr Äußeres, ihre einfache Kleidung, ihre Herkunft. Sie begab sich ins andere Abteil, blieb auf dem Gang, von Fenster zu Fenster. Sie hatte ein Ziel. Hauchte ihre feuchtwarme Atemluft an die Scheiben, rubbelte mit ihrer Stirn am kalten Glas und dachte an ihre Kinder. Ihre Kinder trugen beige Thermoanzüge, weiße Handschuhe und Pelzmützen.

Mareike und Bernd warteten auf dem Bahnsteig. »Wir sind viel zu früh gegangen, Mareike.« »Du! Bernd, du wolltest es so, du wolltest noch eher gehen.« »Ach, Thekla und Wilfried waren es …« »Er kommt! Bernd, ich glaube – ja, schau! Thekla winkt uns zu! Jetzt sollen wir das Papier vom Blumenstrauß machen. Mama soll gleich die hübschen Blumen sehen. Dann sollen wir stehen bleiben, hörst du.«»Stehen bleiben und warten, Mareike. So lange warten, bis sie uns gesehen hat.«»Aber der Zug hält nicht!«, rief Bernd aufgeregt.»Merkst du es nicht, er hält nicht, er fährt und fährt.«»Und hält, Bernd«, antwortete Mareike mit gelassener Sicherheit.»Jetzt – jetzt.« Im Vorbeifahren wieder ihre Stirn an die Scheibe gedrückt, erkannte Frau König ihre Kinder. Puterröte stieg ihr ins Gesicht, am Hals pulsierten die Adern, Tränen kullerten über die Wangen. Zwei Jahre hatte sie auf diesen Tag warten müssen. Sie lief. Vergaß ihren Koffer im Zug, erinnerte sich, winkte den Kindern zu, lief zum Koffer, war endlich mit ihren Kindern vereint. Erst als Thekla und Wilfried hinzukamen, lösten sie sich aus ihren Umarmungen. Lucas und Manu bereiteten unterdessen einen ihr würdigen Empfang vor.»Ihr singt zu laut«, meinte Lucas vorab bei letzter Probe.

»Mehr appassionato, Manu, mehr Schumann, wir empfangen eine Mutter, Manu.« Mit ihrem Eintreffen war alles gut. Eine himmlische Ruhe lag über dem Haus. Schneebedeckt seine kupfernen Türme, in Stein gehauene Gotik erinnerte an Werte, weiß die Felder und Wiesen und blau das Meer. Dr. Fiedler und Lucas begrüßten sie warmherzig. Das Gericht verpflichtete sie, Frau König in ihre Obhut zu nehmen.»Mama«, sagte Mareike, beide Kinder noch an ihrer Hand,»wir zeigen dir dein Zimmer.« Es war spartanisch eingerichtet, so, wie sie es wollte. Sie wollte keinen Vergleich. Sie wollte bis zu ihrer Entlassung in Demut leben. Doch es gab einen Vergleich. Ungewollt zeigte ein Spiegel ihr Sein. Sie erschrak. Zu früh, dachte sie. Erst mit ihrer Entlassung aus dem Gefängnis erhoffte sie sich ein anderes, ihr anderes Sein. Es klopfte. Manu bat sie zum feierlichen Empfang.»Für mich? Sie sagten, für mich einen Empfang? Nein, bitte …«»Der Kinder wegen, Frau König.«Frau König wirkte nachdenklich.

Ihre Nachdenklichkeit zu allen vermeintlichen Widersprüchen ergab sich aus der Therapie mit Prof. Simon.»Natürlich, natürlich«, sagte sie nach Sekunden.»Appassionato, appassionato, Kinder«, flüsterte Manu hinüber, als sie mit dem Kopf nickte und zu spielen begann.

Schnell erreichte der Gesang Frau König. Melodien drangen in ihr Gedankenrepertoire. Sie sind noch da, die schönen Stunden in ihrem Kindergarten und ihre Erinnerungen, dachte sie. Ihre Gedanken stimmten sie glücklich, sie erwachte wie aus einem Albtraum, atmete frei und unbeschwert. Winkte ihren Kindern zu, winkte allen Kindern, erhob sich aus ihrem Sessel, legte ihre Hände an ihr Herz und bedankte sich. Aus der Gruppe heraus eilten Mareike und Bernd zur Mutter. Sie wollten sie dazu bewegen, mit nach draußen zu kommen.»Wir möchten mit dir wandern, Mama«, bat Bernd.»Wandern? Im Schnee und der Kälte? Ich habe doch nur …«Manu unterbrach sie, wusste, was sie sagen wollte.»Sie haben doch meine Größe, glaube ich. Kommen Sie, ich gebe Ihnen, was Sie für den Winter brauchen.«Frau König zögerte, sah in ihrer Kinder Augen, alsbald wanderten sie.»Du musst aber erst unseren Garten sehen«, forderte Mareike.»Wir haben beide ein eigenes Beet, schau! Mama. Jedes Kind hat ein Beet. Eines für die Heilpflanzen und ein zweites für Erdbeeren und Gemüse.«Bernd griff nach einem Stock und umrandete flugs mit einer Furche im Schnee ihren Bereich. Sie wanderten.»Wir möchten mit dir über die Felder bis ans Ufer, am Ufer entlang bis zur Schlucht und unserer Quelle gehen«, bat Mareike.»Von dort aus sind es nur noch ein paar Meter bis zur Ostsee. Jedes unserer Beete,

Mama«, sagte sie, »trägt den Vornamen dessen, dem es gehört. Alles um unser Haus herum hat einen Namen bekommen. Dieses Feld, über das wir gerade gehen, nennen wir Mönchsfeld. Lucas hat es getauft. Den Pfad hat Wilfried zuerst entdeckt, deswegen heißt er Friedpfad. Die Quelle, Mama, es ist glitschig hier, hat noch keinen Namen. Sie soll einmal so heißen wie unser bester Schüler. Aber dort! Siehst du in der Ostsee den großen Schwanenstein mit seinen Kindern Ente und Möwe?« »Lucas, Mama, hat ihnen den Namen gegeben«, fügte Bernd hinzu. »Er hat aber auch gesagt, dass wir sie eines Tages umbenennen sollten. Wenn wir groß sind, Mama. Und gut in der Schule. Karl will sich dann den Schwanenstein nehmen und ich habe ihm gesagt, dass wir, Mareike und ich, dann die Ente und die Möwe nehmen. Wir sind nämlich gut befreundet mit Karl, weißt du, Mama.« »Lucas hat aber auch gemeint, dass sich alle Kinder einen Stein aussuchen sollten, also zwölf Steine«, ergänzte Mareike.

Ein aufkommendes Schneetreiben trieb sie zurück. In Uferhöhe sah sie mit Bewunderung das Waisenhaus. Es wirkte. Lucas gab ihm durch seine Säulen am Hang etwas Gewaltiges. Es brannte Licht. Über seine gesamte Fensterfront erstrahlten zwei große Lüster. Im Schnee glitzerten die gefrorenen Kristalle, die Königs nahmen den Weg ums Haus herum. Manu spielte leise am Klavier. Ihr Abendbüfett lockte die ersten Hungrigen. Silvia König bevorzugte ein karges Essen. »Nimm doch mehr, Mama«, forderte Mareike. Bald, mein Kind, bald, noch möchte ich bei dem bleiben, was mir zusteht. Mareike sah ihre Mutter fragend an, überlegte und schwieg. Bis um Mitternacht, als alles schlief, Mareike sich Gedanken um ihre Mutter machte, zog es sie in ihrer Mutters Zimmer. Sie klopfte. Noch während sie klopfte, stand plötzlich Bernd neben ihr. »Bernd!«, schimpfte Mareike leise. Frau König zögerte, öffnete, erschrak. »Ich habe doch nur eine harte Liege«, wehrte sie ab. Sie wehrte sich und wehrte sich und bald schliefen sie zu dritt. »Ich habe euch wieder«, sagte Mutter König am frühen Morgen. »Ich habe euch schlafen hören, habe eure Körper gespürt und euern kindlichen Geruch vernommen. Ich fahre zurück mit dem Gedanken, einen Tag gelebt zu haben. Bis bald ... Kinder.«

KAPITEL V

Noch drei Tage bis zum Weihnachtsfest. Der Schnee blieb. Alles weiß. Über den Baumkronen am Ufer entlang, ein heller Schleier im Kontrastbild zur graublauen Ostsee, Schneehäubchen auf den Pfählen um den Garten herum. Eine andere Welt. Im Englischunterricht nur ein Thema: Weihnachten. »In diesem Jahr, Kinder, lege ich die Vorbereitung des Festes in eure Hände«, sagte Thekla fordernd. »Einverstanden?« »Jaaa«, kam es vereinzelt aus ihren Reihen. »Ich dachte, die Jungs gehen schon heute mit Lucas den Baum holen.« »Bernd! Du meldest dich?« »Ich möchte hierbleiben, Mama kommt doch.« »Am Heiligabend, Bernd, erst am Heiligabend.« »Ich möchte trotzdem hierbleiben, bei Mareike.« »Na gut. Und Ranga? Sollte es dir zu kalt sein ...« »Nein, nein«, hielt er sofort dagegen, »ich gehe mit.« »Bedenkt bitte: Es ist ein weiter Weg bis zur Schonung, aber nur dort gibt es die schönsten Weihnachtsbäume.« »Die Dulasie oder so ähnlich«, warf Sun ein. »Douglasie«, berichtigte Thekla, »es ist eine Douglastanne mit sehr harten Nadeln. Ein Geschenk des Försters. Dafür werden wir im nächsten Jahr zehn Setzlinge pflanzen.« Am Nachmittag stampften sie, Lucas voran, durch den knöchelhohen Schnee. Sie gingen hintereinander, blickten weder nach rechts noch nach links, Lucas machte Tempo. Die Mädchen backten zusammen mit Manu Kekse. Es wurde früh dunkel. »Gestern hatten wir noch einen hellen Mond«, sagte Bernd den Mädchen in der Küche. Er war ums Haus herumgelaufen, er machte sich Gedanken über die Dunkelheit und die Wege. Seine Unruhe trieb ihn von

Zeit zu Zeit mit einer Taschenlampe nach draußen. Er ging ein Stück des Weges, den seine Mutter morgen gehen musste, dann verfolgte er die Fußspuren von Lucas, Karl, Ranga, Sun und Dantos bis zum ersten Hügel. Er schwenkte seine Taschenlampe, freute sich über ihren weiten Lichtstrahl, glaubte Stimmen zu hören, bekam Angst. Um Mitternacht zog Wilfried mit ihm los. Sie blieben in der Spur. Gingen über den ersten Hügel ins Tal, dann aus dem Tal heraus, auf die zweite Anhöhe. In der Ferne flimmerte ein Licht im plötzlich einsetzenden Schneetreiben. »Hier stimmt was nicht!«, sagte Wilfried. Bernd schwieg, er fror. »Sie werden einen anderen Weg genommen haben, Bernd.« »Einen anderen, warum? Warum einen anderen, ohne Spur?« »Irgendwo haben sie sich verlaufen, wir müssen zurück.« Bald merkten sie im Schneetreiben, auch ihre Spur verloren zu haben, sie liefen schneller. »Stimmen! Wilfried. –Ich höre Stimmen.« Sie blieben stehen, nahmen ihre Kapuzen herunter, lauschten, die Stimmen kamen lauter mit dem Wind. »Sie singen. Wilfried, ganz laut höre ich Lucas. Weihnachtslieder. Ich sehe sie schon!« Bei ihrem Zusammentreffen auf dem letzten Stück des Weges lag weder Freude noch Empfinden. Sie waren erschöpft, froren, hatten nur einen Wunsch: das Licht. Das Licht aus allen Fenstern ihres Heimes. Und trotz später Stunde, trotz Erschöpfung, trotz Müdigkeit mussten sie noch in den Raum der Sinne.

Am Morgen stand der Baum. Er stand zwar abseits im Raum, so wunderschön natürlich, aber im Mittelpunkt des morgendlichen Gesprächs. »In der Abenddämmerung, als viele Rehe fernab unseres Weges nach etwas Essbarem suchten, zogen die Kinder mit ihren Schlitten in deren Richtung. Als noch weiter entfernt ein Fuchs seine Schnauze durch den Schnee in ein Mauseloch bohrte, irrten wir in der Dunkelheit umher.« »Ein schöner Baum«, sagte Thekla. »Mit ihm im Haus wird es weihnachtlich.« »Und mit dem Duft nach Keksen«, erwähnte Teresa. Die Mexikaner, Chinesen und Inder hatten noch nie einen geschmückten Baum gesehen. Im Unterricht malten Mareike und Bernd eine Tanne an die Wandtafel. Weihnachtsschmuck, englisch gekennzeichnet, lag auf ihren Tischen. »Wer möchte ihn schmücken?«, fragte Thekla. »Bernd?« »Ich möchte die hellen, glänzenden Kugeln für meine Mama anhängen.« »Aber auch bunte, Bernd. Diese roten oder diese blauen oder die mit den Kristallen.«

Indira entschied sich für das Engelhaar und Cixi fürs Lametta. Am Nachmittag schmückten sie. Manu und Thekla führten die kleinen Händchen, denn der Schmuck war wertvoll.

»Die Lichterkette, Kinder«, sagte Thekla, »wird erst leuchten, wenn morgen der Weihnachtsmann kommt.« Er ging einen heimlichen Weg.

Er war schon da, als die Kinder, in bester Kleidung, vor verschlossener Tür zum Festsaal standen und klopften. Der Weihnachtsmann öffnete. Sein plötzliches Erscheinen erschreckte die Kinder. Sie kreischten, wichen zurück, nur einer blieb stehen: Karl. »Guten Tag, lieber Weihnachtsmann, die Überraschung ist dir gelungen«, so seine Begrüßung. Sie gaben sich die Hand und alle Kinder folgten am strahlend hellen Baum vorbei auf ihre Plätze. »Besinnliche Weihnachten«, wünschten Thekla und Wilfried. Es gab viele Geschenke, Kinderbilder für die Erwachsenen, Klaviermusik, Weihnachtslieder, Wunder und Dank. Indira begab sich auf einen zuvor ausgerollten Teppich in buddhistische Sitzhaltung. »Ich bedanke mich in Gestalt eines Buddhas«, verkündete sie. »Ich meditiere – dhyanamudra: lege beide Hände übereinander flach in den Schoß, mein rechter Arm weist nach unten, die Handfläche mit den gestreckten Fingern zum Betrachter, also zu euch.«»Wir sehen!«, rief Karl.»Karl, das symbolisiert Barmherzigkeit und passt zu Weihnachten«, entgegnete Indira. Typisch Karl, dachte sie.»Nun erhebe ich den rechten Unterarm, zeige dem Betrachter die offene Handfläche, strecke meine Finger nach oben und symbolisiere Furchtlosigkeit.«»Danke, Indira«, sagte Thekla, die Kinder klatschten. Cixi brachte Weisheiten von Konfuzius. Zunächst bedankte sie sich für die Harmonie im Waisenhaus.»Konfuzius sagte dazu: Die Regeln der Harmonie werden die Regeln unseres Fortschritts sein.«»Zum Lernen, sagte er.«»Zu lernen und das Erlernte immer wieder zu üben, erfreut das etwa nicht?« Sein Leitmotiv war:»Gemeinwohl geht vor Eigennutz.« Und schließlich:»Auf Rechtschaffenheit versteht der Edle sich, auf Gewinn der Niedriggesinnte.«»Danke, wir wollen nach Konfuzius leben.« Zum Schluss kamen Karl und Mareike mit Weihnachtsgedichten. Bernd blieb bei allem Schönen verschlossen. Mareikes Gedichte hört er nicht.»Du hast nicht einmal zu mir geguckt, hast nicht gemerkt, dass ich mich nicht verheddert habe. Du bist böse. Warum?« Er weinte. Dieses Mal zeigte seine Schwester kein Mitgefühl. Sie zog an seinem Hemd, kniff ihn in die Backe, schimpfte. Bernd versprach vernünftig zu sein. Er besann sich aufs Weihnachtsfest, seine Mutter kam nicht.

Am nächsten Morgen erhielt Lucas einen Anruf.»Herr von Berlichingen! die Frau König, Frau Silvia König, kann nicht entlassen werden.«»Nicht!«, brüllte Lucas zurück.»Der Richter hat ihre Entlassung nicht unterschrieben. Er ist in den Urlaub gefahren. In die Alpen. Er soll die Unterschrift vergessen haben.« Lucas hörte zu, spürte ein zunehmendes Pulsieren in den Schläfen, auch einen Druck im Kopf und dachte an Bernd.»Der Richter ist ein Schwein, sagen Sie ihm das. Ich betrachte es als unverzeihlich, ich erachte meine Beamten-beleidigung als angemessen, Ihnen sage ich einen Dank für den Anruf.« Lucas sammelte sich, dachte nach und ging ohne Umschweife zu den Königs. »Kinder«, sagte er, »eure Mutter kommt nicht – nicht zu den Feiertagen.« Dann schwieg er. Er schwieg, um in beide Kindergesichter zu schauen und typisch kindliche Reaktionen zu erfahren. Sie reagierten schockiert, saßen wie versteinert auf ihren Betten. Nach einer Weile, Bernd hob den Kopf, fragte er, ohne eine Träne in den Augen: »Dann doch wohl nach den Feiertagen?« »Dann wenn der Herr Richter durch seinen Urlaub zur Vernunft gekommen ist.« Plötzlich weinte Mareike und Bernd tröstete sie. Thekla und Wilfried reagierten empört: »Vergessen! Lucas«, tobten sie. »Alles Lüge.«

Mit Beginn des neuen Jahres kam endlich die gute Nach-richt. Lucas überbrachte sie während des Unterrichts. Die Kin-der jubelten. »Wir werden sie abholen«, verkündete Thekla. »Schon übermorgen. Mit dem gleichen Zug, mit dem der Doktor und Lucas gefahren sind.« »In eine große Stadt?«, frag-te Dantos. »Ja, Dantos. In eine Stadt mit vielen Häusern, Men-schen, Autos und Straßenbahnen.« »Und wie sollen wir in dem Getümmel unsere Mutter finden?«, kam als Einwand von Bernd. »Wir finden sie vor einem großen Tor. Es wird sich öffnen und eine Frau, eine liebe Mutter wird herauskommen.« »Dann laufe ich, Thekla, mit einem Apfel und einem Weihnachtsmann aus Schokolade. Dann könnt ihr sehen, wie ich flitze. Hoch-springen werde ich, richtig hoch. Und aus unserer Gruppe heraus soll sie mich zuerst sehen. Sie soll ihre Hände erheben, so, Thekla, so …« Bernd hielt seine Hände u-förmig hoch, »und – mich in die Arme nehmen.«

Am Morgen der Abreise, in aller Frühe, fehlte der Schwung.

Ruhig lag das Haus im Schnee. Kein Sturm, kein Wellenschlag zu hören. Die Kinder hatten sich an eine strenge Zeitregie gewöhnt. Sie dösten, gähnten, waren konfus.

Bis zu jenem Zeitpunkt im Speisesaal, als Karl auf die Uhr sah. »Hallo, hallo!«, rief er, »eine wichtige Durchsage. Wir haben noch fünf Minuten. In fünf Minuten kommt der Bus. Der Bus hat eine Zeit, weil der Zug eine Zeit hat und weil der Zug eine Zeit hat, dürft ihr nicht trödeln!« Dr. Fiedler empfing sie pünktlich am Bahnhof. Zwölf Kinder in warmer Winterkleidung, Ranga und Indira in noch wärmerer. Alle trugen einen Rucksack mit Proviant und einen Talisman. Einige baumelten, andere schauten oben heraus. Putzig, die Kinder in ihrer Unterschiedlichkeit. »Folgt mir!«, rief Wilfried, als der Zug einlief. »Beim Einsteigen gebe ich jedem eine Platzkarte.« Sie nahmen sie, stiegen ein, tauschten die Plätze kreuz und quer, sie hatten doch ihr Abteil. Thekla stellte sich in dessen Mitte. »Eine Reise ohne Bildung«, sagte sie, »ist keine Reise.« Der Zug lag ruhig, wir sahen, hörten, dachten und redeten. Theklas Thema: »Die Zugfahrt und eine Großstadt«. Lucas ergänzte alsbald zu mancher englischen Wortwahl. Ihre Vielfalt begeisterte ihren Doktor Leo. »Kinder, ich bewundere euch. Ausnahmslos alle bewundere ich. Ihr seid auf bestem Wege, kluge Schüler zu werden.« »Kluge Schüler haben aber auch Hunger«, witzelte Aljoscha. »Können wir endlich etwas essen?«, fragte er. Schon bliesen auch Karl, Dantos und Sun mit in sein Horn. Ab und an, wenn es sich so ergab, sorgten sie für Lockerheit in der Gruppe.

In der Stadt angekommen, zogen Manu und Thekla mit den Kindern vors große Tor, die Männer ins Gericht. Sie wollten den Mann kennenlernen, der sich Richter nannte. Das Gerichtsgebäude lag in unmittelbarer Nähe. »Zimmer zwölf müssen wir«, sagte Lucas. »Rolshoven als Richter, oder der Richter Rolshoven, müsste am Aushang der Verhandlungen stehen.« »Wir sind richtig«, antwortete Dr. Fiedler. Im Gerichtssaal gab er Wilfried einen Zeichenblock mit einer kurzen Bemerkung: »Zeichne ihn!« Lucas zugewandt sagte er: »Schreibe, was er von sich gibt.« Ich mache mir ein eigenes Bild. Aus allem finden wir unser Urteil. Der Richter kam, sah in die Reihen. Dr. Fiedler, Wilfried und Lucas standen in soldatischer Haltung, die Köpfe fünfundvierzig Grad nach rechts gedreht, sie hatten ihn im Visier. Ihre Blickwinkel stimmten, ihre Blicke schossen wie ein Blitz in sein Hirn, sie trafen sein Gewissen: Puterröte stieg ihm ins Gesicht, seine Halsschlagadern pulsierten, seine Hände zitterten. Er hatte die Gutachten unterschlagen, er hatte nicht unterschreiben wollen, er hatte – doch, er hatte ein Gesicht. Ein Gesicht, das nicht zum Richter passte.

Vor dem großen Tor standen die Kinder schweigend, in großer Erwartung schauten sie aufs Schloss. Bernd und Mareike hingen in Theklas Armen. »Nach meiner Uhr müsste sie gleich kommen«, sagte Karl. »Deine Uhr, Karl, gibt nur eine Zeit an, in ihr aber liegen viele Möglichkeiten«, antwortete Manu. Ungeduldig hüpfte Karl herum. »Na klar«, sagte er. »Sie könnte früher kommen, später oder gar nicht.« »Gar nicht? Karl.« Bernd heulte. »Sie könnte, Bernd, ich habe nicht – Bernd! Ich höre das Schloss!«, rief Karl. Alle waren ganz Ohr. In der Tat, es schloss ein zweites Mal. Das Tor öffnete sich nur einen Spalt. Aljoscha preschte vor, erwarb sich einen Blick und rüttelte an der Tür. »Sie kommt!«, rief er. »Eine Frau, vielleicht deine Mutter, Bernd.« Und Aljoscha half dem Wachmann das Tor weit aufzudrücken.

Frau König kam verhalten, sichtlich erfreut, sehr langsam.

Dann aber sah sie ihren Sohn mit seinen erhobenen Händen, in der einen einen Apfel, in der anderen einen Weihnachtsmann, sah ihn springen, richtig hochspringen, sah nur ihn und schon lag er in ihren Armen.

Alsbald gehörte Frau König dazu und erst die Reise im Zug gab ihr einen anderen Herzschlag. Jetzt gehörte sie zum Heim. Wilfried hatte sie im Blickfeld.

Sie sah blass aus, hatte ihre beiden Kinder in den Armen, sie schliefen. Silvia König schaute aus dem Fenster, ließ regungslos die Landschaft an sich vorbeisausen. Was mag sie denken?, dachte Wilfried. Wird sie wieder lachen können, fröhliche Lieder singen oder gar tanzen? Vermag sie tatsächlich aus ihrem Gotteswahn auszusteigen? Wilfried schaute auf ihre Hände, ihre langen Finger. Sie spielten Klavier und Orgel. – Sie würgten ein Kind. Ihre braunen Augen lasen Noten, doch ihr Hirn irrte. Sie trug einst langes schwarzes Haar, nunmehr Grau. Sie war eine Frau von vierzig Jahren. Wir holen sie in unser Leben, dachte er. Nur wenige Stationen noch. Karl, immer einen Schritt voraus, schnürte seinen Rucksack. »Kinder!«, rief er, »noch zehn Minuten!« »Bitte wieder in Gruppen«, fügte Manu hinzu. »So auch, bitte, in den Bus, zieht eure Kapuzen über den Kopf, draußen tobt ein Schneesturm.« Zur mitternächtlichen Stunde erreichten sie ermüdet das Heim. Thekla führte Frau König auf ihr Zimmer. »Schauen Sie«, bat Thekla. »Wir haben es nach unserem Geschmack eingerichtet, sie dürfen es aber, sollte es Ihnen so nicht gefallen, nach Ihren Vorstellungen ändern.« »Ändern? Frau von Kulmbach. Wie könnte ich ein Zimmer ändern, wo ich doch zwei Jahre keines hatte. Ich danke Ihnen.« Sie drückte Thekla unter Tränen. Mareike und Bernd, gedankenfrei, körperlich erschöpft, schliefen in ruhiger Nacht. Sie hatten ihre Mutter bei sich. Ihre weiche

Stimme, ihre Blicke, ihre Wortwahl. Bald gehörte sie zum täglichen Wandel des Hauses. Silvia – Silvia König, geborene Pilatus, Hochschulabsolventin für Pädagogik, gebrandmarkt, glücklich. Sie stand nicht auf. »Mama schläft noch«, kamen aufgeregt ihre beiden Kinder zu Thekla an den Frühstückstisch. »Sie schläft ihren Schlaf, Kinder.« »Ihren?«, fragte Bernd. »Ja, Bernd, ihren … Sie holt nur nach, was man ihr genommen hatte.« »Wir bringen ihr später ein Frühstück mit warmem Tee ans Bett«, sagte Manu. Manu, stets umsichtig, wollte die Sorgen der Kinder mittragen.

Der Englischunterricht begann, wie immer, pünktlich: »Wir hatten eine schöne Reise, meine ich«, begann Thekla den Morgen. »Was meint ihr?« Schnell stand Bernd auf: »Das ist doch klar, Thekla, es war die schönste Reise meines Lebens. Aber Mama schläft noch.« »Ich hatte Schmerzen im Bein, Thekla, meine Prothese hat gescheuert«, brachte Indira vor. »Mir haben am besten die Stadt gefallen, die schönen Häuser, die Straßenbahnen und die vielen Autos. Aber das Tor, das große Tor, und als Frau König, die Mama von Mareike und Bernd, rauskam, war ich traurig.« Karl setzte sich wieder. »Ich auch«, fügte Aljoscha hinzu. Er blieb sitzen, warf die zwei Worte nur so in den Raum. »Warum Aljoscha?«, dachte Thekla deswegen fragen zu müssen. Nunmehr stand er auf. »Darf eine Taube aus dem Käfig, fliegt sie mit Freude, kommt eine Mutter daraus, ist sie geschwächt und gedemütigt. Und mit ihr: ihre Kinder. Strafen sie die Mütter, strafen sie auch die Kinder. Schlägt der Vater, zerstört er manch gute Idee. Sollte ich einmal meinen Vater wiederfinden, will ich ihm nur ein Wort sagen, ein passendes schlimmes Wort in einem Satz, Thekla.« »Du wirst ihn wiederfinden, Aljoscha. Ich denke ihr beide gemeinsam, du und Irina«. Irina weinte. »Weine nicht, denke immer an das Gute«, fügte Thekla hinzu. »Nein, wie könnte ich –, dann sind sie längst tot. Sie haben immer Wodka getrunken und sich geschlagen. Totgeschlagen haben sie sich.« Aljoscha wurde wütend. Er stieß sie mit dem Ellenbogen in die Seite. »Nicht tot!«, brüllte er. »Nicht so fürs Grab, halbtot waren sie immer, Irina, halbtot. Als wir weggelaufen waren, war es so: Denn als wir noch einmal zurückkamen, waren sie weg. Also waren sie nur halbtot. Sie hatten auch noch den Hund erschlagen, und das macht man nur, wenn man – na ja, verrückt ist.« »Nein, Aljoscha, es sind deine Eltern. Was du von ihnen hast, ist ein guter Kern, ein Teil eines guten Kernes. Nur ein Teil. Bedenke.« Thekla beruhigte ihn, um Sun und Cixi zu fragen. Cixi empfand die Begegnung mit anderen Kindern im Zug erwähnenswert. »Sie schenkten uns ihre Spielsachen. Sun bekam ein Legospiel und ich einen Kuschelbär. Wir wollten es nicht. – Wir wollten es nicht, weil wir von Fremden doch nichts annehmen dürfen.

Bis ihre Mutter kam und mit Wilfried sprach. So war es. Und heute Nacht hat der Kuschelbär bei mir geschlafen. Er soll immer bei mir schlafen.«

»Toll, Cixi, ich freue mich mit euch«, antwortete Thekla. »Wer eigentlich schläft noch mit einem Kuscheltier? Ach! Alle Mädchen und Ranga. Ranga, du hast?« »Ein Kätzchen!«, rief er vor Freude. »Wie in unserer Höhle.« »Ein Kätzchen hatten wir auch, Thekla«, sagte Dantos. Teresa nickte. »Eine Muli, – aber sie war auch weg, als Mama weg war.« »Ja, und die Reise, – die Reise war schön.« »Könnten wir öfter machen«, ergänzte lauthals Karl und ebenso lautiere Lucas, der gerade hinzugekommen war, mit den Worten: »Werden wir. Im Frühling haben wir einen Tag der Parks und Gärten, im Sommer einen Tag der Schulen mit Silvia – Mareikes und Bernds Mutter –, im Herbst eine Reise zu einem Musikfestival mit Manu. Und um die Weihnachtszeit reisen wir durch die schönsten Kirchen der Insel.«

KAPITEL VI

»Ich gebe euch heute meinen letzten Unterricht, Kinder. Bald kommt das Baby. Silvia wird mich vertreten. Unsere Silvia. Seit sie zu unserem Hause gehört, gehört uns eine gutmütige, wertvolle Seele. Ihre weiche Stimme, ihre Wortwahl, ihre Mütterlichkeit geben mir ein gutes Gefühl. Mit ruhigem Gewissen, Kinder, kann ich mich auf die Geburt vorbereiten. Ich glaube, dass ihr auch Silvia fleißige Schüler sein werdet, oder?« Thekla schaute in die Gesichter, vier Kinder gaben ein Handzeichen. Thekla wartete, sah jedes ihrer zwölf Kinder an, bat zuerst Irina um eine Antwort. »Sie ist wie eine Mutter zu uns, ich habe sie lieb.« »Sie ist wie du«, ergänzte Teresa, »aber du wirst noch besser sein, wenn du auch eine Mutter geworden bist.« »Wir haben sie lieb gewonnen und in unser Herz geschlossen«, antwortete Karl. Nach einer Weile kam er auf die Frage »Auch Silvias fleißige Schüler zu sein?« zurück. »Werden wir, Thekla. Solange Mareike besser sein will als ich und ich besser sein will als Mareike, werden uns alle Kinder nacheifern. So war es bei dir und so wird es bei Silvia sein.« So konnte nur Karl antworten und jener, der das vierte Handzeichen gab, Aljoscha, ein lautes Ja hinzufügen. »Aber über das Baby im Bauch, Thekla, und wie es auf die Welt kommt, wolltest du uns was erzählen«, sagte er. »Nun ja, das Baby … oder das Lämmlein … ihr habt gesehen, wie es auf die Welt kam. Wie hat euch Lucas die Geburt beschrieben?« »Lucas hat nicht viel gesagt«, antwortete Mareike, »er ist doch ein Mann und ein Mann kann das nicht, das musst du uns sagen.« Thekla lachte. »Nun ja«, begann sie, »das Lämmlein wuchs in einer Fruchthülle des Mutterschafes heran, wie ein Baby in einer Fruchthülle einer Frau heranwächst. Erst wenn es eine gewisse Größe und Länge hat und auf der Welt lebensfähig ist, gelangt es über einen Kanal, wir nennen ihn den Geburtskanal, nach draußen. Schaut her ... ich male euch einige Bilder an die Tafel. Ich beschreibe euch den Vorgang und ihr stellt mir Fragen.« Indira meldete sich. »Bitte, Indira ...« »Das Baby ähnelt in der Hülle einem lebenden Menschen. Es liegt so ruhig, so gekrümmt, in Hocke, die Arme zusammengedrückt und warum dann an einem Seil? Warum diese Schnur zum Bauch, diese rote?« »Schön, dass du fragst, Indira. Es ist kein Seil, Kinder, es ist schon eine Schnur – wir nennen sie Nabelschnur. Und euer Bauchnabel, dieser kleine Nabel über dem Bauch, bot der Schnur, die innen hohl war, den Zugang in den Bauch. Und so konnte die Mutter dem Baby alles geben, was es zum Wachstum brauchte.« »So habe ich es immer Bernd gesagt, Thekla«, sagte Mareike. »Ich habe ihm gesagt, dass es die Nabelschnur war, die uns auf ewig mit der Mutter verbindet. Bisher hatte er das nie verstanden, aber morgen, morgen früh, wenn unsere Mutter Silvia mit uns Englisch macht, glaube ich, wird er es verstanden haben. Ich freue mich.« »Wir alle ... Mareike!«, rief Aljoscha. Aljoscha hatte sich einige Eigenheiten von Karl angenommen. Nicht, dass er mehr sein wollte, ihn übertrumpfen, nein, er wollte sich nur mit ihm messen. Auch an Witz. Er rief »wir alle« und sagte: »Wir Russen, Inder, Chinesen und Mexikaner.« Aber Karl wäre nicht Karl, würde er nicht noch einen draufsetzen. »Wir alle wären aber nicht alle auf dieser Welt, Aljoscha, ohne die Deutschen. Die Königs und Marxens. Die solltest du immer zuerst erwähnen!« »Nein ... Karl ... nein«, lachte Thekla so heftig, dass sie sich die Hände vor ihren schwangeren Bauch hielt. Sie musste sich setzen, verspürte krampfartige Schmerzen im Unterleib, atmete unauffällig tiefer ein und aus und verkündete die Pause. In ihr lagen Stunden guter Erwartungen.

Silvia begann ihren Unterricht schwungvoll mit einem Lied. »Wir wollen nicht nur lernen, wir wollen auch singen und tanzen«, sagte sie. »Wir wollen den Unterricht jeweils mit einer Strophe eines Liedes beginnen. Ich denke an Lieder aus dem Chor. Ich denke aber auch an Lieder aus Russland, Mexiko, China und Indien. Manu wird sie mit euch einstudieren.«

»Lieder ja, aber tanzen – tanzen?«, zweifelte Dantos. »Zu steif ... wir sind doch viel zu steif, Silvia«, fügte er überzeugend hinzu. Silvia schmunzelte. »Zu steif ... Dantos, zu steif sagst du, du als Mexikaner, die sich noch heute auf ihren zahlreichen Fiestas beim Tanzen vergnügen. Erklingen ihre Rasseln oder ihre Zupf- und Blasinstrumente, wird getanzt. Komm bitte her! Nein, ihr beide, Dantos und Teresa, kommt und zeigt, was ihr könnt!« Und sie konnten es und ein Raunen der Bewunderung ging durch die Reihen. »Seht ihr!«, rief Karl, »begreift ihr nun, was wir von der Mutter über die Nabelschnur mitbekommen haben: Talent, Geist und Seele. Talent bedeutet Beweglichkeit, Geist, Rhythmus, und eine gute Seele spricht für einen runden Po.« Nicht alle verstanden, was er meinte, aber alle lachten und fröhlich beendeten sie ihren ersten Tag mit Silvia. Auf dem Wege zum Mittagstisch begegneten sie Thekla. Ihre Hände gegen ihren Leib gepresst, ihr schleppender Gang, ihr verkrampftes Gesicht veränderten das Verhalten der Kinder. Plötzlich nachdenklich und ernst schritten sie auf ihre Zimmer. »Es geht wieder«, sagte Thekla, als sie eine Weile im Krankenwagen unterwegs waren. Wilfried hielt ihre Hand. »Wege übers Land rüttelten das Kindchen in eine ruhige Lage,

denke ich, mal sehen, was der Doktor sagt.« Dr. Ruh sagte nicht
viel. Seine wulstigen, großen, zipfligen Augenbrauen sprachen
für einen Denkertyp. Sollte er mit seinen Gedanken nur im
medizinischen sein, dachte Wilfried, ist er ein guter Arzt.
Thekla hegte solcher Art Gedanken nicht. Sie beobachtete
jeder seiner Handlungen: das Abhorchen von Lunge und Herz,
die Palpationen (nach Leopold, hatte sie gelesen) und den
Ultraschall. Sie suchte nach Reaktionen in seinem Gesicht.
Vergeblich. Dann, als er alle Befunde in den Computer einge-
geben hatte, schrieb er laut in den Computer. »Liebe Eltern,
Sie bekommen in drei bis vier Wochen ein gesundes Kind, wir
sind im zehnten Lunar-Monat.« Dann beglückwünschte er die
Mutter und den Vater und rief die Hebamme. Anna Pawlowna
rüttelte am ruhigen Verhalten des Doktors. Sie kam beschwingt
herein mit einem freundlichen Lächeln und ging sofort auf
Thekla und Wilfried zu. »Ich sah den Glückwunsch auf meinem Bildschirm«, sagte sie. »Ein Glückwunsch des Doktors
vor der Entbindung bedeutet eine gute Geburt. Wollen Sie
immer noch eine Hausentbindung?« Anna sah Thekla an,
bekam ein Ja und bevor sie Wilfried ansah, hatte sie von ihm
die Zustimmung. »So liegt nunmehr alles in meiner Hand, mit
meinem Doktor und ihrem Hausarzt Dr. Fiedler wird es eine
glückliche Entbindung geben.« Anna Pawlowna begleitete sie
bis zu ihrem Wagen. Ihr freundliches Wesen blieb in ihren
Gesprächen während der Rückfahrt. »Sie ist ein Juwel von
Hebamme«, antwortete Thekla, als Wilfried sie lobend erwähnte und in den Himmel hob. »Dieser Tag nahm mir einen
Stein vom Herzen, Wilfried, es ist der Tag vor der Geburt. In
keiner Stunde, in keiner Minute will ich nunmehr Angst haben,
weil ich eine Erst- und Spätgebärende bin. Bitte den Fahrer,
zügiger zu fahren.« Er fuhr. Er schaute in den Rückspiegel, in

Theklas Gesicht und freute sich mit ihr. Hieß es doch sonst immer: zügig in die Klinik, dachte er. Am Morgen darauf, einem Frühlingsmorgen bei geöffnetem Fenster, scholl ein Lied ihrer Kinder ins Zimmer. Sie hatte verschlafen. Sie hatte den Frühsport verpasst, Wilfrieds Morgenkuss und ihren gewohnten Weitblick aufs Meer. Sie hatte geträumt, so wunderschön geträumt, weil sie frei war, frei für ihr Kind. Die Hebamme kam jeden Abend. Sie fuhr mit dem Fahrrad. Eine Stunde hin und eine Stunde zurück. »Mein Mann könnte Sie doch mit dem Auto fahren, Frau Pawlowna«, wiederholte Thekla des Öfteren ihr Angebot aus Dankbarkeit. Aber Anna Pawlowna lebte für ihren Beruf, fand Freude an der Natur auf dem Fahrrad und Freude an ihrer Figur. »Die Abende mit Ihnen müssen zu einer guten Hausentbindung führen«, antwortete Anna, als sie die Angebote ausschlug. »Belassen wir es bei allem Natürlichen in der Schwangerschaft und ihrer Geburt«, fügte sie hinzu. »Ich werde sie auf die Ruhe meines Doktors und einen heilen Damm vorbereiten. Einen Riss darf es bei ihm nicht geben.« Er hatte den Tag der Entbindung für den 21.3., den Frühlingsanfang errechnet. Ein günstiger Tag. Die Kinder reisten mit dem Bus zu den Parks und Schlössern über die Insel. Stunden zuvor setzten die Wehen ein. Leichte Wehen mit lang anhaltenden Ruheintervallen.

Die Pausen der Ruhe gaben der werdenden Mutter, dem Kind und dem Vater ihren normalen Herz- und Pulsschlag zurück. Wilfried führte über alles, was ihm an Thekla auffiel, Buch. So wollte es die Hebamme. Sie hatte Wilfried in alle Vorbereitungen mit einbezogen. Er vermochte den Blutdruck zu messen, den Armpuls zu registrieren und auf ihre Psyche zu achten. »Er soll mit ihr über alles die Geburt Betreffende reden«, hatte Frau Pawlowna gesagt.

Sie kam, als eine neue Wehe einsetzte. »Frühlingsanfang! Heute, liebe Familie von Kulmbach, möge an diesem Tage ein Kindchen munter die Welt erblicken«, rief sie beschwingt in den Raum. »Ich radelte so dahin«, fügte sie hinzu. »So an den blühenden Sumpfwiesen vorbei, so in Gedanken an ihr wunderschönes Heim und ihre Kinder. Bald haben sie dreizehn.« Anna legte das Hörrohr an, sagte: »Sehr gut, sehr gut, Ihre kindlichen Herztöne.« Sie palpierte, rüttelte, ballotierte. »Wir haben noch Zeit, Frau Kulmbach, viel Zeit. Wann wollten Ihre Heimkinder zurück sein?« »Spät, sehr spät, gegen alle Gepflogenheiten unserer strengen Zeitphilosophie. Aber Lucas wollte erst bei Abenddämmerung in einer Kirche auf einer Orgel spielen. Bei Abenddämmerung würden die Kinder die Orgelmusik intensiver empfinden, war seine Meinung. Warum fragen sie?« »Ach, nur so, ich dachte ein bisschen an die Geburt. Sie wird sich hinziehen. Ich schätze, bis in die Nacht. Sie sind eine Erstgebärende.« »O Gott! Frau Pawlowna, seit früher Stunde plagen mich Unruhe und Herzklopfen. Und – diese ziehenden Schmerzen im Kreuz.« »Das sind erst die Vorboten einer einsetzenden Geburt, Frau Kulmbach. Ich schlage vor, wir machen noch einen Spaziergang. Rechts Ihr Mann und links ich.« »Ja, natürlich«, antwortete Thekla kläglich und erhob zögerlich drohend den Zeigefinger: »Nicht mit meinem Mann. Er kann mich nicht leiden sehen, er ist zu sensibel, er will auch bei der Geburt nicht dabei sein.« »Dann gehen wir.« Ihr Weg führte sie ums Haus herum, schließlich doch noch über eine blühende Wiese einen Hügel hinauf. Thekla bekam ein Flimmern vor den Augen. Bei weiten, freien Blicken auf die Ostsee sah sie deren leicht bewegte, weiße Wellen nur verschwommen. Die Wehen wurden stärker. Sie kamen häufiger. Unauffällig auf ihre Uhr schauend, registrierte Anna Pawlowna die Zeiten der

Intervalle. Sie bemerkte drei aufeinanderfolgende Wehen im Abstand von zehn Minuten und sagte etwas erregt: »Wir müssen zurück, Frau Kulmbach, Ihre Wehen setzen andere Zeichen. Ich muss Sie untersuchen.« Wilfried empfing sie an der Haustür. »Waren Sie nicht zu weit gegangen?«, fragte er die Hebamme ängstlich. Schweißperlen standen auf seiner Stirn. Zitternd half er Thekla aufs Zimmer, er wollte gleich wieder gehen. »Bleiben Sie einen Moment, Herr von Kulmbach«, bat die Hebamme. »Ich untersuche und sage Ihnen, ob wir zu weit gegangen waren.« Aber Kulmbach ging. »Oh! Frau von Kulmbach«, rief Anna freudig. »Unser Weg brachte uns auf dem Geburtsweg weit voran. Pah!, merkten Sie, eben platzte die Fruchtblase. Wir schaffen es, bevor die Kinder zurück sind. Ich werde Sie auf die Geburt vorbereiten und die Herren Doktores informieren. Denn mit dem Blasensprung – weht dem Kinde erstmals der Wind um die Ohren.« »Der Wind? Sie erheitern mich, Frau Pawlowna.« »Schön, das ist so mein Stil. Ich mag keine ängstlichen, verkrampften Kreißenden. Jede Geburt bedeutet Glück, und Glück bedeutet glücklich sein. Denken Sie daran, wenn immer es wehtut.« Anna Pawlowna hatte sie zur Geburt vorbereitet und wieder erheitert. »Rein und fein«, sagte sie, »des Kindes Freud, denn leicht wird's sein, Frau von Kulmbach.« »Schön wär's«, hielt sie gequält dagegen, – »eine Wehe! Hebamme, eine starke We…!« Mit dem Eintreten des Gynäkologen blieb nur ein Weh. Dr. Ruh gab der Kreißenden die Hand, dann streichelte er ihre Wangen, dann fragte er die Hebamme nach den vier wichtigsten Geburtsfaktoren:

Kind,
Becken,
Wehen
und Muttermund.

Noch hielt er ihre Hand, streichelte ihre Wangen, wollte was Nettes sagen, er wollte … Aus seinen Standardfragen hatte sich Anna Pawlowna ein respektvolles Wissen in der Geburtshilfe angeeignet. Sie hätte lege artis antworten können. Sie tat es nicht. »Das Kind, Herr Dr. Ruh, machte uns bislang nur Freude. Wie Frau von Kulmbach.« Anna lächelte sie an. »Ihr Kindchen steht mit dem Kopf schon auf dem Beckenboden. Ich glaube, es will schon in die Arme der Mutter.« »Na gut«, antwortete Dr. Ruh. »Bereiten wir die Austreibungsperiode vor. Wo ist der Ehemann?« Frau Kulmbach bekam Spasmolytika und Analgetika. »Ihr Ehemann ist irgendwo, Herr Doktor.« »Irgendwo?, ein kluger Mann. Und Dr. Fiedler … Kommt wann?« »Zur Nachgeburtsperiode.« »Ach ja. Ich sehe einen vollständig eröffneten Muttermund, ich sehe das Köpfchen, Hebamme.« »Schön, Frau von Kulmbach. Wir pressen erst, wenn die Wehe nach kurzem Anlauf ihren Höhepunkt erreicht hat. Ihr Kind will es so.« »Aber das Tempo des Durch- und Austritts bestimme ich«, antwortete Dr. Ruh. »Beachten Sie meine Anweisungen.« Anna schwieg und wischte ihrer Kreißenden den Schweiß von der Stirn. Wieder so ein Satz, dachte sie. Hand in Hand, nennt man das. Als täte ich es nicht schon seit Jahren. Als verfolgte ich nicht seit Jahren jeder seiner Handlungen, seiner Handlungen allgemein, seiner Mimik. Gleich geben seine Gesichtszüge wieder, was ihn so glücklich macht, dachte sie. Und schon strahlte er und wusste, dass er wieder ein Kindchen ohne Komplikationen auf die Welt gebracht hatte. Der Damm blieb heil, mit Stolz und Ehrgefühl schaute er mich heute zum ersten Mal an. »Danke!«, sagte er, »Sie haben ein liebes Mädchen, Frau von Kulmbach. Und nun suche ich Ihren Ehemann.« Er zwinkerte mit den Augen, ließ Handschuhe und Schürze an und sprang zur Tür. »Kommen Sie herein! Herzlichen Glückwunsch.« Natürlich erahnte er ihn hinter der Tür. »Sie haben dem Ereignis entgegengefiebert, Ihre Frau hat ereignisreich Ihrer Tochter Christin ein großes Tor in eine verrückte Welt geöffnet. Seien Sie ein guter Papa.« Mit diesen Worten, immer fand er ein Wort für die Väter, verabschiedete er sich. Doch dann ... alle Kinder waren schon da. Dr. Ruh verharrte vor ihrem Chor, verneigte sich, Manu öffnete die Tür zur Mutter, zum Vater und Kind und stimmte an: den Frühlingsstimmenwalzer von Johann Strauß. Zum Frühlingsanfang. Silvia König weinte. Wohl unendlich, wohl die ganze Nacht hindurch. Und erst der Morgen, der frühe Morgen erinnerte sie wieder an die Worte von Professor Simon.

Ihr Unterricht widmete sich der Geburt: »Sagt was, Kinder, sagt irgendetwas.« Niemand brachte ein Wort heraus. Sie verhielten sich genierlich, sahen einander an, es blieb ruhig. So erhob Silvia einen großen, schweren Atlas, stellte ihn vor ein Podest, das auf ihrem Tisch stand und schlug Seite für Seite um. Jedes Bild fand nunmehr ein passendes Wort. Derer wurden alsbald mehr. Die Kinder übertrafen sich. »Ach, redet, wie ihr wollt«, sagte Silvia. »Ich merke schon, die Geburt ist eröffnet.« »Plumps!«, rief Karl. »Plumps? – Karl.« Silvia zeigte sich doch etwas irritiert. »Wie meinst du das?« »Na ja, bei den Lämmlein war es so. Lange guckte es dahinten, ich meine, hinten vom Mutterschaf heraus, und auf einmal, oh Schreck, plumpste es heraus.« »Beim Schaf, Karl, beim Schaf«, entgegnete etwas erbost Bernd. »Beim Menschen ist alles anders, viel schöner.« »Bravo, Bernd. Ach, wie das wohltut, eine solche Einschätzung von dir, mein Sohn.« Aber Mutters Lob an ihren Sohn, ein zu häufiges Lob, war der Tochter Neid. Sie hielt dagegen: »Es ist nicht schön, es schmerzt.« »Weil sich alles dehnen muss, die Muskeln, Sehnen und Blutgefäße, die alle

Nerven haben«, fügte Indira hinzu. »Ich kenne den Schmerz durch meinen Stumpf. Lucas hatte mir, wenn er merkte, dass ich litt, die Wege der Schmerzen erklärt. Was ist schon ein Geburtsschmerz, den ein freudiges Ereignis ablöst, gegen einen Dauerschmerz nach einer Amputation.« »Ach, Indira«, warf Karl ein, »vergleiche nicht, lebe, auch deine Kinder werden wieder springen und tanzen.«

KAPITEL VII

Die Reise zu den Schlössern und Gärten blieb eine Reise mit
vielen Fragen. Kindliche Fragen, wollte man meinen, doch es
war mehr. Alles in allem war es ein Anfang in eine Gedan-
kenwelt von Waisenkindern. Sie beeindruckten Manu und
Lucas durch ihr Frage-und-Antwort-Spiel. Es frohlockte. Es
forderte sie heraus. Es zwang sie, am Unterricht, Silvias Unterricht, teilzunehmen. Und er begann mit einem mexikanischen
Lied. Manu begleitete auf ihrer Gitarre, Lucas auf seiner
Violine. Ihr Spiel und Gesang erreichten durchs geöffnete
Fenster alle Räume des Hauses. Das Baby schrie. Plötzlich
überfiel Silvia eine auffallende Blässe, einer Ohnmacht nahe
sackte sie ungewollt auf ihren Stuhl und hielt sich die Ohren.
Lucas schloss eilig das Fenster. »Der Schrei eines neuen Lebens
klingt anders, Kinder, als eine mexikanische Melodie«, begründete er Silvias Schwäche. Schnell erholte sie sich, reagierte wieder und sagte: »Lasst uns beginnen. Was gefiel euch am
besten?« »Das Schloss Ranaga«, antwortete Sun. »Seine vier
Türme mit den Wendeltreppen, die uns ins Atelier des Grafen
führten. Er war nett. Er schenkte mir und Cixi, weil wir Chinesen sind, ein kleines Bild. Er liebt China, sagte er. China wird
die Welt verändern, weil es die Weisheiten der alten Chinesen
beachte. Er mag auch den Konfuzius. Ich sagte ihm, dass wir
einen Konfuzius in unserem Heim hätten. Danach schenkte er
uns das kleine Bild. Das große hing in seinem Atelier. Darauf
war unsere Insel gemalt und das große chinesische Reich und
ein Regenbogen. Cixi hatte sich die Farben gemerkt.« »Ja«,

antwortete Cixi: »Ich glaube, Rot, Orange, Gelb, dann Grün, Blau und Violett. Aber genau weiß ich das nicht mehr. Er war jedenfalls schön bunt und umspannte unsere Insel mit China. Sun hat ihn gefragt, ob er unser Heim noch auf unser Bild malen könnte, und er malte ganz schnell ein weißes Pünktchen darauf. Dann ging Manu mit uns in den großen Festsaal.« »Ihr! Ihr Mädchen«, entgegnete energisch Ranga. Ranga wollte, dass alle zusammenblieben. Manu beruhigte ihn. »Die Gräfin Franziska, Ranga, wollte es so. Sie hatte ihre Gründe. Sie wollte gemeinsam mit ihrer Tochter Svenja einen Mädchennachmittag.« »Das war auch gut so«, warf Karl ein. »Nachdem ihr gegangen wart, zeigte uns Graf Leopold vom Atelier aus, also von ganz oben, die schöne Landschaft ums Schloss herum. Die Ostsee, den Bodden, Wälder und Wiesen und ein Dörflein in einem Tal. Ach ja, und dann sagte er, dass seine Familie durch den Zweiten Weltkrieg alles verloren habe.« Ja, das sagte er so. Durch den Zweiten Weltkrieg und dabei schaute er Lucas an. Aber Lucas schwieg. »Du schweigst sehr lange, Lucas, warum?« »Weil es ein fürchterlicher Krieg war«, antwortete er. »Die Deutschen waren schlimm.« »Die Deutschen –.« »Ich war noch ein Kind, so alt wie ihr.« »Wie wir? Dann hast du aber gehört, wie die Bomben die Städte zerstört und die Menschen geschrien haben.« »Das habe ich, Karl. Als meine Oma noch schrie, war mein Opa schon tot.« Alle sahen mitleidig auf Lucas, es fiel kein Wort. »Du schweigst wieder«, sagte Karl nach einer Weile. »Schweigst du, weil du ein Mönch warst, gottgläubig, oder ein Baumeister?« »Nein, Karl: Ich höre wieder die krächzende Stimme meiner Oma, immer wieder höre ich sie. Und ich sehe wieder ihren angstschreienden Blick, immer wieder sehe ich dieses Bild.« »Dennoch war es gerecht, dass wir Russen die Deutschen geschlagen haben«, brachte Aljoscha etwas gequält heraus.« »Es war gerecht, Aljoscha«, antwortete Manu. »Du kannst es deutlich sagen, dass es gerecht war. Niemals gab es auf der Welt so viele Waisenkinder wie nach diesem Krieg. Wir ertrugen die Zeit danach in Demut, wir – wir, die Ostdeutschen. Auf unseren Schultern ertrugen wir fünfundvierzig Jahre lang die Knobelbecher einer russischen Besatzungsmacht. Wir, Aljoscha. Wir wurden ein anderes Volk. Endlich ein anderes deutsches Volk von siebzehn Millionen Menschen, bei guter Bildung und Kultur. Das bestätigte uns auch die Gräfin Franziska im großen Festsaal«, fügte Mareike hinzu. »Auch sie war nett.« »Total gut war sie zu uns«, bestätigte Indira. »Sie nahm mich an die Hand, als sie uns den Saal zeigte. Auch ihre Kinder, ihr Sohn Leopold und ihre Tochter Svenja waren nett.«

»Sie waren aber auch schon älter, Indira«, gab Cixi zu bedenken. »Leopold ist klug, konnte richtig gut reden«, fügte sie hinzu. »Zu schnell, Cixi, viel zu schnell«, protestierte Lili. »Du konntest doch gar nicht so schnell übersetzen, Manu, oder?« »Na ja, bei den Säulen, der Deckenmalerei und den Ahnenbildern an der Wand, fehlten mir manchmal die Worte.« Plötzlich lachte Karl ganz laut. »Karl, du freust dich darüber?« »Ja, wie soll man denn auch vom Vater bis zum Urururgroßvater mit allen Vornamen alles in Englisch übersetzen. Als wir nach dem Atelier in den Saal kamen und die vielen Namen hörten, hörte ich einfach weg.« »Eine Unart von dir, Karl«, kritisierte seine Schwester. Aber Karl gab nicht auf, er hielt dagegen: »Diese Ahnen haben aus unserer Welt doch nichts anderes gemacht als ein Atom!« Lucas verzog die Mundwinkel, raffte seine Augenbrauen nach oben und schaute Karl mit großen Augen an. »Karl«, sagte er. »Die Gräfin war stolz, als sie über die Ahnen des Hauses von Lenau gesprochen hat. Sie waren der Ursprung aller Dinge ums Schloss Ranaga. Jedes ihrer Bilder entsprach einer Zeit. Und jede ihrer Zeiten formten ihre Hände und Gesichter anders. Gleichwohl bei Mann und Frau. Sie waren doch der Menschheit Uranfang. Und musste es nicht erst Mann und Frau geben, ehe es Vater und Sohn und Tochter und Verwandte gibt? Denkt mit Ehrgefühl an eure Ahnen.« Lucas blickte in die Gesichter aller Kinder, erblickte Nachdenklichkeit und landete bei Silvia. Silvia errötete. Neuerdings wurde sie rot am Hals und an den Ohren, wenn sich ihre Blicke trafen. Und um sich abzulenken, ungewollte Gedanken zu stoppen, kam sie mit einfachen Plausibilitäten. »Die Gräfin war doch stolz, weil der Graf sie zur Frau genommen hatte.« Ihr Bild an der Ahnentafel war das Schönste. »Bildhübsch!«, rief Irina verhalten und Aljoscha pflichtete bei. »Sie ist so natürlich und passt gut zum Maler«, meinte er. »Sie erklärte uns einige seiner Blumenbilder so, als kannte sie jede einzelne Blume und –.« »Kannte sie«, unterbrach ihn Lucas. »Sie war Gärtnermeisterin auf dem Gaus'schen Gehöft hier oben auf dem Berg. Wir hielten vor ihrem Elternhaus, wenn ihr euch noch erinnert. Wir hielten dort, weil ich euch ein zweihundert Jahre altes Fachwerkhaus, das auf Feldsteinen stand, zeigen wollte.« Verwundert über die Zusammenhänge zwischen dem Gaus'schen Gehöft und dem Schloss, fragte Silvia: »Dann ist die Gräfin eine Ostdeutsche?« »Das ist sie, Silvia«, antwortete Lucas. »Dann hat sich ein westdeutscher Graf ein ostdeutsches Mädchen genommen?«, fragte sie nunmehr entsetzt. »Wie einst der Graf senior ihre Mutter – aber als Dienstmädchen«, antwortete Lucas schmunzelnd. Worauf Silvia gelassen reagierte. »Na ja«, sagte sie. »Herrgott, wie hat sich die Welt verändert.« »Selbst die Blumen, – selbst die Blumen«, sagte leidvoll Lucas. Gottserbärmlich ist ihr Leben geworden, hörten wir von der Gräfin. »Ihre Blüten, ihre Stängel und Blätter werden zum Wachstum getrieben und um den ganzen Erdball verschickt. Niemand spricht mehr mit ihnen. Wer die Schönheit der Blumen vermarktet, wird bald die Wälder und Seen vermarkten.« Alle blickten nachdenklich auf Lucas. Dann, aus der Ruhe heraus, überraschte Sun Mao, den Karl den Konfuzius nannte, mit Konfuzianischem: »Was du gesagt hast, Lucas, wird das Gleichgewicht zwischen Himmel und Erde zerstören. Der Rat der Weisen wird nicht mehr befolgt. Die Welt tobt, sie strudelt dahin, sie lebt nicht.« »Aber ... Sun Mao«, antwortete Lucas. »Unser Himmelskörper hat einen Kern, der Wärme gibt und Feuer speit. In ihm brennt hernieder, durch ihn erblüht das Neue.« »So was wie blühende Landschaften!«, rief Karl in den Raum. »Bei uns haben sie, die Westdeutschen, ich meine, nach der Wiedervereinigung, die Obstplantagen niedergemacht, Wälder abgeholzt und – was sagte die Gräfin? Na, was sagte sie, als sie uns ihre Hochzeitsbilder zeigte?« »Sie erwähnte ihre Blumen, Karl, immer wieder ihre Blumen«, antwortete Mareike.

»Ach! – und ihre Gäste. Jene Gäste, die ihre Blumen kauften, weil ihre Farbenpracht den Hügel des Gaus'schen Gehöfts in eine blühende Landschaft verwandelt hatte. Erwähnte sie nicht den alten Schuldirektor? Jenen Direktor, der alle Jahre zum Lehrertag viele Sträuße kaufte, oder den Kapitän zur See? Jenen Kapitän, der sein Schiff um des lieben Friedens willen hingab und viele Blumen zum Tag der Nationalen Volksarmee bestellt hatte?«

»Schön, dass der Maler, der Herr Graf Leopold von Lenau ihre Blumen in vielen seiner Bilder verewigte«, sagte Silvia im abfallenden Ton. Sie wollte das Kapitel beenden.

Gleichwohl erwähnte Dantos, – ausgerechnet Dantos, der

nie viel sagte, den Schäfer Josef. Er überraschte sie mit seinem plötzlichen Erscheinen. Er wirkte durch seine athletische Figur und Größe von einsachtzig. Gab jedem freundlich lächelnd die Hand, Irina ließ er an seinem bauschigen Backenbart zupfen. Manus Augen strahlten, er war ihr auf Anhieb sympathisch. »Den Schäfer hätte ich gerne als Vater«, sagte Dantos. »Das verstehe ich«, antwortete Manu. Sagte er nicht, dass er wisse, was ein Waisenkinddasein bedeute?« »Das sagte er, Manu, und deswegen, glaube ich, hat er aus seinem Leben berichtet.«

»Er sei ein Findelkind gewesen. Gräfin Amalia, die Oma vom Maler Leopold, habe ihn im Schafstall gefunden. Frühmorgens. Ein Mutterschaf sollte lammen, ein anderes hatte gerade ein Lämmlein ausgestoßen. Er soll schreiend neben ihm gelegen haben. Der Schafstall habe bis heute Wind und Wetter überstanden. Er gehört ihm, seit er Schäfer wurde. Alles habe er der Gräfin Amalia zu verdanken. Sie habe ihn ins Schloss geholt und sich um sein Wohlbefinden bemüht. Bis der Zweite Weltkrieg verloren war und die Russen kamen.« »Da sei er fünf Jahre alt gewesen«, warf Lucas ein. »Fünf Jahre?«, fragte Manu. »Sie hätte ihn doch mitnehmen können.« »Wollte sie doch«, rief Karl. »Sie habe doch noch in der Kirche gebetet, – dann sei sie mehrmals die Wendeltreppe im Turm auf und ab gelaufen, um ihn zu küssen und zu drücken. Aber dann – plötzlich – er wisse nicht –. Er habe hinter dem Fenster seines Zimmers gestanden und gesehen, wie sie mit Pferd und Kutsche davonfuhr. Sie habe das Pferd mit einer Peitsche geschlagen, niemals habe sie ein Tier geschlagen, und weil die Peitsche laut knallte, sei er die Wendeltreppe hinunter und ihr hinterhergelaufen.« »Weit sei er gelaufen, weit durch den Wald, um den Weg abzukürzen«, ergänzte Dantos. »Es sei der falsche Weg gewesen. Anna vom Gaus'schen Gehöft habe ihn zurückgebracht. Seitdem sei sie wie eine Mutter gewesen, die täglich nach ihm schaute.«»Unglaublich, – unglaublich«, warf Silvia ein.»Sie hätte ihn doch zu sich nehmen können, oder?«»Auf diese Frage gab er mir keine Antwort«, so Manu.»In Gräfin Amalia hatte er seine Mutter gesehen, ihr gehörte das Schloss. Und in ihm und mit ihm hatte er die Hoffnung, dass sie eines Tages zurückkommen werde. Diese Hoffnung habe ihn gezwungen, sich der Geschichte der Grafenfamilie anzunehmen und das Schloss bis auf seine Grundmauern zu erkunden.«

»Ein kluger Kopf«, sagte Lucas.»Er habe im Laufe der Jahre alle Räume im Westflügel bekommen.«»Fünf Räume«, erwähnte Mareike.»Dazu den Turm mit dem Kupferdach und den mit der Fahne.«»Den Süd- und Nordturm«, gab Bernd zum Besten.»Ich fand ihn auch klug wegen der Räume«, meinte Aljoscha.»Aber klüger noch, weil er Wände und Türen abklopfte, weil er einen unterschiedlichen Schall gehört hatte. Und den Raum über dem großen Saal fand, obwohl er die Gräfin Amalie finden wollte.«»Aber Manu hat sich blamiert«, lachte Ranga.»Bei dem Hebel, dem Hebel in der Nische zwischen dem Treppenaufgang und der Wand. Jener Wand, in der die Falltür war.« Manu lachte mit.»Na ja, einen unsichtbaren Hebel würde jeder doch erst einmal nach unten drücken, oder, Lucas?«»Wenn du mich fragst, als Architekten, sage ich, dass das nichts mit Architektur zu tun hat. Es ist eine Spitzfindigkeit, den Hebel nach oben drücken zu müssen. Das Gleiche trifft für die Falltür zu. Weniger für den Raum dahinter, den Josef den Ritterraum nannte. In ihm steckte schon Architektur.«»Du meinst die Stufen aus Feldsteinen, die an der Giebelseite V-förmig angelegt sind und bis zur Empore gingen?«, fragte Karl.»Auch, – auch die Lichtschächte und das Mauerwerk, das noch zu jener Zeit aus Lehm, Sand, Eiern, Quark und

Stroh für Festigkeit sorgte.«»Eier und Quark und Stroh?«, fragte verwundert Bernd. »Es hält, wie du gesehen hast«, antwortete Lucas. »Bei uns in Indien nehmen wir dazu noch Kuh, Kuh …, Kuhsch …«, lachte Indira. »Über diese Stufen hatten der Lehrer Kneipp, Frau Gau und noch ein Mann alle Möbel in den Raum über dem Festsaal getragen«, erwähnte Manu. »Bis auf die beiden großen Lüster im Festsaal«, widersprach Aljoscha.

»Sie hingen noch so, wie die Gräfin Amalia sie hatte anbringen lassen, unbeschädigt und glanzvoll. Glanzvoll«, wiederholte er nachdenklich. Nur kurz. Dann reckte er sich und sagte: »Svenja hat sie so beschrieben, ja, Svenja, die Tochter von der Gräfin.«»Na gut Kinder, und wie findet ihr den Raum über dem Festsaal?«, wollte Silvia zum Abschluss wissen. »Akustisch einmalig«, antwortete Lucas. Wie Josef ihm sagte, sei es ein toter, leerer Raum gewesen, als er ihn entdeckt hatte. Er habe die Fläche des Festsaales gemessen und dadurch nur eine Höhe von einem Meter und achtzig Zentimeter festgestellt. Oberhalb der Stufen hatte er einen verdächtigen Klopfschall gehört. Daraufhin habe er mit letzter Kraft, mit einem schweren Hammer, mutig die Wand durchbrochen. Dann sagte er, dass er am ganzen Körper gezittert habe, vor Schreck. Vor ihm, gut erhalten, farbig, lagen die Empore und der große Raum. Und heute spiele er noch täglich auf dem Klavier.«»Er spielt sehr gut«, sagte Manu. »Vierhändig klang es besser«, fügte Cixi hinzu. »Ein Klang für jedes Ohr«, ergänzte Lucas. Josef hatte für eine gute Akustik gesorgt. »Er habe, wie er mir zeigte, die Wände gedämmt, die Luftschächte gepuffert und an die dicken Teppiche aus dem Schloss gedacht. Teppiche und Klavier gehörten Gräfin Amalia. Es wird dort bleiben, solange er lebe. Und solange er hier spielte, den Mozart, den Beethoven,

Haydn und Chopin, seit seinem siebenten Lebensjahr, sagte er, hat dieser Raum eine Seele, eine deutsche Seele, die auch ein Russe nie zu entdecken vermochte.«

KAPITEL VIII

Wieder ein Unterrichtstag mit Thekla!

Cixi, das einst kleine, zierliche Mädchen, ist herangewachsen an die Größe der anderen Kinder. Dank der Reize im Raum der Sinne. Aber zierlich ist sie geblieben, zierlich und bescheiden. Der Liebling im Haus. Deswegen erhielt sie den Auftrag, Thekla einen Blumenstrauß zu überreichen. Noch lag er vor ihr auf dem Tisch. Noch war sie aufgeregt, zitterte, blickte zu Wilfried, Silvia, Lucas und Manu. Manu nickte freundlich und gab ein Zeichen. So war es vereinbart. In ihm lag der Ruck, der durch ihren Körper ging. Er gab die psychische, dann die physische Kraft und sie ging nach vorn. »Liebe Thekla«, sagte sie, »ich darf dir zwölf verschiedenartige Rosen von zwölf verschiedenartigen Heimkindern überbringen. Es sind Blumen aus zwölf verschiedenen Schulgartenbeeten. Wir freuen uns, dass du wieder da bist.« »Bravo!«, rief Lucas. Wilfried, Silvia und Manu klatschten. Sie beklatschten den Beginn des letzten Jahres vor dem offiziellen Schulbeginn. Theklas Wangen wurden von Tränen feucht. Sie berichtete über ihr liebes Töchterchen, wie sie es gestillt habe, gefüttert und wie sie es hat aufwachsen sehen. Sie bedankte sich bei Silvia. Karl tuschelte hinter vorgehaltener Hand. »Sie hat sich verändert.« Mareike stieß ihn an: »Schweig.« »Ja, Karl, ich habe mich verändert. Seit ich ein Baby habe, lausche ich mehr.« Karl war baff. Kein guter Beginn für ihn, dachte er. Von Stund an war er ganz Ohr.

»In einem Jahr«, begann Thekla, »ist in unserem Heim regulärer Schulbeginn: für alle. Für alle Heimkinder gleich, – ob fünf oder sechs Jahre alt, für Silvia, Manu, Wilfried und Lucas.« »Und Töchterchen Christin«, warf Lucas lachend ein. »Dann, wenn alle im Hause lernen und lehren, wird Christin auch belehrt werden.« Thekla schaut Wilfried an, senkt den Kopf, schmunzelt und wirkt nachdenklich. Dann, nach einer Weile, fuhr sie fort: »Ein Jahr ist nichts, sagt man so. Aber wir sagen: Ein Jahr will neue Gedanken, Ideen, Weisheiten und Träume.« »Weisheiten sind das Wichtigste!«, rief Sun Mao. »Konfuzius lässt grüßen«, nuschelte Karl. »Mag sein, Sun«, entgegnete Thekla. »Aber auch Träume. Mein Traum wäre, euch nach einem Jahr nur noch einen Wink geben zu müssen. Nur noch einen kleinen Wink, – für eure Schulzeit.« »Deinem Traum, Thekla, und deinem Wink fügen wir unser Ehrenwort bei«, sagte etwas lapidar Karl. Dann jedoch wurde er, wie es seine Art war, deutlicher: »Ergreift den Mut, gebt ein Handzeichen und bekundet unseren Willen«, forderte er die Klasse heraus. Und schon war die Stimmung gelockert. »Was müssen wir verbessern?«, fragte Thekla. »Wir, Irina und ich, möchten mehr Russisch lernen.« »Und wir mehr Chinesisch«, sagte Sun. Und als sich Teresa, Indira und Lili meldeten, erhob Thekla freudestrahlend u-förmig die Hände und gab bekannt, was immer sie vorhatte: »Zwei Stunden wöchentlich jeweils eine Sprache. Aber kein stures Pauken«, fügte sie hinzu. »Zwei Stunden in der Woche, Thekla, und plappern können wir ja, wie wir wollen«, antwortete Karl. »Nein, Karl, nicht plappern, wie du sagst. Unsere Sprachen sollen Ausdruck menschlichen Denkens, Fühlens und Wollens sein.« »Das, Thekla, habe ich jetzt nicht verstanden«, antwortete Karl gereizt. »Denken ja«, lenkte er ein. »Bevor ich etwas sage, habe ich gedacht. Aber fühlen und wollen?« Er legte eine Hand aufs Kinn, um nachzudenken. Wohl zu lange, denn Sun sprang ein. »Ich denke an Cixi. An den Blumenstrauß, an das, was sie sagte. Sie sagte es so, wie wir es gestern Abend geübt haben. Mit Stolz und Ehrgefühl.« »Ach Sun, ein besseres Beispiel hättest du jetzt nicht bringen können«, antwortete Thekla. »An guten Beispielen sollte es nicht fehlen«, fügte Manu hinzu. »Erinnert euch bitte an die Kinder im Schloss Ranaga. War es nicht toll, wie Leopold die vier Säulen mit den Kapitellen, die Wandmalereien oder die Westminster-Standuhren beschrieb. Oder Svenja sich ausdrückte und gewählt sprach?« »Ja, Manu, das war toll«, antwortete Mareike. »Sie haben ja auch einen Hauslehrer, der jedes Wochenende kommt, hat mir Svenja geflüstert. Und älter als wir sind sie auch.«

»Zwei Jahre!«, rief Karl dazwischen, »was sind schon zwei Jahre. Und jedes Wochenende einen Hauslehrer. Und Freizeit?«, fragte er erbost. »Diese Kinder haben doch überhaupt keine Freizeit mehr«, fügte er lapidar hinzu. »Doch, Karl, sie haben beides«, antwortete Lucas. »Denn Freizeit heißt lernen und lernen heißt Freizeit.« »Nee … Lucas, das verstehe ich nicht.« »Also: Um lernen zu können, brauchen wir den Tag, jeden Tag, und um – gut – lernen zu können, brauchen wir die Nacht. Ich möchte das anstrengende Lernen mit dem Spielerischen verbinden. Ich möchte auch das Lern-Spiel. Ich möchte mit euch in diesem Jahr das Schloss Ranaga in Miniatur nachbauen.« »Das klingt schon besser!«, rief Karl lachend. »Nein, Karl, es klingt nur anders. Wir werden dabei einen guten Umgangston pflegen und jedes Bauteil in einen guten Satz bringen.« »Dann werden wir ja nie fertig!«, antwortete Aljoscha. »Wir bauen ein Schloss, Aljoscha, keine Sandburg. Jede Handlung bedarf eines erdachten Satzes, jede Ausführung eines durchdachten und jeder Abschnitt eines nachgedachten Satzes. So wollen wir üben, logisch zu denken und gute Sätze zu formen. Und nicht nur bei mir im Garten.« Lucas meinte es ganz allgemein. So auch im Geschichtsunterricht bei Silvia oder im Musikunterricht bei Manu. Ansonsten sollte das letzte Jahr vor Schulbeginn der individuellen Förderung nach Neigung und Interesse dienen. Die Mexikaner, Lili, Irina, Indira, Cixi und Bernd blieben im Musikunterricht bei Manu. Karl, Ranga und Mareike liebten die Geschichte und Geschichten von der ganzen Welt bei Silvia. Aljoscha wollte bei den russischen Märchen, den Mythen und mysteriösen Geschichten über sein Land bleiben, er verehrte Thekla. Nur Sun, der sich in die Bilder beim Grafen auf Anhieb verliebt hatte, wünschte sich, wann immer es möglich wäre, dorthin ins Atelier fahren zu dürfen.

Schon am nächsten Morgen rief Wilfried beim Grafen an. »Sie haben einen Chinesen ins Herz geschlossen, empfinde ich nach dem Herzen von Sun Mao. Sein Herz schlägt für die Malerei.« »Nein, was sagen Sie. Ich irrte mich nicht. Als ich ihn beobachtete, wie er auf die Bilder schaute, wie er verglich, wie er mit seinen Fingerspitzen Konturen nachging, blickte ich ihm lange in die Augen. Er kann kommen.« Noch am Nachmittag radelte er rüber. Das Mittagessen ließ er stehen. Cixi, erregt, hochrot ob seines plötzlichen Aufbrechens, winkte hinterher. Am Schloss, nach einer halben Stunde, durchgeschwitzt, hielt er vor dem Turm zum Atelier inne.

Du musst ganz ruhig sein, dachte er, wenn du Maler werden willst. Leopold empfing ihn an seinem Bilde vertieft, ohne Reaktion. Das gefiel Sun, obwohl er höflich »Guten Tag« gesagt hatte. Neugierig verfolgte er sein Farbenspiel. »Was mischte ich eben?«, fragte der Maler. Sun dachte nach: Die Farben hatte er, auch die Mischung, der Antwortsatz kam nicht. Denke, dachte er, durchdenke den Satz und sage ihm: »Sie, Herr Graf und Maler, haben eben Van-Dyck-Braun, Indischrot,

Ocker, Ultramarineblau und Weiß gemischt und einen Acker gemalt.« Leopold nahm den Pinsel von der Leinwand, verharrte eine Weile beim Blick auf das Bild, drehte sich seinem Schüler zu und sah ihn lange prüfend an. »Stimmen die Farben?«, fragte er bei zweifelnder Mimik. Sun war verunsichert. »Ich glaube, Herr Graf«, stammelte er. Leopold änderte spontan seinen Gesichtsausdruck, er wurde freundlicher, lächelte sogar und reichte Sun die Hand. »Aus dir könnte ein guter Maler werden«, sagte er. Sun schien erleichtert, atmete tief durch, seine Gedanken waren bei einem neuen Satz, er kam nicht, es kam nur ein kindliches »Danke«. So mochte ihn der Graf und fortan waren sie Malerfreunde. Tags darauf begann Lucas mit dem Bau des Schlosses. Thekla, mit Christin an der Hand, Christin konnte schon laufen, war dabei, als Wilfried und Lucas den Kindern einen modernen Werkraum zum Werkeln übergaben. Alles war neu. Vieles hatten die Kinder noch nie gesehen. Das schöne Schloss Ranaga imponierte auf einem großen Bildschirm, es ließ sich drehen, zerschneiden in Höhen und Tiefen und in die Hirne der Kinder bringen. Sie waren begeistert. In ihren Gesichtern war eine neue Lebensfreude zu erkennen. Karl, der sonst so vorlaut wirkte, wirkte nachdenklich. Dann, nach einer Weile, als Lucas und Wilfried über Werte sprachen, sagte er: »Mensch und Werte, Werte und Mensch, wenn das so mein Vater gehört hätte.« Und alle schwiegen.

Und alle horchten auf, als Manu freudestrahlend in die Werkstatt kam, um etwas Sinnvolles mitzuteilen. »Josef hat eben angerufen«, begann sie, ihre Stimme überschlug sich. »Er sagte, wir sollten gemeinsam, zweimal im Monat, in seinem Konzertsaal, so nannte er seinen Raum, musizieren. Die Kinder des Grafen wollten es, auch der Lehrer Kneipp und die alte Dame vom Vorwerk auf dem schönen Länneken.« Wilfried stimmte

einem Termin zu. Manus Glanz in den Augen, ihre über-
schwängliche Freude verrieten mehr als nur die Musik. Lucas,
am Bildschirm, begeisterte mit bunten Bildern, Mädchen und
Jungen. Eines der Bilder hielt er fest. »Schaut in den Festsaal«,
bat er sie. »In einem halben Jahr«, meinte er überzeugend,
»müsste er so in einer Ummantelung eines tiefen Mauerwerkes
stehen. In seinen vier marmorierten Säulen und Kapitellen aus
Speckstein wird sich dann eure Kraft und euer Geist wiederfinden. In der Ausgestaltung, Mädchen, mit Möbeln, Teppichen
und dem Wandschmuck, muss auf ewig das Wort eines Wai-
senkindes Gehör finden.« »Die Puppenmöbel habe ich schon
bestellt«, fügte Thekla hinzu. »Auch die Literatur dazu. Und
zu den Märchen und Mythen, die es über das Schloss gegeben
hat und seine Geister, möchte ich gemeinsam mit Aljoscha
berichten.« Wilfried war begeistert. Er wünschte Lucas und
den Kindern gutes Gelingen, wandte sich seinem Kinde zu,
nahm es auf den Arm, Thekla an die Hand, um ins Freie zu
gehen. »Herrlich«, sagte er. »Spürst du den Frühling? Atme!
Rieche! Oder fühle den Tau auf dem Ahornblatt. Bitte, eins für
Christin und eins für dich. Es ist der Frühling, es ist sein Anfang, es ist der erste Geburtstag unserer Tochter. Wie schön.«
Sie wanderten entlang des Gartens, trippelten durch die Beete,
Christin zupfte mal an dieser, mal an jener Heilpflanze. Plötzlich aber, unvermittelt, ging Wilfried schnellen Schrittes den
kurzen Hauptweg zu Lucas Fensterfassade seiner Bibliothek.
»Sie ist tatsächlich gesprungen«, rief er zurück, »diagonal, das
teure Glas.« Derweil zupfte Christin an der »kleinen Klette«
und schrie. Sie erschrak, als sie mit ihren Fingerchen an die
rauen, behaarten Fruchtköpfe kam. Sie erschrak, sie vergaß, sie
war kindlich und lief zu den Blüten der »schwarzen Nieswurz«.
Zu einem Hahnenfußgewächs, das schon ab Januar blühte.

Seine breit-eiförmigen, langen, weißen Kelche, zu denen sich am Blütenrand zwei bis drei hellgrüne Hochblätter gesellten, müssen das kindliche Auge angezogen haben. Christin lief an allen anderen Beeten vorbei zum Letzteren, das geschützt an der Uferböschung lag. Alle zwölf Beete trugen je zehn Heilpflanzen. Wilfried überblickte jedes der Beete, er wirkte nachdenklich. »Hättest du jemals gedacht, dass es uns gelingen würde, in kurzer Zeit aus einem Körnchen ein Kornfeld zu machen?«, fragte Wilfried. Thekla blickte ihm in die Augen, lächelte ein wenig und küsste ihn auf die Stirn. »Nein, Wilfried. Wenn du meinst, was in den Jahren an Gutem am Projekt Waisenhaus gewachsen ist.« »Das meine ich. Ich meine aber auch unser Glück. Unser Kind und unsere Kinder und das Feld, das aus einem Korn erwuchs.« »Möge es Jahr um Jahr mehr erblühen, lass uns noch den Weg zur Quelle und zu den Steinen gehen«, bat Thekla mit Liebreiz. Die Quelle war schnell erreicht. Im sprudelnden, glasklaren Wasser spiegelten sich die Sonnenstrahlen der Nachmittagssonne, die sich durch das Geäst der Bäume zwängten. Christin warf ihr erstes Stöckchen und freute sich, wie es dahinschwamm in die Tiefe und zwischen den Steinen am Wasser hindurch in die Ostsee. »Wessen Namen unserer Schüler wird sie eines Tages tragen? Wilfried.« Wilfried lachte. »Diese Frage stellst du mir. Du, die vorausschauend, weit vorausschauend zu denken vermag. Du hast mir einmal gesagt, dass im ständigen Werden und Vergehen manch ein Hirn mancherorts Jahrhunderte überlebt: wie das von Charles Darwin oder Einstein. Welches Hirn deiner so geliebten Waisenkinder könnte Geschichte machen?« »Drei Kinder, Wilfried. Drei, Karl, Aljoscha und Sun.« »Das heißt – Moment. Drei Jungs und kein Mädchen!« »Was würde Christin eines Tages über uns sagen?« »Vielleicht wird sie an drei ihrer

Quellen gehen und sagen: tolle Schüler!« Ach, Christin, was wirst du sagen!, dachte Wilfried. Er hatte sie auf den Arm genommen, ihren Kopf zu sich herangezogen und sie gedrückt. Auf den Steinen wollte sie nicht gehen.

Wie es schien, waren es nicht die Unebenheiten, die rollenden Steinchen oder die herabgestürzten, noch gesunden Bäume, nein, es war das Meer. Zum ersten Mal sah sie die große, blaugrüne, in der Sonne schimmernde Ostsee. Sie wollte auf den Arm. Sie wollte von oben aus mit großen Augen das sehen, wohin sie mit ihren Fingern zeigte. Und sie zeigte in die Ferne, auf Arkona und den herabgestürzten Baum. »Du meinst also, Thekla«, sagte Wilfried auf dem Rückweg, »wir sollten noch zwei weitere Quellen an unserem Ufer erkunden?« Ich schätze, die Jungs werden immer gleich gut sein wollen. Ich erkannte in ihnen eine erlebte Ungerechtigkeit. Deswegen verhalten sie sich, ich denke, mit den Jahren mehr: gleich gesinnt, gleichmütig, gleichnamig und gleichrangig.« Möge Thekla recht bekommen, dachte Wilfried und während seiner Gedankengänge wollte Christin auf ihrer Mutters Arme. Bisher hatte sie immer recht gehabt. Gegen den Willen ihrer Eltern studierte sie Sprachen, gegen eine Mittelmäßigkeit kämpfend, strebte sie nach oben, nach ganz oben. Aber gegen das Oben empfand sie ein ungerechtes Sein auf diesem Erdball. Sie wollte Mutter werden, sie wollte Liebe, sie wollte ein Waisenhaus. Und nun will sie – na! Noch zwei Quellen erkunden. Lucas erwartete sie. Er winkte ihnen aus der Ferne zu. Er stand am Südhang ganz oben und genoss den herrlichen Blick. Christin schenkte er hier und soeben ein Lindenbäumchen, aus dem ein Wäldchen werden sollte. »Ich schenke dir einen Baum mit Herzblättern«, sprach er beim Eingraben, und bald soll hier ein Wäldchen, vielblättrig, vielstämmig, ein Wäldchen für die Jugend sein.

Zu Christin geschaut, fügte er hinzu: »Möge es ein Wäldchen der Vögel, Eichhörnchen, Bienen und der Liebe werden.« Welch ein Tag, dachte Thekla am Abend, als sie aus dem Fenster schaute, um zu beobachten, wie eine goldene Sonne unterging. Am nächsten Morgen, am Frühstückstisch, dachte sie wieder an die Abendsonne und an jene, die ihr im Traum des Nachts so nahe war. Sie versank nicht im Meer, stand lange über ihm, Thekla wollte sie mit beiden Händen ergreifen, lief über das Wasser, doch nein –, die Kinder störten. Sie waren auffallend lebhaft an diesem Morgen. Sie freuten sich, ein Schloss bauen zu können und gemeinsam mit Josef und den Kindern des Grafen musizieren zu dürfen. Sun widmete sich der Malerei. Wie mögen sie geschlafen haben?, dachte Thekla. Vielleicht sollte ich, meinen Traum noch vor Augen, auch die Kinder nach ihren Träumen fragen. Sie begann den Unterricht mit einer diesbezüglichen Suche nach Antworten. »Karl weint manchmal«, sagte seine Schwester. »Aber heute Nacht hat er etwas ganz laut gesprochen, aber was?« »Na, die Steine, diese Backsteine, die wir herstellen sollen. Wir holten doch noch Lehm, Ton und Sand. Heute sollen wir zermahlen, pressen, schneiden und die Rohlinge trocknen lassen. Dann sollen sie in einem Ofen gebrannt werden. Im Traum aber sah ich den Ofen anders. Er war glutrot, ganz heiß und spuckte immer Feuer. Deswegen war ich so laut.« »Ein guter Traum, Karl – es ist ein gutes Omen«, antwortete Thekla. »Das heißt: Achtung geben am Ofen.« »Indira?« »Ich träume oft von unseren heiligen Kühen. Ich mochte sie in unseren Straßen und Gassen.« »Und unsere Ratten auf der Müllkippe«, fügte Ranga hinzu. »Aber von denen träume ich nicht. Ich glaube, ich träume überhaupt nicht.« »Doch, Ranga, ich glaube schon, dass du auch Träume hast.« »Jeder«, antwortete Aljoscha. »Ich denke oft an unsere

Birken im Wald und an die Babuschka, die dort in einer Holzhütte wohnte. Aber Irina hörte ich oft nachts schreien.« Aljoscha wandte sich seiner Schwester zu und forderte sie auf, was zu sagen. »Das stimmt, Aljoscha. Aber seitdem wir hier sind, das musst du auch sagen, habe ich nicht mehr nachts geschrien. Jedenfalls weiß ich das nicht. Aber vorher, – das weiß ich genau. Als uns der Wachmann, dieser dicke, fette mit dem langen Bart, der immer besoffen war, in einem Eisenbahnwaggon drei Tage eingeschlossen hatte.« »Und Sun? Sun!« – Thekla sah, dass er dasaß und träumte. Er zuckte zusammen, sah Thekla mit großen Augen an und wunderte sich, dass die Kinder über ihn lachten. »Warum lacht ihr, ich habe keine Träume«, antwortete er verärgert. »Ich habe nur Gedanken zum Malen. Auch nachts. Nachts sehe ich manchmal einen Menschen vor mir, irgendeinen, ich sehe ihn aber so deutlich, seine Gesichtszüge, seine Augenbrauen, seine Falten, dass ich ihn in Gedanken male. Wie eben.

Ich malte Thekla. Entschuldigung.« Ein erneut hinter vorgehaltener Hand aufkommendes verhaltenes Gelächter stoppte Thekla nachdenklich mit nur einem Wort: »Ruhe!« In der anschließenden Pause erinnerte sie sich an das Gespräch über die Quellen. Bernd nahm Mareike beiseite. »Du musst jetzt was sagen – gleich zuerst.« »Nein, Bernd, ich sage nichts.« »Ich glaube aber, dass Karl darauf wartet.« »Karl?« »Ja, Karl, das weißt du genau. Er wartet doch immer, dass du was sagst.« »Hm, mal sehen.« Als sie auseinandergingen, nahm Karl sie beiseite. Mit Beginn der zweiten Stunde hörten alle aufmerksam zu. »Es ist sehr oft eine Fliege. Eine große, so groß wie ein erwachsener Mensch, der auf allen vieren geht. Aber es ist kein Mensch, es ist eine Fliege mit großen Augen und Flügeln. Und großen Händen, wie Löwenpranken. Sie summt ganz leise, wenn sie kommt, wenn sie auf mich draufloskommt und ihre Pranken um meinen Hals legt.« Bernd schaute traurig nach unten und sagte:»Dann schreit sie so laut, dass ich sie gleich in mein Bett hole.« Karl lachte, eine Fliege, lachte er, Aljoscha rief:»Ein Fabelwesen«, Karl sagte:»Erschlag sie doch«, Thekla ahnte nichts Gutes.

Gleich nach dem Unterricht rief sie Dr. Fiedler an. »Du sprichst von Träumen, deren Deutung und eventueller Bedeutung. Du sprichst von einer Fliege, einer tierisch großen, so etwas wie ein Fabelwesen, von dem Mareike des Öfteren träumt. Mareike? Moment mal, ist das nicht?« – »Ja, ja, das ist sie, die Tochter von …« »Silvia, ich weiß. Au, das tut weh. Da ist noch was, was nicht aufgearbeitet wurde. Hat Silvia Kenntnis von den Träumen?«»Nein, ich denke nicht. Möchte auch nicht mit ihr darüber reden.«»Das verstehe ich, wäre auch nicht gut. Also Psychotherapie, meine Liebe. Hat sie einen Freund?«»Leo! – «»Ich meine, so einen kleinen Schulfreund.« Leo lachte. »Lach nicht, sie hat tatsächlich einen Freund. Den Karl.«»Oh! Den Karl, diesen breitköpfigen, diesen Marx. – Wie hat er denn auf diese Schilderung reagiert?«»Erschlag sie doch!«, hat er gesagt.»Erschlag sie doch –? Darin liegt Psychologie. Wie ist er so?«»Klug, sehr klug, Leo.«»Dann spricht er, denke ich, ein schönes Englisch. Und lesen, kann er -?«»Kann er von allen Schülern am besten.«»Gut, sehr gut. Dann brauche ich einen Termin mit Mareike, ihrem Bruder, Karl und dir.« »Und Silvia?«»Mit Silvia spreche ich vorab.«»Wie du meinst. Schon mal herzlichen Dank!« In drei Tagen, für den Sonnabendmorgen, stand der Termin fest. Leo hatte das Modell einer Fliege von der Größe einer Männerfaust mitgebracht. Es war aus weichem Holz geschnitzt, hatte niedliche Augen, anliegende Flügel und nichts Böses an sich. Er legte es in die

Mitte eines runden Tisches, um den sie Platz genommen hatten. »Aus meiner Sammlung«, begann er. »Viele solcher Tiere gehören zur Sammlung. »Schaut euch die Fliege genau an.« Nach einer Weile reichte er sie herum. »Nehmt sie bitte in eure beiden Hände, befühlt sie, guckt in ihre Augen, betrachtet ihre Beinchen. Wie ist sie?«, fragte er. »Gut«, antwortete Bernd. »Nein, Bernd, sie ist nicht nur gut, sie ist sehr gut«, widersprach er. »Na ja – ja, ja –, natürlich, sie ist eben eine ..., eine ganz normale Fliege. Sie hat niedliche Augen. Sie hat einen kleinen Kopf. Die Fühler vorne, oder Greifer? oder? Ach, ich weiß nicht, was Mareike immer träumt! Jedenfalls ist sie völlig harmlos!« Dem Gelächter setzte Karl wie immer noch einen drauf: »Erschlag sie, Mareike, erschlag sie, im Traum darfst du alles erschlagen!« Leo schenkte ihr das Prachtstück. Und es vermittelte zwischen Traum und Albtraum. Die Hintergründe verblassten mit der Zeit. Thekla erfreute sich zunehmender Fortschritte. Ihr erster gemeinsamer Tag der Musik war gekommen: Um die Nachmittagszeit, um die Nachmittagsschlafenszeit der Älteren empfing Josef, ein wenig aufgeregt, den Lehrer Kneipp mit Anna Gau, seiner Mutter und Mutter von der Gräfin Franziska. Beinahe unbemerkt, ohne ein Pusten zu vernehmen, kam auch schon Frau Landauer vom Vorwerk über die Stufen in den Konzertsaal. Sie wollte am Spinett spielen und wurde überaus herzlich empfangen. Hochbetagt war sie, von knorriger Gestalt, redegewandt, sehr musikalisch. Eine Pfarrwitwe. Sie überraschte den Grafen eines Tages an seinem Hochzeitstage mit einer Lieblingsmelodie seines Vaters. Seitdem gehört sie zum Quartett der Schlossmusikanten. Pastor Friedjung fehlte noch. Ungeachtet dessen begannen sie mit dem Abstimmen der Instrumente.

Bei gutem Klange, wohltuend, kamen die Kinder des

Waisenhauses, Pastor Friedjung mit seiner Bratsche, die Gräfin mit ihren Kindern, letztendlich der Graf. »Nunmehr sind alle da«, flüsterte Lehrer Kneipp zu Josef. »Gut.« Josef drehte sich auf seinem Klavierhocker, schaute in die Runde und sagte: »O, welche Ehre!« Plötzlich fühlte er, wie das Blut ihm heiß zu Kopfe stieg, wie er errötete bei einem zweiten Blick zu Manu. Dann aber besann er sich seiner zurechtgelegten Worte und sagte: »Zu Ehren unserer lieben Grafenfamilie, nach altem Brauch, spielen wir eine Polka. – Eine Komposition unseres verehrten Lehrers Kneipp, auch Schlaumeier genannt. Ich bitte zwischen den Stücken nicht zu klatschen. Wir wollen ein harmonisches Ganzes. – Nach der Polka spielt dann Frau Landauer auf dem Spinett.« Frau Landauer beherrschte das Tasteninstrument mit noch leicht spielenden Fingern bei bemerkenswerter Beweglichkeit in allen Gelenken. Sie dirigierte mit dem Kopfe die jüngeren Herren. Sie lächelte bei tausend Fältchen im Gesicht, wenn es lockerer sein sollte, und schmollte, wenn es zu locker war. So hatte sie ihre Herren im Griff. So war sie: mit zweiundachtzig Jahren am Spinett, im langen schwarzen Rock, in einer weißen Bluse und mit lila gefärbtem Haar. Und sie war so, weil sie täglich ihre Kuh melkte, frische Milch trank, butterte, Brot backte und ihre Gelenke mit Milchfett einrieb. Sie heizte mit Holz, kochte auf dessen Flamme, brühte sich selbst getrockneten Kamillen- oder Pfefferminztee. Sie hatte an den Kaiser geglaubt, an Hitler, an den Sozialismus in der »DDR«. Sie glaubte, gut gespielt zu haben, stand auf, verbeugte sich und – Leopold begann zu klatschen. »Pause«, sagte er. »Ich muss dich drücken, Tante Landauer.« Sie gehörte einstmals zum Freundeskreis seiner Eltern. Sie war es, die in den Wirren des Krieges das Spinett aus dem Schloss holte und immer darauf spielte, wenn Erinnerungen sie schwach werden ließen. In gebeugter Haltung, bei einsfünfundachtzig, begab sich Graf Leopold nach vorne zu den Musikanten. Tochter Svenja folgte ihrem Vater. Zweimal in der Woche hatte sie bei Frau Landauer in einer uralten Bauernstube, im Vorwerk auf dem Hügel gelegen, Klavierunterricht. Sohn Leopold nahm sich währenddessen Sun Mao beiseite. Er lächelte ihn an, klopfte ihm auf die Schulter und sagte: »He! tolle Skizzen hast du gezeichnet, Vater hat sie mir gestern gezeigt.« Sun fühlte sich geehrt, er verbeugte sich. »Du meinst, die vom Josef und vom Lehrer?« »Ja, vom Schlaumeier. Ist dir dabei nichts aufgefallen?« »Schon, Leopold, beide haben einen Klumpfuß.« »Und?«, hakte Leopold nach. »Was und? Werde deutlicher, Leopold.« »Vater und Sohn! Sun. Beide haben rechts einen Klumpfuß.« Sun senkte den Kopf, wirkte nachdenklich und schielte zu beiden hinüber. »Vater und Sohn?«, murmelte er. »Aber Josef sei doch ein Findelkind gewesen, hätte doch im Schafstall gelegen, hat er uns gesagt. Oh!, Leopold, was Bilder so aussagen können. Noch lehrt mich dein Vater konsequent die Grundelemente der Malerei.« »Noch?, Sun«, antwortete Leopold mit einem lauten Lachen.« Zwei Jahre habe ich gebraucht, um zu hören, dass ich die Pinselstriche gut beherrsche, zwei Jahre, Sun, für ein gutes Wort.« Josef verkündete die Beendigung der Pause. »Wir hören zuerst Dantos auf seiner Trompete, begleitet von seiner Schwester Teresa mit Rasseln und Kastagnetten. Ihnen folgt ein Geigensolo von Svenja. Ein besonderes Solo: Svenja hat sich soeben in der Pause gewünscht, dass Karl sie auf dem Cello begleiten möge.« Karl stimmte zu. Svenja spielte souverän. Sie zog Karl in ihren Mozart. Es war ihr erstes gemeinsames Stück. Beide gaben alles. Mit ihrer Musik ergriffen sie die Herzen von Mareike, Indira, Cixi und Lili. Sie sollten auf ihren Geigen folgen. So Josef. So sein Vorschlag, mit des Grafen Sohn am Klavier. Aber Svenja hatte alle Erwartungen übertroffen, die Mädchen aus dem Waisenhaus ernannten sie zur ersten Geigerin. Sie dirigierte, sie erhob sich über ihren Bruder am Klavier. Mit ihr erklangen Schumann'sche Lieder, die Thekla emotional berührten. Meine Waisenkinder, dachte sie, als sie sich die Freudentränen aus den Augen wischte. Manu und Josef wagten hiernach nur zögerlich den Weg zum Klavier. »Wir spielen vierhändig Frédéric Chopin, meinen Lieblingskomponisten«, kündigte Josef an.

Nach dem Spiel, während alle klatschten, blickte Josef auf Manu, umfasste ihre Hand und sagte: »Das war es, Manu, was mir in meinem Leben fehlte, – ein gemeinsames Spiel.«

Soeben hatte sich der Chor hinter allen Instrumenten aufgestellt. Der Graf rückte zur Gräfin heran, gemeinsam sollten drei Volksweisen gesungen werden. Manu begleitete auf dem Klavier und dirigierte. Ein schöner Tag aber auch für Silvia und Lucas. Sie durften während der musikalischen Klänge, die hinunter bis in den Festsaal drangen, dort, eine Kaffeetafel vorbereiten.

»Unser Waisenhaus steht auf einem guten Fundament«, sagte Thekla am nächsten Morgen zu Wilfried. »Du meinst es sicherlich im übertragenen Sinne.« »Mit beruhigendem Gefühl, Wilfried.« – »Dass unser Haus auf einem kreidigen Boden steht, der ständig in Bewegung ist und auch einmal eine Fensterscheibe zum Platzen bringt wie bei Lucas, berührt mich nicht. Alles ist in Bewegung, in ihm liegt das Gute.« »So meinst du also den gestrigen Tag.« »Ich erkannte Emotionen, Inspirationen, Harmonie und Liebe.« Wilfried lehnte sich in seinem Sessel zurück, faltete die Hände über seinem Bauch und lächelte Thekla an. – »Und Liebe, sagtest du eben Liebe –, sie ist so wichtig wie die Inspiration, die Emotion, die Harmonie. Wenn du die Liebe, die unerwartete Liebe zwischen Silvia und Lucas und Manu und Josef meinst. Sie ist so wichtig für die Kinder.« »So meine ich es, Wilfried. In Anbetracht aller widrigen Umstände hätte ich nicht gedacht, dass Silvia sich noch einmal in einen Mann verlieben könnte.« »In Lucas, ja, Thekla. Und bedenke: Lucas und Silvia sind zu Unrecht bestraft worden, beide haben das Unrecht wohlwollend verarbeitet, dank ihrer psychologischen Stärke. Sie werden allen unseren Kindern gute Eltern sein.« »Eltern und Lehrer.« »Umgekehrt, Lehrer und Eltern«, antwortete Thekla. »Wie Josef«, fügte Wilfried hinzu. »Josef trägt übrigens den Nachnamen Szymborski. Aber seine Mutter, die auch die Mutter der Gräfin Franziska ist, ist eine verwitwete Gau. Sie kam mit dem Lehrer Kneipp. Du erinnerst dich?« »Und ob! Sie nannten ihn doch den Schlaumeier. Szymborski deutete erneut an, dass er ein Findelkind gewesen sei.« »Erneut? Erzähle!« »Gräfin Amalia, die Großmutter vom Grafen Leopold, habe ihn an einem frühen Morgen 1940 in einem Schafstall gefunden. Sie habe ihn ins Schloss geholt. Sie sei wie eine Mutter zu ihm gewesen. Bis 1945, als die Russen kamen, als der Zweite Weltkrieg zu Ende war und alle in den Westen geflohen seien. Plötzlich sei er allein gewesen im Schloss. Ganz allein, Wilfried. Kannst du dir das vorstellen? Er war doch erst fünf Jahre alt!« »Kann ich, Thekla. Ich kann es mir vorstellen, seitdem ich die Lebensgeschichten unserer Waisenkinder kenne.« »Mir, Wilfried, fällt es schwer. Denn er ist ja zeitlebens allein im Schloss geblieben. Er habe es nicht verstanden, als Gräfin Amalia an jenem Tage, bevor die Russen ins Dorf einzogen, weinend zu ihm kam, ihn drückte und küsste. Sie sei zuvor noch in der Kirche gewesen. Dann sei sie die Treppen im Turm laut heulend hinuntergelaufen und mit der Kutsche davongesaust. Die Peitsche habe geknallt, er habe aus dem Fenster geschrien, niemals habe sie mit der Peitsche über einem Pferd geknallt und dann sei die Anna Gau gekommen. Heute wisse er, dass sie seine leibliche Mutter ist, die Gräfin Franziska seine Halbschwester und Herr Kneipp sein Vater.«»Klingt nach verbotener Liebe, Thekla. – Wenn Anna Gau, wie erwiesen, Josefs Mutter ist, hätte sie ihren Sohn damals zu sich aufs Gaus'sche Gehöft nehmen müssen.«»Hätte sie, Wilfried, hatte sie auch versucht, sagte mir Josef.«»Er aber sei so störrisch gewesen. Heute meine er traumatisiert gewesen zu sein. Er sei immer wieder ins Schloss gelaufen, weil er glaubte, Gräfin Amalia käme zurück. An ihrer statt sei dann mehrmals täglich die Anna gekommen.« Wilfried wirkte nachdenklich. Dann sagte er: »Seltsam, seltsam, wie Kinder reagieren.«»Waisenkinder! Wilfried, Waisenkinder. Und uns obliegt es, den Kindern den Weg zu weisen. Was uns mit dem guten Schlossgeist gelingen dürfte«, antwortet Thekla. »Sun Mao soll dreimal wöchentlich ins Atelier kommen, Karl jeden Sonnabendnachmittag gemeinsam mit Svenja aufs Vorwerk zur Landauer, und Manu und Josef? – wer weiß. Die Antwort gibt uns ihre Musik, Wilfried. Ihr gemeinsames Spiel auf dem Klavier war nicht nur ein Spiel mit den Fingern.

Es ergriff die Herzen und Seelen unserer Kinder. Wie Lucas' Schloss in seiner Baukunst, Architektur und Statik. Die Kinder produzieren die Steine, die Säulen, sie werden die Bögen über Maueröffnungen und Gewölbe bauen, den Stuck aus Gips, Kalk, Sand und Wasser fertigen, sie werden rechnen, berechnen, wiegen und abwägen. Sie werden im Erfolg in einem Jahr stolz die Schulzeit beginnen wollen!«

KAPITEL IX

Der aus Feldsteinen gemauerte Schlosssockel stand nach drei
Wochen Bauzeit. Die Jungs waren stolz. Sie eiferten sich an
Neuem. Lucas war es gelungen, einen Tischler zu gewinnen,
der alle Holzarbeiten erledigen wollte. Er errichtete die Scha-
lung für das Gesims. »Ein wichtiger Abschnitt, Jungs, beim
Bau unseres Schlosses«, sagte Lucas. »Er muss rundherum in
einer Linie waagerecht sein. Auf dem Sockel liegt die Last, im
Gesims ein Gütezeichen. Gebt euch Mühe!« Bernd senkte die
Augenlider, spitzte seinen Mund und schnalzte mit der Zunge.
»Das kriegen wir hin«, sagte er. »Das mit einer Linie. Wären
da nicht die Fenster und Türen!« »Gut, Bernd, gut beobachtet«, antwortete Lucas. »Fenster und Türen bekommen besondere Gesimse angebracht.« »Wer hat die Fassaden vom Ranaga
in Erinnerung?« »Habe ich«, antwortete Sun. »Es ist so«, sagte
er. »Deswegen die Bögen, die Bögen wegen der Statik. Ich
musste gerade alle Bestandteile eines Türbogens vom Ranaga
zeichnen. Graf Leopold legte großen Wert auf die Spannweite,
die Pfeil- oder Stichhöhe, auf die Bogenleibung und den Bogen-
rücken. Ach ja, dann sagte er mir, dass jeder Bogenstein ein
Kunstwerk sein müsse.« »Ein Kunstwerk?«, prustete Karl,
»bei vier Außen- und vierzehn Innentüren. Stein ist Stein!«
»Nicht in der Form, Karl«, antwortete Lucas. Und Sun gab die
Begründung: »Ich zeichnete einen Anfänger a, einen Kämpfer
b, einen Bogenstein d und einen Schlussstein c. Ein jeder hat
eine andere Form, ein anders Maß, ein jeder ist professionell
herzustellen. Gebt jedem sein Profil«, sagte mir der Maler.

Lucas wirkte nachdenklich, legte eine Hand ans Kinn, sah die Jungs der Reihe nach an und meinte dann, eine gute Lösung gefunden zu haben. »Ich denke …«, wieder schaute er in die Runde. »Ich denke, dass jeder von euch …«, wieder verharrte er in Gedanken. Dann endlich kam die erhoffte Antwort eines seiner Jungen, sie kam von Bernd. Er sagte: »Ein jeder von uns sollte einen bestimmten Stein, also acht für die Außentüren und achtundzwanzig für die Innentüren herstellen.« Lucas atmete erleichtert durch. »So dachte ich es, Bernd.« »Von mir bekommt ihr alle Maße, vom Tischler sicherlich die Formen und dann können wir die ›Brote‹ backen«, ergänzte locker Sun. »Heute will Graf Leopold meine Zeichnungen auf ihre genauen Maße überprüfen«, fügte er hinzu. »Dann können wir mit dem Puzzlespiel beginnen.« Alsbald begann ein ehrgeiziges Werken, teils miteinander, teils füreinander, teils gegeneinander. Mit dem ersten fertigen Bogen auf festem Fundament reiste der Maler an. Graf Leopold mit Sohn. Sie begutachteten jedes Detail sehr genau. »Das ist nur Staub«, sagte Sun, als Leopold junior mit einem Lappen über eine der kleinen Fußbodenplatten, die im Durchgang lagen, herumwischte. »Staub auch, Sun, aber?« Leopold ging mit seinen Fingerspitzen über die Einkerbungen, sein Vater tat das Gleiche. Sie sahen sich an: »Ein Monogramm, mein Sohn, ein Christusmonogramm. Aber woher? – weswegen dort?«, fragte er laut.

»Ganz einfach, Herr Graf«, antwortete Sun. »Die gleiche Platte liegt im Eingang zum Nordturm. Indira fand das Zeichen wieder, als sie im feuchten, muffig riechenden Treppenhaus aus dem Gemäuer des Mittelalters Relikte zu entnehmen hatte.« »Relikte!, welch ein Wort, Sun. Du meinst das Abgeschabte von den Lehmsteinen, ihrem Putz und ihren Fugen.« »Na ja,

das meine ich, aber Sie sprechen doch so oft beim Malen …«
»Ach Sun, beim Mauern und Putzen im Mittelalter ging es um
Lehm, Sand, Quark und Eier.« »Deswegen«, fügte Lucas ein,
»wollte Indira deren jahrhundertealte Haltbarkeit herausfinden.« Karl lachte laut schelmisch. »Indira wollte doch nur den
Unterschied zwischen dem und ihrer indischen Kuhscheiße
herausfinden. Dabei stieß sie auf mehrere solcher Platten, wo
einst die Ritterburg war. »He! – Kinder.« Leopold zeigte sich
überrascht. Er hob u-förmig die Hände und sagte: »In meinem
Schloss? Solche Platten mit dieser Inschrift, Lucas?« Graf
Leopold sah Lucas fragend an. »Ja«, antwortete er so selbstverständlich, als sei das nichts Besonderes. Leopold hakte
nach: »Platten mit dem Christusmonogramm, ›IHS‹ Lucas!
›IHS‹ kennst du doch, oder?« Leopold mit seiner brummigen
Stimme erzeugte einen Vorwurf. Lucas reagierte kurz. »Auf
Christusbildern beigefügt«, kam als Antwort. »Und auf Platten?«, Leopold forderte Lucas heraus. »Auf Steinplatten?«,
fügte er fragend hinzu. »IHS heißt doch: Jesus, Heiland, Selig-
macher. Vielleicht Hinweise auf ein Grab?«, antwortete Lucas.
»Vielleicht dort.« Im Schloss, wagte er nicht zu sagen, als er
merkte, dass Graf Leopold mit den Zähnen knirschte. Wer will
schon unter seinem Haus ein Grab haben, dachte er. Dann aber,
nach einer Weile, sagte Leopold: »Ich frage Josef: Mag sein,
dass er nicht nur irdisch über unsere Vorfahren geforscht hat,
sondern auch unterirdisch. Mag sein, dass er auch so manche
Platte unter die Lupe genommen hatte. Mag sein, dass er mir
immer noch einiges verschweigt. Ich werde ihn fragen.« Aber
von diesen Platten hatte er nichts gewusst. Er habe den Raum
nur betreten, um über die an der Giebelseite angelegten V-för-
migen Treppen in seinen Konzertsaal, an sein Klavier zu
kommen, sagte er dem Grafen noch am gleichen Abend. Auch

hätten die Lichtschächte nicht ausgereicht, um den Boden betrachten zu können. Zudem habe es dort immer so muffig, so moorig, so faulig gerochen. Plötzlich reagierte er anders. Sein Klavier war für ein paar Tage weit weg. Er installierte Scheinwerfer und sah, was ihm so lange verborgen geblieben war. Er brauchte eine Nacht, seine Nacht, nur seine. Er verdunkelte die Lichtschächte, schloss die Falltür von innen, niemand sollte etwas sehen noch hören. Gegen Morgen stieß er auf einen tiefen Schacht, rutschte über schräg angelegte Felsen hinunter und gelangte durch einen unterirdischen Gang zu einem Sarkophag. Sein Herz klopfte beim Anblick gut erhaltener Ritterrüstungen. Sie standen ehrvergessen in den Ecken des Raumes, der aus granitenen Felsen gebaut worden war.

Josef hielt inne. Er dachte an die Ritter zu Pferde, an ihre Rituale und Kriege. Er dachte an den Mann im Sarg, der im Mittelalter zum Ritter geschlagen wurde, so zum Adel kam, schließlich zum Rittergut und Schloss. Er sah auf seinen Panzer, auf die Beinschienen, auf seinen Helm und den Schild. Auf dem Panzer, in Brusthöhe, lag sein Orden. Sein Ehrenzeichen für besondere Verdienste im militärischen wie im zivilen Bereich. Mit ihm zogen die Ritter als Kreuzritter von Kreuz zu Kreuz bis zu dem »Eisernen«. Josef verneigte sich, wollte gehen. Aber irgendetwas hielt ihn gefangen. Vielleicht eine der Rüstungen die er noch nicht berührt hatte. Er beklopfte mit den Fingerknöchelchen den Sarkophag, auch das in Stein gehauene Wappen der Grafenfamilie von Lenau. Er ging bedächtig um den ewig Schlafenden herum, berührte tatsächlich mit seinen Fingerbeeren den Helm und glitt mit seiner flachen Hand über den marmornen, glatten Deckel. Er blieb stehen, ließ seine volare Hand über dem Kopfende ruhen. Josef versank in Gedanken, schloss die Augen, versuchte sich sein Gesicht vorzustellen, seine Augen, seine Stirn, seine Nase. Doch dann verlor sein Standbein an Festigkeit, es ging um Zentimeter tiefer, ein Schreck zog durch seinen Körper. Das erste Mal dachte er an einen Spuk. Er stand und wagte noch immer keine Bewegung, bis er fürchtete, in die Tiefe zu stürzen. Schnell reagierte er und sprang beiseite auf den steinernen Fußboden. Alles erschien ihm unheimlich. So, wie er als Fünfjähriger 1945 im Schloss zurückgelassen wurde und in seiner Angst begann, die Wände abzuklopfen. Dann besann er sich, fasste Mut und griff in den Spalt zwischen die Bohlen. Vier morsche, dicke Bretter lagen da, die gar nicht zum Fußboden passten. Er zuckte zurück. Seine Fingerspitzen stießen auf Knochen, – auf einen Schädel, in eine Augenhöhle. Josef wollte zurück, wollte rauslaufen, atmete hastig, drückte beide Hände über sein bullerndes Herz, drückte beide Zeige- und Mittelfinger gegen die oberen Hals-gefäße und – blieb. Zur Ruhe gekommen, nahm er erst die eine, dann die andere Bohle hoch. Er glaubte, mit den Fingern in einer Knochenhöhle eines kindlichen Schädels gewesen zu sein. Nunmehr verließ er den Raum. Erst als er die Falltür hinter sich verschlossen hatte, entspannte sich sein Körper. Arteriel-les und venöses Blut floss wieder in freien Bahnen. Am offe-nen Fenster in seinem Turm, frei atmend, suchte er nach dem genaueren Standort der Grabstätte. Er schaute hinunter auf die Schlosskapelle, betrachtete die Umgebung, schätzte den Ab-stand zwischen der Giebelseite des Schlosses und der Kapelle. Dann die Vermutung: Die Kapelle ist aus der Gruft hervorge-gangen wie einst das Schloss aus der Ritterburg. Und Särge erinnern an Generationen. Nur das Kinderskelett neben dem Sarkophag gab Josef ein Rätsel auf. Er suchte in den Annalen der Grafenfamilie nach verstorbenen Kindern. Er fand eine Josephine, eine Theodelinde und eine Geraldine. Keinen

Jungen. Alles vermerkte er bei einer Tasse Kaffee sorgfältig in seinem Tagebuch. Erst dann wollte er mit allem zum Grafen gehen. Josef kam unbemerkt in sein Atelier, setzte sich auf einen Hocker und lauschte seinen Malkünsten. Auch Sun war da, neben Leopold junior. Der Meister mit seinen Schülern, dachte Josef so. Eine Ruhe! Graf Leopold malte seit nunmehr acht Jahren an seinem großen Hochzeitsbild. Seine ersten Skizzen dazu, so erinnerte sich Josef, fertigte er auf seiner Hochzeitsreise an. Eine lange Zeit bis zum heutigen Bild, dachte Josef. Aber der Maler will es so. Er ist es seinen Vorfahren schuldig. Er möchte sie unsterblich machen. So hatte er sich mit Nachdruck gewünscht, sich an seinem Hochzeitstag seiner Eltern, Großeltern und Urgroßeltern erinnern zu können. Josef hatte in vielen seiner einsamen Stunden eine Chronik über die Grafenfamilie zusammengetragen, die Leopold nachdenklich stimmte. Er war beeindruckt von ihrem Fleiß und ihrer Loyalität. Er liebte ihre Kleidung aus der Biedermeierzeit. Aus der französischen und englischen Mode. Deutschland kannte doch nur Uniformen und Kittelschürzen, sagte er immer, wenn es um die Kleidung dieser Zeit ging. So malte er akribisch an einem Kleid von Pour de Soie mit Bandschleifen. An einem Hut von Reisstroh mit einer Feder und Band, an Tuchbeinkleidern, Stiefeln mit breiten, hohen Absätzen und einem Herrenanzug zum Ausgehen: niedriger Hut mit breiten Krempen; Rock von Tuch, mit Aufschlägen, Klappen und plattem Kragen von Sammet; Tuchbeinkleider. Mein Gott, Leopold, dachte Josef, warum wolltest du nur, dass einige deiner Gäste an deinem Hochzeitstage sich in diese Kleidung zwängen mussten? Josef zwang sich ruhig zu bleiben. Dann aber, nach einer Weile, glaubte er sich bemerkbar machen zu müssen. Er ließ das Blatt, auf dem seine Skizze über die Grabstelle Aufsehen erlangen könnte, in Richtung Staffelei säuseln. Aber, Leopold reagierte nicht! Obwohl er eine Sekunde darauf blickte, veränderte er erneut den Farbton bei Frau Landauer vom Vorwerk. Sie trug die Mode seiner Großmutter, der Gräfin Wilhelmine. Sie trug ein Kleid von Seidenzeug mit Silber broschiert und mit reichen Silberspitzen garniert. Dazu einen Kopfputz mit schwarzer Blonde und goldenen Nadeln. Frau Gau vom Gaus'schen Gehöft, die Mutter seiner liebsten Franziska, trug die Kleidung seiner Großmutter, der Gräfin Amalia. Sie trug schon ein Kostüm mit einem Glockenrock und einen Hut von Reisstroh mit Feder und Band. Leopold malte, als sei er von einer neuen, inspirativen Besessenheit ergriffen. Des Zettels Skizze blieb außen vor. Josef stützte sein Gesicht in beide Hände bei angewinkelten Armen und sah plötzlich nur noch die Malkunst. Er erkannte, wie er den blasseren Teint der Frau Landauer schrittweise aus Mischungen von Rosé, Doré, lichtem Ocker und Weiß hervorhob. Danach veränderte er die Schattenpartien, als zaubere er mit Pinselstrichen sonderbare Farbmischungen. Einigen Herren gab er ein mehr sonnengebräuntes Gesicht – wie sich selber – aus Mischungen von Weiß, lichtem Ocker, Indischrot, Kadmiumrot, Alizarinkarmesin und Umbra natur. Wegen der dunklen Anzüge, dachte sich Josef, erhelle er die Glanzlichter der Herrengesichter. Und tatsächlich passten sie besser zur Smokingjacke, zum Frack und Zylinder. Ja, so dachte Josef, bis er sich plötzlich aufrichtete und begriff, warum Leopold sich so sehr seiner Vorfahren zu erinnern gedachte. Es war seine Franziska, sein hübsches Blumenmädchen, seine Gärtnermeisterin, sein weises ostdeutsches Mädchen, die ihm mit ihren vielen chinesischen Weisheiten imponierte. Sie hatte ihn gebeten, sich seiner Vorfahrengeschichte anzunehmen. Nachdem sie auf

Dschung Ni (Konfuzius) verwiesen hatte, mit seinen Weisheiten, die China verändert hatten. An einem Sonntagnachmittag beim Kaffee. Ausgerechnet beim Kaffee, als es um die Verwaltung seines Schlosses ging, kam Franziska abermals auf die alten Chinesen. Ihr Staat, ihr großartiger Staat, fand zu seiner Größe durch eine weise Politik. Durch ihre Natürlichkeit. Auch und vor allem durch ihre weisen Vorfahren. Franziska gab wieder, was sie dazu bei Konfuzius gelesen hatte: Dschung Ni (Konfuzius) sagte: dass unser Leib, dem die Eltern vollkommen das Leben gegeben, von uns auch vollkommen wieder zurückerstattet werden muss. Denn unser Leib ist nicht nur unser persönliches Eigentum, sondern das hinterlassene Gut unserer Eltern und Vorfahren: Und wer, wenn die Eltern längst tot sind, noch immer sein Leben sorgsam führt, um keinen Makel auf deren Namen zu bringen, muss natürlich bleiben. Bei diesen Gedanken überflog Josef mit forschenden Blicken das Panoramahochzeitsbild. Es ist dem Leopold gelungen, dachte er, Sitte, Brauch und Geschmack einer jedweden Epoche an seinen Vorfahren zu erkennen. Josef wurde unruhig, schob seinen Hintern von einer Stuhlkante zur anderen, bis es knarrte. Leopold empfand es endlich als störend. Er hielt inne, hielt den Pinsel krampfhaft in der Hand, lauschte und blickte auf den Zettel. Er nahm ihn endlich auf, bemerkte etwas Mysteriöses und drehte sich ruckartig Josef zu. Jetzt durften sich Leopold junior und Sun Mao von ihrer anstrengenden Arbeit befreien. Des Meisters Haltung war auch ihre Haltung. In diesem Moment war Josef dem Maler gegenübergetreten, um ihm die Skizzen zu erklären. »Musst du nicht, Josef«, antwortete Leopold. »Du hast im Schloss alles herausgefunden, was meine Väter im Verborgenen hielten. Vom Mythos unter der Erde halte ich nichts.« »Kein Mythos,

Leopold«, antwortete Josef überzeugend. »Ich fand dank der überzeugenden Beobachtung von Indira unter den Platten einen Gang. Er führte mich zum Gründer deines Schlosses. Ich denke, dass es ein Ritter war. Ein Ritter, Leopold. Ich habe dich beim Malen deiner Vorfahren beobachtet. Einer ihrer wohl bedeutendsten müsste nunmehr in dein Bild aufgenommen werden. Darf ich dir den Sarkophag in einer Gruft zeigen?« »Darfst du. Du hast mir einen Tag zerstört, also gib mir einen anderen. Jungs, kommt mit!«, rief er. Josef ging voran. Auf der fünften Stufe der Wendeltreppe blieb er stehen. Sohn Leopold stellte eine Frage: »War er ein Musketier?«, schallte es die Treppen hinunter. »Vielleicht«, antwortete Josef. »Ich sah neben der Rüstung eine Muskete.« Sie stiegen weiter den Turm hinab. »Auch ein Dreizack?« Wieder hielt Josef an, drehte sich um und sah schmunzelnd an Leopold vorbei zum Junior. »Du meinst den dreizinkigen Speer vom griechischen Meergott. Ja, ich sehe ihn vor mir. Ich denke an Vaters Bild mit Zeus und dem Meer.« »Richtig! Und Poseidon ist der Gott und Bruder von Zeus. Sein Stab mit den drei Spitzen ist ein Sinnbild für Poseidons Herrschaft über das Meer. Alles ist mythisch, ist sagenhaft und urzeitlich. Stimmt doch! großer Maler?« »Das stimmt«, antwortete Graf Leopold ungehalten und drängelte zum Weitergehen. Seine Neugier störte jeden Einhalt. Schon hatte er einen hochroten Kopf, stark pulsierende Adern an den Schläfen und vermutlich einen erhöhten Adrenalinspiegel wegen seiner Gedanken an einen noch unbekannten Vorfahren. Am Eingang zum Schacht angekommen, dramatisierte Josef. »Stopp!«, rief er. »Schaut auf die zu einer Treppe versetzten Felsen. Granitfelsen! Besondere Steine mit kleinen Näpfchen, sagenhaft.« »Ja, Josef, wie die nackten Fußabdrücke einer Frau und eines Kindes auf den Felsen neben der Herthaburg und dem Herthasee bei Stubbenkammer«, sagte Leopold junior. »Die zu einer unserer vielen Sagen auf der Insel führten«, entgegnete Josef. »Sagen, Mythen und Verdummung der Menschen beinhalten einen Schrei nach Wahrheit«, fügte er hinzu. Dann nahm sich Josef, obwohl der Maler laut schniefte und brummelte, die Zeit, mit den Fingern die Näpfe zu berühren. Er sagte: »Sie sind entstanden, als die Slawen durch Bohren und Schaben Gesteinsmehl abgerieben haben. Und Gesteinsmehl, so dachten sie, habe magische und heilende Kräfte. Wir sind also an einem heiligen Ort. Wir wollen bedächtig hinunterschreiten.« So machte er den ersten vorsichtigen Schritt. Am Eingang zur Gruft blieb Leopold verhalten stehen. Neben ihm Sun. Leopold junior zog es zu den Rüstungen, während Josef behutsam die Bohlen vom Kindergrab nahm. Graf Leopold stand währenddessen nachdenklich am Eingang. Er erkannte sein Familienwappen auf dem Sarg, er erkannte eine Inschrift darüber: Ritter Aramis von Lenau. Seine wulstigen Augenbrauen zuckten, sein Hirn registrierte die Rüstungen, er warf einen starren Blick auf das in Granitstein gehauene glatte Mauerwerk der Gruft. In diesem Moment störte sein Sohn die Beobachtungen mit einer Frage: »Was ist wahr, Vater?«. Er benutzte eine typische Fragestellung seines Vaters, die er gebrauchte, wenn ihm etwas sakrosankt erschien. »Wahr, mein Sohn, ist, dass wir uns in einem profanen Bau befinden, über dem unsere Schlosskapelle zur heiligen Anna steht. Wahr ist, dass Ritter Aramis von Lenau über sich die Särge seiner Nachkömmlinge trägt. Wahr ist, dass ihre Namen geheiligt und unantastbar sind. Josef trat an den Sarg, legte eine Hand darauf und sagte: »Aramis, wir danken dir. Du hast in schwerer Ritterrüstung Ritterdienste geleistet und als Lehen Grund und Boden erworben. Das Rittertum forderte von euch den Schutz von Witwen, Waisen und Bedrängten. »Oh! von Waisen, Josef?«, fragte Leopold. »Dann ist dieses Kinderskelett nicht der mineralische Rückstand eines gräflichen Kindes, sondern eher von einem Waisenkind?« »Das denke ich. Und alle Kinder sollten sich der Geschichte des Rittertums und der kindlichen Knochen annehmen.« Leopold blickte Josef fragend an. Dann sagte er: »Mit dir natürlich, aber unter deiner Leitung?« Josef nickte, worauf Leopold ihm auf die Schulter klopfte, ihn anlächelte und mit einer noch lustigen Witzelei ins Schloss zurückging. »Was sagte er, Josef?« fragte Sun. »Ein toter Ritter im Schloss bleibt ewig ein Gespenst«, sagte er. »Ein Gespenst? Weißt du, was er damit meinte?« »Nein. Aber …, wir müssen alsbald nachweisen, wie und wann er gestorben ist. Gleich in meiner Bibliothek.« Leopold junior ging mit, Sun Mao radelte zurück ins Heim. Die hereinbrechende Dunkelheit verlangte Eile. Sie brachte ihn außer Atem, zu einem schnellen Puls und einem hochroten Kopfe. So im Heim angekommen, erlangte er Aufmerksamkeit beim Abendbrot. Mehr allerdings, als er sensationsbedürftig, sensationell über die große Entdeckung im Schloss berichtete. Cixi hörte ihrem Bruder zu, verstand aber nichts von dem, was er sagte. »Erzähle das bitte Lucas im Werkraum«, meinte sie. Indira ist auch noch da und alle Jungs, sie kommen heute etwas später. Gehe bitte gleich, ich komme mit!« Lucas reagierte zunächst gelassen nachdenklich. Aber Karl, neugierig, wie er war, wollte sofort am Modell den Fundort gezeigt bekommen. Indira wies mit den Fingern auf die Platten hin, »die man jetzt wieder aufnehmen müsste«, meinte sie, »um an den Schacht zu kommen«. »Dann liegt die Gruft ja unter der Kapelle«, erkannte Karl sehr plötzlich und fügt hinzu: »Des Ritters Mut führte zum Rittergut und Schloss trotz böser Schlachten.« »So war es, Karl«, bestätigte Lucas.

»Nein, so war es nicht«, entgegnete Karl. »Es war eine Zeit des Irrsals durch einen bewusst geführten Irrglauben. Religion war Opium, Religion ist Opium für das Volk. Ritter!«, rief er dem Sarkophag zugewandt, »wir werden dich ehren.« Und schon erweiterten sich seine Gedanken vom oberirdischen Bau zum unterirdischen und zur Geschichte aller Generationen. »Du hast schon bei Marx gelesen, Karl?«, fragte verwundert Lucas. »Ein wenig. In dem Wenigen aber, liegt Merkbares.« »Merkbares, sagst du. Na gut, du hast mich eben mit deinen Sätzen total überrascht. Du liest also bei Karl Marx, deinem Namensvetter. Und woher hast du das Buch?« »He! von dir, aus deiner Bibliothek. Wir sollen uns aber nicht unbedingt in Karl Marx verrennen, wir müssen die Gruft erst einmal irgendwie unter die Kapelle bauen. Hier«, Karl umriss mit der Hand den Erdbereich, »müsste sie hin, so, dass hinter beidseitigen Glasscheiben der Raum sichtbar wird.« »Eine gute Idee, Karl. Ich schlage vor, du spielst den Bauleiter und Sun den Architekten. Ich darf erwähnen, dass sich Aljoscha bisher als Hersteller von Steinen profiliert hat, Ranga von Putz und Mauermörtel und dass Bernd sich als begabter Holzfachmann zeigte. Indira, denke ich, bleibt gemeinsam mit Dantos und Teresa beim Glas und den Platten. Dazu sollte auch der Nachbau des Sarkophags gehören.« Von allen gab es Zustimmungen. In allem lag eine neue, interessante Herausforderung. Noch am gleichen Abend waren Suns Gedanken bei den Skizzen. Im Raum der Sinnesreize bei wohltuender akustischer Musik, bei bitterem Geschmack im Mund, bei gut riechendem Duft in der Nase und feuchter Wärme schwitzte er über seinem ersten Skizzenentwurf. Zur Nachtzeit, er lag schon eine Weile im Bett, arbeiteten seine Ideen gegen die Müdigkeit. Dreimal ermahnte ihn Cixi, das Licht auszumachen, aber drei Zeichnungen brauchte er für einen vorzeigbaren Entwurf. Völlig erschöpft rief er zu später Stunde!»Das ist er, Cixi, dieser hier, schau bitte! Schau bitte nur einmal! Danke, jetzt glaube ich schlafen zu können.«

Der Musiknachmittag begann wie immer pünktlich. Und wie immer mit einer Polka: Am Klavier Josef, am Spinett Frau Landauer, am Cello Lehrer Kneipp und an der Bratsche Pastor Friedjung. Nach der Polka erhob sich Josef von seinem Klavier-hocker und sagte:»Wir waren ehrgeizig. Unsere jungen Künstler aus dem Waisenhaus inspirierten uns. Oh! Wunder, dachten wir, als sie auf ihren Instrumenten volkstümliche Weisen spielten. Und wunderbare Klänge blieben in unserem Gedächtnis. Wir möchten mit den mexikanischen beginnen: zuerst die Stücke ›Vier Sonnen‹, danach ›Neues Feuer‹ von ihrem berühmten Komponisten Carlos Chavez.« Josef warf Leopold einen Blick zu, schmunzelte, erkannte ein zögerliches Kopfnicken und das Spiel begann. Sehr schnell waren alle enthusiastisch, sie klatschten rhythmisch mit. Teresa und Dantos griffen zu ihren Rasseln und Raspeln. Plötzlich war Ruhe im Saal. Frau Landauer betrat die Bühne in traditioneller chinesischer Hofkleidung aus der Kaiserzeit. Zweiundachtzigjährig, graziös, in einem langen beigen Kleid, bewegte sie sich anmutig über den dicken Teppich und setzte sich an eine Pipa. »Du kennst das Instrument?«, fragte Leopold hinter vorgehaltener Hand die Gräfin, als sie klatschte. Es ist ein großes Saiteninstrument, sitzt im Schoß mit seinem tiefen Korpus und hat vier Saiten.« »Vier?« »Vier spezielle, die eine Art wasserpolierter Musik hervorbringen. Hörst du?« »Ich höre, ich sehe, ich male. Und morgen schon möchte ich sie hier, endlich hier in Josefs Konzertsaal auf die Leinwand bringen. Josef verneigte sich vor der alten Dame ehrerbietend und überreichte ihr einen Blumenstrauß. »Schon im dritten Jahrhundert vor Christus sorgten

Künstler für die Hofgesellschaft«, fügte er seinen Dankesworten hinzu.»Sie hatten ihren ›Kreidekreis‹, aus dem B. Brecht den Kaukasischen Kreidekreis machte. Frau Landauer schuf sich ihren eigenen auf dem Vorwerk, hoch über unserem Ort gelegen. Im Kreis von Hügeln und Tälern. Sie zog hinauf mit allen ihren Musikinstrumenten, weil nach der deutschen Wiedervereinigung Spekulanten nach ihrem Besitz trachteten. Heute klingen ihre Melodien in unseren Ohren. Sun und Cixi, so hoffen wir, werden eines Tages unsere Musik, unsere Kultur und Geschichte mit in ihre Heimat nehmen. Jetzt erwarten wir Ranga und Indira. Ranga bringt uns indische Weisen, Indira die dazu typischen Tänze.« Und schon tanzte Indira geschmeidig, schwebend, auch hüpfend in einem Bettlerkostüm aus Seidenstoff mit künstlerisch verteilten vielfarbigen Flicken.

Leopold junior war von ihrer Anmut so angetan, dass er sie auf dem kleinen Tanzparkett in seine Arme nahm. Gräfin Franziska wusste um seine Zuneigung, sie wollte die Freundschaft, doch heute wirkte sie nachdenklich und blickte seitlich zu Leopold.

»In unserem letzten Repertoire erkennen wir die russische Seele«, so Josefs Worte zum Abschluss.»Unser Chor bringt melodienreiche lyrische Liebes- und rhythmisch bewegte Tanzlieder. Es begleitet uns: auf der Ziehharmonika: mein Vater, Herr Kneipp, und auf der Balalaika meine Freundin Manu.«»Oh! Freundin, Wilfried, hast du es verinnerlicht, jetzt ist es offiziell.«»Das ist gut so, Thekla, sehr gut. Gut für die Harmonie im Heim und in der Kultur zwischen unserem Waisenhaus und dem Schloss. Wundervoll, die russischen Liebeslieder. Höre!« Die russischen Tänze rissen Graf Leopold vom Stuhl. Franziska ließ sich mitreißen, auch ihre Mutter, Anna Gau, erhob sich. Die Gräfin freute sich über die emotionale Reaktion ihres Mannes, dessen Gedanken mal nicht nur beim Malen waren. Er kannte doch außer einem Walzer keinen anderen Rhythmus. Er klatschte und rief Bravo! Josef war gerührt, er sagte:»Wir erlebten Freude, wir hörten Kinderstimmen bei unbekannten, schönen Klängen, wir erlebten eine Harmonie zwischen unserem Schloss und dem Waisenhaus. Als Dank an Irina und Aljoscha, ihre russische Stimme, singen wir gemeinsam ihr Lieblingslied ›Wolga-Wolga‹.«

Gräfin Franziska lud anschließend zum Kaffee in den Festsaal ein. Es blieb wenig Zeit. Sie wollten noch unbedingt zum Ritter Aramis. Aramis war in aller Munde. »Stimmen deine Zeichnungen. Sun?«, fragte Indira.»Sie stimmen genau, meinte mein Vater heute Morgen«, antwortete Leopold junior voreilig. Er saß natürlich neben Indira. »Und Josef«, fügte er hinzu, »weiß über vieles zu berichten. Er ist sehr belesen. Meistens beginnt er beim Urschleim.« »Urschleim?«, fragte Indira nachdenklich.»Urschleim!«, wiederholte sie sich,»sagt mir nichts.« »Na ja, Indira, sagt man so. Weil alles Leben im Urschleim begann, verstehst du.« »Hm, vielleicht erklärst du es mir irgendwann einmal.«»Bestimmt. Gehst du mit mir? Wir müssen in Josefs Nähe stehen. Du musst ihn nicht nur reden hören, du musst sehen, wie er spricht. Seine beeindruckende Gestik und Mimik musst du sehen.« Wenig später standen sie ihm gegenüber.

»Ein großer Ritter!«, begann Josef. »Ein Ordens-Kreuz-Ritter liegt hier. Er liegt in einem aus Stein gehauenen Sarg! – vielleicht. Er ist ein Nichts.« »Beobachte ihn«, flüsterte Leopold junior Irina zu.

»Hörst du, wie er das ›R‹ betont, siehst du das Spiel seiner Gesichtsmuskeln, erkennst du seinen Wortwitz? Das ist Josef.« »Ein bisschen Materie noch, edle Beigaben, die Bibel. Er ist ein Nichts, der hier. Schaut auf seine Rüstung, schaut auf das Passionskreuz, den Schild und merkt euch, Kinder: Sein Orden zog schon ab 1096 nach Jerusalem, um unter den Juden und Muslimen ein Blutbad anzurichten. Sie folgten Gottes Ruf, den niemand hörte. Sie folgten einem päpstlichen Menschen namens Urban, der in seiner Kreuzpredigt sagte: ›Deus levolt‹ (Gott will es). Den heiligen Krieg gegen Ungläubige und Ketzer. Erst in weiteren sieben Kreuzzügen verloren sie ihren Glauben an Gott. Irgendwann dachten sie doch ein bisschen nach über die vielen Waisenkinder. Da liegt er. Hier stehen Rüstungen aller Kreuzritterzeiten.« Josef machte eine kreisende Handbewegung. »Ich sehe Rüstungen ohne einen Flecken Blut, mein Sohn«, sagte Lehrer Kneipp. »Blut!, Blut, Vater. Nach jeder Schlacht wird gereinigt, verscharrt, wieder aufgebaut. Nur die Waisenkinder bleiben als Zeugen.« Kneipp umschloss mit der Hand sein Kinn, wirkte nachdenklich, blickte von Kind zu Kind und ergänzte etwas zynisch: »Fürs Kreuz, fürs Christuskreuz, mein Sohn.« »Denke ich auch, Vater, denke aber auch an das Malteser-Johanniter-Kreuz und an das Winkelmaßkreuz.« »Winkelmaßkreuz, kenne ich nicht.« Lucas lachte: »Deutschland hatte einen großen Baumeister und Architekten, dem vier Winkel nicht das richtige Maß gaben. Dem Hakenkreuz! »Dem Hakenkreuz?«, fragte zur Überraschung Indira. Bei uns in Indien ist es heute noch ein alt gewordenes Zauber- und Heilszeichen.« »Ja«, hakte Ranga sofort ein. »Das Wort Heil drückt Lebenskraft des Menschen aus, besonders als Gabe Gottes oder der Götter. Und in Indien gibt es Millionen Götter.« »Millionen?«, fragte Karl entsetzt. »Millionen Götter? Auch auf eurer Müllkippe?« Ranga schwieg eine Weile. Das Blut schoss ihm ins Gesicht, seine Augen quollen hervor, er machte ein böses Gesicht. Alle schauten auf ihn in Erwartung einer Antwort. Und sie war deutlich in seinem Gesichtsausdruck: »Müllkippe, Karl. Immer wieder assoziierst du uns mit der Müllkippe. Das war! Aber auch sie hatte einen blauen Himmel, eine Sonne und einen Mond. Und sie zu erwähnen bleibt allein nur uns.« Erst am Abend, im Raum der Sinne, besann sich Karl seiner oft provozierenden Bemerkungen und gab Sun die Hand.

Kapitel X

Silvia nahm einige Anregungen mit auf den Heimweg. »Du bist so nachdenklich«, sagte Lucas. Er suchte das Gespräch, aber Silvia antwortete nur mit einem »Ja« oder »Nein«. Sie saß in sich gekehrt und atmete tief bei oft geschlossenen Augen. Plötzlich ging ein Ruck durch den Bus, eine Schnellbremsung, Lucas ergriff reflexartig ihre Hand. »Ich war mit meinen Gedanken beim Kabinett, Lucas.« »Ah! an was dachtest du?« »An die Kreuzritter, an die Schlachten und ihr vererbtes Gut. Die Kinder werden Fragen stellen.« »Gut, Silvia, hole die Ritterorden in dein Kabinett, ich hole die Päpste an meine Kreuze. Wir haben noch vier Wochen bis Schulbeginn.«

»Vier Wochen, Lucas, sind zu wenig. Deswegen gibt es am Sonntag bestimmt einen Dies ater.« »He! Silvia, was prophezeist du? Warum einen schwarzen Tag? Eher doch wohl einen Tag des Zornes, einen, Dies irae. Aber warum? Ich freue mich schon auf den Sonntag.« Und schon nach zwei Tagen begrüßte er mit einer tiefen Verbeugung Dr. Leo Fiedler. Sein Wort wird das Wort eines Arztes sein. Er ging gleich in medias res. »Zwei Jahre habe ich nunmehr alle Kinder medizinisch und psychologisch betreut. Kinder mit unterschiedlichen Charakteren. In ihnen liegen die Gene aller ihrer Vorfahren. Sie galt es zu ergründen. Und es ist geschehen. Wir kennen ihre Mütter und Väter. Alle Kinder sind klug. Deswegen, meine ich, könnten sie mit fünf und sechs Jahren eingeschult werden. Nehmt sie bei der Hand.« Ein freudiges Murmeln ging durchs Kollegium. »Kein ›Dies ater‹, Silvia«, flüsterte Lucas ihr zu. Schon warf er sich ins Zeug, um einen ›Dies irae‹ zu vermeiden. »In der Hoffnung«, sagte er, »zum Schulanfang zwölf kluge Kinder zu haben, machten wir aus unserem Haus eine ›Alma Mater‹.« »Oh!, Lucas«, lachte Wilfried, »eine Kinderuniversität?« »So sollten wir unser Haus sehen. Neue Zimmer für die Kinder, neue Kabinette, eine Lesebibliothek, ein Werkraum, Hightech im Schulraum. Wilfried bat mich, euch durchs Haus zu führen.« »Durch die Alma Mater«, witzelte Thekla. »Zuerst zu den Kindern, sie erwarten uns«, fügte er hinzu. Den Kindern gehörte seit Wochen die obere Etage. Lucas ließ sie umbauen. So gingen sie über eine breite Treppe in den Mittelflur. Ein dicker Teppich in knalligem Rot reizte ihre Augen. Sie schauten in Nord-Süd-Richtung, zum Norden aufs Meer, zum Süden über die ersten zarten Bäume ihres Wäldchens, hinauf zur hügeligen Landschaft. Lucas schwieg. Er beobachtete ihre Reaktionen. Dann entdeckte er Tränen in Silvias Augen. »Tränen, Silvia?« »Verzeih, Lucas, es sind Tränen der Freude. Ich denke an die Kinder.« Als hätten sie es gehört, in diesem Moment öffneten sie ihre Zimmertür. Ein Blick hinein frohlockte. »Alles ist neu«, sagte Wilfried. »Die Möbel sind schon jugendlicher, jedes Kind hat einen Sanitärbereich und von Raum zu Raum dringt kein Laut hindurch. Schaut durch die großen Fenster ins Grüne, schaut aufs Meer und denkt an Inspirationen. Ein Umlaufbalkon verbindet Deutsche, Inder, Mexikaner, Chinesen und Russen.« Wilfried blickte Lucas an, schmunzelte und fügte hinzu: »So wollte es ein Architekt.« Dann führte er seine Kollegen auf dem Balkon außen herum, von Wohnung zu Wohnung. Sie liegen westlich, sie liegen südlich, sie liegen auf einem guten Fundament. Unter ihnen, im Kellergeschoss, am Hang auf kreidiger Erde, die Kabinette neben dem Werkraum. An den Wänden Bilder großer Wissenschaftler, Philosophen und Entdecker. »Waisenkinder suchen nach Vorbildern, nach Vätern und Urvätern«, begann Wilfried seine Erläuterungen im Physikkabinett. »Über ihr Leben wollen wir die Kinder an das Merkbare heranführen. An ihre Hirne, Denkweisen und Fleiß. Wir wollen kein stupides Pauken, wir wollen lernen an konkreten Beispielen. Und – an jedem Schultag, in jedem Fach, ein Wort zur Logik. Logisches Denken rettet die Welt. Danach zu handeln ist unsere Pflicht.« Silvia überraschte mit ihrem Geschichts- und Literaturkabinett. »Auf der rechten Seite meines Raumes seht ihr die Geschichte in Bildern, in Schriften und Tafeln, chronologisch aufgebaut. Dazu das literarische Wirken der Völker links. Alles abrufbar über diesen großen Bildschirm. Eine Spende des Grafen Leopold von Lenau.« Silvia wies auf die Bilder berühmter Maler hin, die sie über ihren Computer auf den Bildschirm gebracht hatte. Graf Leopold wollte am Abend kommen.

Lucas hatte in seinem Werkraum vieles beisammen: die Erde mit allem Irdischen und den Himmel mit allem Himmlischen. Die Weisheiten der alten Chinesen an den Wänden, kluge Sätze berühmter Philosophen und neue Wörter des einundzwanzigsten Jahrhunderts. Seine Modelle, seine Modellierungen, seine über einhundert dargestellten Kreisläufe vom Atom bis zum Untergang der Menschheit brachten die Kulmbachs, Manu und Silvia, auch den Doktor ins Grübeln. Wilfried beobachtete jede ihrer Reaktionen: Er bemerkte Nachdenklichkeit, Kopfnicken, Empfindungen. Dann sagte er laut in den Raum: »Möge alles, was wir wollen, sich in einem neuen Kreislauf bei den Kindern widerspiegeln.« Und beim Hinausgehen sagte Silvia zu Lucas: »Ich sah den ›Galileo Galilei‹ bei dir, ich habe bei mir den Papst Urban VIII.« »Ja, ich habe das Bild in deinem Kabinett gesehen. Er war nicht nur Papst, er war auch ein Dichter und

Förderer der Künste und Wissenschaften. Aber Galileo Galilei hat er verurteilt! Irdische Macht ist nicht Gottes Macht.«

Sie blieben den Nachmittag zusammen. Hörten, nebeneinandersitzend, Lieder von Frederic Chopin. Manu spielte appassionato, dachte an Josef bei guter Akustik. Josef hatte ihrem Musikraum ein anderes Empfinden gegeben. Er ließ die Wände mit blauem Samt bespannen und mit einer goldenen Borte bordieren. Die Decke entsprach einem Sternenhimmel. Auch die Bestuhlung war neu und um einige Stühle erweitert. Josef dachte an mehr Leben im Heim mit Schulbeginn. Er dachte richtig.

Zur Feier des Tages blieb kein Stuhl leer. Schon in aller Frühe, die Sonne strahlte in die Zimmer der Ostseite, belebte sich das Haus. Eine Stunde vor dem üblichen Weckruf waren Bernd und Mareike aufgestanden. Sie hatten zu wecken. So liefen sie von Tür zu Tür, klopften und riefen. Zurückgekehrt auf ihre Zimmer, sagte Mareike, sie sei sich nicht sicher, ob Indira und Ranga sich gemeldet hätten. »Nicht sicher«, antwortete Bernd, »dann bleibe, mach dich schon fertig, ich versuche es noch einmal.« Alsbald waren sie in ihrer neuen Schulkleidung. »Warum bist du so rot?«, fragte Bernd verwundert. »Bin aufgeregt. Die neue Schulkleidung ist einfach toll. Und dann das große Ereignis, die Feier, die vielen Gäste. Mutter hat uns gesagt, dass wir heute Morgen Karl und Sun noch einmal an ihre Aufgaben erinnern sollen.« »Ach ja«, antwortete Bernd nach einer kurzen Überlegung. »Lass uns gleich gehen!« »Aber du musst Karl erinnern«, verlangte Mareike energisch. »Du weißt doch, wie er reagiert, wenn ich ihm was sage, geschweige an was erinnere.« »Ich denke, er würde dir dankbar sein, aber lass, ich rede mit beiden.« Mareike hatte recht, Bernd ärgerte sich. »Ach! Erinnern«, war Karls Antwort, gleich nach dem ersten Satz. »Es ist doch eine Ehre für mich, die Doktorfamilie empfangen zu dürfen. Wir sollen sie sogar auf ihre Plätze begleiten. Vom Haupteingang durch den Flur, an allen vorbei bis in den Musikraum zum Platz vier und fünf und sechs, erste Reihe. Daran müsst ihr uns nicht erinnern, und die Uhrzeit steht hier, schaut, neununddreißig in meiner Handfläche. O.K.! Bis dann!« Sun und Indira sollten die Grafenfamilie empfangen. So wollte es Thekla. »Warum mit Sun?«, fragte Indira. »Ich gehe mit Ranga. Wir könnten aber auch alle drei gehen.« »Indira, nein!«, antwortete Mareike energisch. »Nein, Indira, du tust das, was Thekla gesagt hat. Ranga und Cixi sollen für Pastor Friedjung und Frau Landauer zuständig sein.« Ranga nahm seine Schwester in den Arm und sagte: »Denke an Leopold. Er mag dich doch?« … So war gegen zehn Uhr, als Josef sich zu Manu ans Klavier setzte, Harmonie im Raum. Nur Blicke im Augenblicke der Ruhe bei verdecktem Hüsteln gingen hin und her. Und mit ihnen Gedanken der Kinder. Ach könnten wir euch sagen: Thekla, Wilfried, Lucas, Manu, Silvia und Dr. Leo Fiedler, was wir heute empfinden. Ach könnten wir euch sagen, welch herrliches Gefühl in uns wohnt, was unvergleichbar ist. Ach könnten wir euch sagen, was wir unseren Eltern zu berichten wünschten.

Die Feier begann mit vierhändig improvisierten Melodien aus Deutschland, China, Russland, Mexiko und Indien. Manu und Josef, durch die Musik sich nähergekommen, fanden beim Spielen den Blickkontakt zu den Kindern. Sie wollten bei ihnen sein, dort, wo ihre Wiege stand, in ihrer Heimat.

Dann, Theklas Festrede, mütterlich: »Euch zu bewundern, liebe Kinder, sind gekommen: unsere liebe Grafenfamilie, Beamte, Pastor Friedjung, Frau Landauer, der Gräfin Mutter vom Gaus'schen Gehöft und Herr Lehrer Kneipp. Gute Gäste,

Kinder, denn sie haben einen Wunsch. Sie möchten euch auf der Schulfeier von Stufe zu Stufe bis zur obersten begleiten dürfen.« Alle klatschten dankbar. »Der letzten Stufe habt ihr eben wohlwollend zugestimmt. Gut so, aber ein gesetztes Ziel erreichen zu wollen bedeutet Tugend. Bedeutet, weise zu sein, würde Konfuzius sagen. Und er würde hinzufügen: durch Bildung und erfahrene Lehrer. Ihr habt sie in uns, in Wilfried, in Lucas, in Manu, Silvia und mir. Aber auch in der Grafenfamilie, in unseren lieben Musikern, auch in unserer heilen Welt des Waisenhauses mit Dr. Fiedler. Wir möchten euch bilden, möchten den höchsten Wunsch der Mütter und Väter erfüllen. Der weise Chinese würde ihn Gewissenhaftigkeit und Ehrfurcht nennen. Deren Nichtbeachtung bedeutet Unkenntnis der Grundsätze der Vernunft. Unkenntnis wichtiger Grundsätze bedeutet wiederum Mangel an Bildung. Ich finde unter den Grundsätzen immer wieder das Wort: Gerechtigkeit. Aus ihm entspringt der Friede. Der Friede in unserem Haus, der Friede von Haus zu Haus, der Friede in der Welt. Waisenkinder zu sein ist ungerecht, sind sie es geworden, so wollen wir dem Augenblick keine Dauer verleihen. Wir wollen aus Waisenkindern Weise machen. Unser Unterricht bedarf der Strenge, der Freizeit, des Spiels und Sports. Wir wollen Fröhlichkeit bei allem Tun, ernst sollt ihr sein und streng gegen euch selbst. Wenn ich eben Konfuzius erwähnte, also China, so möchte ich noch einen Namen nennen dürfen. Den Namen der letzten Kaiserin Witwe. »Sun, du lachst!« »Ich lache, weil, wenn ich mich richtig erinnere, sie auch Cixi hieß, wie meine Schwester. Aber Kaiserin, denke ich, wird sie niemals werden.« Sun brachte kurzzeitig eine heitere Stimmung in die Feier. »Eine Kaiserin nicht«, antwortete Thekla, »eher mehr. Viel mehr müsst ihr werden als eine Kaiserin oder ein Kaiser, ihr Kinder, so es eure

Zeit will. Die Welt gehört nicht mehr den Kaisern, die Welt gehört der Welt. Sie gehört dem Gleichgewicht zwischen Himmel und Erde. Wir Menschen allein wissen es. Drum wollen wir es euch, liebe Kinder, in jeder Stunde des Schuljahres konkret beweisen. Und nun zum Abschluss kommt Mozart.«

Wie wahr. Josef, in Gestalt des Mozart, betritt die Bühne. Er trägt eine Perücke, einen Mozartzopf, ähnliche Kleider, ein ähnliches Gesicht. Alle Kinder kannten ihn durch seine Musik. Das heute allerdings brachte sie zum Schmunzeln. Und während Josef den Mozart auf dem Klavier spielte, dachten sie daran, wie Josef über seine amourösen Abenteuer erzählt hatte. Er habe nie Geld gehabt, habe er gesagt, er und seine Konstanze. Und hatten sie Geld, lebten sie in Saus und Braus. Er sei sehr schlagfertig in der Wortwahl gewesen, berichtete Josef ein anderes Mal. Unter anderem berichtete er den Kindern über eine seiner Antworten an den Kaiser Joseph. Kaiser Joseph hätte ihn gelobt wegen seiner glücklichen Uraufführung der Oper »Die Entführung aus dem Serail.« »Da sind ja schon ungeheuer viele Noten drin, Meister Mozart!«, habe er gesagt. Worauf Mozart seelenruhig entgegnet haben soll: »Majestät, ich habe gerade so viele hingeschrieben, wie ich gebraucht hätte!« Ja, Josef wusste die Kinder für die Musik zu begeistern. Aber mit Bäsle, Thekla, dachten die Kinder, Mozarts Geliebter aus Augsburg, die jetzt die Bühne betrat, hast du uns keinen Gefallen getan. »Manu und Bäsle«, flüsterte Lili recht laut, »das geht nicht.« Denn sie hatte von Josef einige der deftig, derb und direkt geschriebenen Briefe Mozarts an Bäsle bekommen und gelesen. Und vorgelesen an einem der schönen Abende im Raum der Sinne. In einem dieser Briefe schrieb er unter anderem: »Ja so geht es auf dieser Welt, der eine hat den Beutel, der andere das Geld, nu, wem halten sie es? – mit mir, nicht wahr? Das glaube ich, jetzt ists noch ärger, so jetzt wünsche ich eine gute Nacht, scheißen sie in beet dass es kracht, schlafens gesund, recken den Arsch zum Mund; ich gehe izt nach Schlaraffen und tue ein wenig schlafen.

Nun leben sie recht wohl, ich küsse sie 1000 mal und bin wie allzeit der alte Junge ... Sauschwanz Wolfgang Amadi Rosenkranz«.

Zum Schluss der Feier aber wurde aus dem geflüsterten Widerspruch ein heiterer Abend.

Sogar Graf Leopold entkam seiner Malerwelt. Vergnüglich verhielt er sich im Kreise der Kinder, plauderte bei lockerer Zunge mit ihnen über die Malerei, das Schloss und den Ritter im Sarkophag. Noch heiterer wurden die Gespräche, als sich Lehrer Kneipp, Josef und Frau Gau dem Gesprächskreis anschlossen. Als es um Bilder ging, die Sun zu kopieren hatte. »Heute können wir darüber lachen«, sagte Josef. »Heute passt endlich zusammen, was zusammen gehört«, fügte er hinzu. »Die Franziska zum Grafen, Erik Pedderson zur Beate und ich ...«
»... zu mir!«, rief Manu. Alle gaben jubelnd ihre Zustimmung.
»Aber Pedderson, dieser Erik, dem das Gasthaus im Dorf gehört, fand ich auf keinem der Bilder«, sagte Sun. »Wirst du auch nicht, Sun«, antwortete Josef. Dann schaute er Graf Leopold in die Augen. »Darf ich darüber reden?« »Du darfst wiederholen, was du schon so oft gesagt hast«, antwortete Leopold mit einem Lächeln. »Aber nicht über Pedderson, nur über die Klumpfüße und deren dunkle Wege«, entgegnete er. »Also, das war so: Graf Leopold kam dank der Wiedervereinigung aufs väterliche Schloss. Ich wurde sein Freund und Diener.« »Moment, nicht Diener, Josef«, widersprach Graf Leopold. »Verwalter, du wurdest mein Verwalter.« »Aber als Freund stellte ich dir Pedderson vor. Nachdem ich dich mit

Franziska und ihrer Mutter, der Frau Gau, bekannt gemacht hatte. Sie hatte doch als Dienstmädchen bei deinen Eltern bis zum Ende des Zweiten Weltkrieges gearbeitet. Ich stellte ihn dir vor ...«»Schon gut, schon gut, Josef«, unterbrach ihn Leopold.»Josef stellte ihn mir also vor, als er merkte, dass ich mich gleich am ersten Tage unserer Begegnung in Franziska verliebt habe.«»So war es ja auch, Josef.«»Ja, Leopold, und deswegen dachte ich mir, der kann doch nicht einfach so daherkommen, einfach so aus dem Westen Deutschlands, um neben seinem väterlichen Schlosse auch noch eines unserer hübschen ostdeutschen Mädchen zu bekommen. Und deswegen alarmierte ich Pedderson. Und deswegen kam Pedderson, der Gastwirt.«»Der Gastwirt und Schmied, Josef, musst du sagen. Ein Hufeisen- und Wagenschmied. Zwei Meter groß, tiefe, brummige Stimme, athletisch. Ein starker Mann am Hammer und Amboss und Tresen. Er versetzte mich in Angst und Schrecken, deswegen zog ich mich zurück.«»Ach, Leopold, sag das nicht. Du begannst ihn zu beobachten, dann mich, die Anna Gau, den Lehrer Kneipp, alle. Du warst skeptisch über diese ostdeutsche Mentalität.«»Skeptisch, Josef, nein. So malte ich mich in Menschen hinein, die mir gefielen. Sun und mein Sohn kennen die Bilder.«»Und ob, Vater. Aber erst als du Sun gebeten hast, die Bilder zu kopieren, ging uns ein Licht auf.« Anna und Lehrer Kneipp fassten sich an und lachten. Sie konnten wieder lachen. »Mein Klumpfuß und Josefs Klumpfuß verziehen Vater und Sohn und schließlich die heimliche Liebe zu Anna«, gab Kneipp den Kindern preis. »Ja, ja, Vater und Mutter, alles sei euch verziehen«, warf Josef ein. »Es war eine dumme Zeit. Dem Maler sei Dank.« Über die Jugendliebe zwischen Franziska und Erik Pedderson durfte Josef heute nicht mehr reden. Manu zog ihn fort.

Die Grafenfamilie wollte unbedingt noch einen Rundgang durchs Haus machen. »Ich zeige euch eine Malerwelt«, sagte Wilfried, als er sie auf den umlaufenden Balkon führte. »O, mit gusseiserner Brüstung!«, rief Leopold junior. »Das Werk unseres Architekten Lucas, dem Baustil und der Landschaft angepasst«, fügte Wilfried hinzu. »Schön«, vermochte der Maler nur noch zu sagen, dann fiel er gedanklich in eines der vielen bunten Landschaftsbilder. Seine Blicke verfingen sich in den goldgelben Rapsfeldern, die, obwohl von einer Laub-Wald-Böschung begrenzt, auch Blicke auf die ruhige, blaue Ostsee erlaubten. Auch kleinere Herde von rot leuchtenden Blüten des Klatschmohnes und der blauen Kornblume, die der Chemikalienkeule widerstanden haben, entgingen seinen fixierenden Blicken nicht. Franziska ließ ihn einstweilen in seiner Welt. Unbemerkt zupfte sie an Wilfrieds Hemdsärmel, nickte den Kopf in Richtung Zimmer der Kinder, was er sofort verstand. Im Hochkeller waren sie wieder alle beisammen. Im Werkraum fachsimpelten sie über das Minischloss, in den Kabinetten, inspiriert durch die Bilder geistiger Größen, über den Zustand der Welt.

Der erste Schultag begann mit dem Baum. Graf Leopold ließ jedes der Kinder ein zierliches, kleines Bäumchen mit ausgeprägtem Wurzelwerk für ihr zukünftiges Wäldchen setzen. Ein jedes trug den Namen eines Kindes. Thekla erklärte ihnen, warum der Baum so wichtig sei. »Sein Kreislauf bestimmt den Kreislauf zwischen Erde und Himmel. Stirbt er, stirbt alles Leben auf der Welt«, sagte sie. Sun meldete sich. »Graf Leopold will nicht, dass ich jemals einen sterbenden Baum male. Unser Baum soll einen hohen, geraden Stamm mit einer gesunden, farbigen Krone und einem heilen Kambium haben. Niemals einen Pilz daran, ja, das sagte er, niemals einen Pilz.« Karl brachte einen Einwand: »Niemals einen Pilz am Stamm? Ist das nicht ein Fortschritt, wenn ein Pilz statt am Boden schon einen Stamm erklettert? Ich meine so, wie sich einst die Wassertiere zu Landtieren entwickelten.« »Nein, Karl«, entgegnete Thekla, »dieser Pilz lebt von einem toten Baum, die Wassertiere kamen in eine heile Welt.« »Ach ja«, antwortete Karl, »in eine Welt der Tiere.« Mareike überraschte mit einer ihr unerklärlichen Frage. »Was ist am Baum eigentlich so interessant, dass wir bis Weihnachten, also vier Monate, über ihn zu sprechen haben?« Thekla ahnte, dass diese Frage von ihrer Mutter Silvia kam. Sie antwortete klug. »Der Baum, den wir vor uns haben, ein Zwergbaum«, Thekla nahm ihn vom Tisch, »übrigens der gleiche wie auf euren Zimmern, soll euch ein Leben lang eine Stütze sein. Wir nennen ihn auch Bonsai, und Bonsai kommt aus dem Japanischen. Er soll euch eine Stütze sein in der Biologie, der Chemie und Mathematik.« »Eine Stütze mit solchen Wörtern: Mathematik – Chemie – «, protestierte Dantos. »Das ist doch nicht deutsch!« Thekla lachte. »Gut erkannt, Dantos. Aus welcher Sprache könnten die Wörter sein?« »Aus der griechischen vielleicht«, antwortete Lili. Thekla gab ihr recht.

»Und –. »Was und, Karl.« »Na die Erläuterungen dazu. Wie sollen wir heute noch die alten Griechen verstehen?« »Wie? Indem wir uns ein halbes Jahr mit dem Baum beschäftigen«, antwortete Thekla. »Schaut ihn euch genau an. Wer möchte ihn beschreiben? Sun! Natürlich Sun. Wer könnte es besser als- wie nannte ihn Graf Leopold? – nicht einen –, sondern den Maler. Bitte, Sun!« »Ich denke, es ist ein Ahornbaum. Vielleicht aus China.« »Bestimmt, Sun, wo doch alles aus China kommt«, warf Karl mal wieder ein. Aber Sun ließ sich nicht

foppen und fuhr in seinen Ausführungen fort. »Die grünen
Blätter haben strahlenförmige, dreieckige Lappen«, »Lappen«
prustete Dantos in den Raum. »Am Baum hängen doch keine
Lappen«, fügte er ernsthaft hinzu. »Doch! Dantos«, erwiderte
Sun energisch. »In einem halben Jahr wird dir diese Blattform
begreiflich sein. Jedenfalls werden die Blätter im Herbst leuchtend goldgelb. Und die jungen sind erst von einem leuchtenden
Rot überzogen, bevor sie sich grün verfärben. Vorausgesetzt,
sie haben Wasser und eine reine Luft.« »Danke, Sun.« »Wie ihr
seht, steht unser Baum in einem Erdhügel eines großen, ovalen
Gefäßes mit einem Teich sauberen Wassers herum.« Thekla
bemühte sich, die Kinder für ihr Modell zu begeistern. »Und
hier«, fuhr sie fort, »hoch über dem Baum, durch eine Rück-
wand befestigt, der blaue Himmel mit der Sonne, dem Mond,
den Sternen. Alles leuchtet so, wie ihr es wollt.« »Alles keucht
und fleucht und leucht in der Welt des Baumes«, witzelte Karl.
Aber er meinte es anders. »Die irdischen Tiere, die himmlischen Vögel und das edle Gewürm im Boden.« »Wieso edles
Gewürm im Waldboden?«, fragte Irina. »Wieso?!«, echauffier-
te sich Karl. »Das kann nur einer fragen, der aus Indien kommt.
Aus Radschastan, wo man alle Bäume zu Brennholz und dadurch ihr Land karg gemacht hatte.« »Woher weißt du das,
Karl?«, fragte Thekla. »Habe ich gelesen. Ich konnte es einfach nicht verstehen, dass die Inder eine andere Hautfarbe
haben und so hübsch sind. Deswegen war ich in Lucas Bibliothek.« »Ich habe auch über das Märchen vom Tadsch Mahal
gelesen.« »Märchen! Karl. Das ist kein Märchen, aber märchenhaft«, antwortete Indira. »In seiner Nähe lebten wir auf
der Müllkippe. Wir konnten es täglich von Weitem sehen. Wie
der Herrscher Akbar.« »Ach, und das ist kein Märchen? Dann
hat er wirklich sein Volk in die Armut getrieben und alle Bäume

rundherum für eine pompöse Grabstätte abholzen lassen?«
Indira drehte sich ihm zu und sagte: »So war es, Karl. Aber
meine Frage zum edlen Gewürm hast du damit noch nicht
beantwortet.«»Na ja, Indira, ich meine die vielen kleinen Tier-
chen, wie auch die Ameisen, die die Bäume vor Schadstoffen
schützen. Was so aus der Luft auf die Erde saust.«»Schon richtig«, schaltete Thekla sich ein, »es ist aber viel komplizierter,
als ihr denkt. Es saust nicht nur auf die Erde, es fliegt umher,
steigt auf, schwebt, bildet wolkenbehangen Unheil.« »Es
schwebt mit den Engeln und du sprichst vom Unheil«, intervenierte Mareike. »Am Engelhaar klebt es, am blonden, klebrig,
dunkel, mythologisch, myxomatös«, ergänzte Sun. »Hoppla!
Kinder, jetzt wird's bunt«, lachte Thekla. »Mareike schwebt
mit den Engeln und Sun spielt mit dem Wortschatz seines
Meisters. Also, werden wir wieder konkret. Hier steht der
Baum, umhüllt von Luft, einem Gasgemisch aus Stickstoff,
Sauerstoff und Edelgasen, merkt euch die Namen. Wilfried
wird sie anschließend im Kabinett begreiflich machen. Nur ein
Wort noch zur Luft auf unserem Erdball: Sie wird dünn ab 80 km
Höhe. Zum Vergleich: Drei Kilometer sind es bis zum Schloss.
Apropos, ein Kilometer hat wie viel Meter?«»Tausend!«, rief
Dantos. »Und unseren Baum schätze ich mit dreißig Zenti-
metern. Bis zu seinem Himmel, denke ich, sind es fünfzig.
Mein Zollstock hat einen Meter.«»Meiner auch und der von
Sun, Ranga und Bernd gleichfalls. Also, sage ich doch: der
Zollstock. Sonst käme noch einer auf den Gedanken nachzu-
messen.« So diskutierte wieder einmal Karl. Sun sah sich nun-
mehr genötigt, Karl zu beweisen, dass er nicht der Schlaueste
sei. Er ließ in seinen Sätzen kundtun, welche Bedeutung des
Meters Wertschätzung ihm gegenüber hat. So sagte er: »Nur
gut, dass es 80 Kilometer sind, bis die Luft dünner wird.«

»Auch leichter wird sie, sagte uns Graf Leopold, wenn es um den Farbton des Himmels ging. Das Auge allein sieht nicht alles. Ein gutes Bild bedarf der Reaktion aller Sinnesorgane, sagte er. Und die Lufthülle der Erde bezeichnet er als Atmosphäre, die wichtigere für den Maler ist die Troposphäre. In ihr entwickeln sich die Niederschläge und die Wolken. Es gäbe noch einige mehr, sagte er, aber auch gute Lehrer und ewig neugierige Kinder. Dabei sah er auf seinen Sohn, dem er seit der Entdeckung des Rittergrabes den Namen des toten Ritters, Aramis, gegeben hat.« Indira zuckte zusammen. Das Blut stieg ihr in den Kopf zur Puterröte, sie murmelte: »Aramis, oh nein, wie töricht.«

Thekla wirkte nachdenklich. Dann drückte sie nichtssagend alle bunten Lämpchen an, die ihre kleine Baumwelt verzauberten. Als sich auch noch der Klassenraum auf die Schnelle verdunkeln ließ, sagte sie: »Denkt an die Schönheit des Baumes, das glitzernde Wasser um ihn herum, an das Grün der Erde und den nächtlichen Sternenhimmel bei Mondschein. Seid nunmehr aufmerksam interessiert an chemischen Reaktionen in Wilfrieds Kabinett. Sagt Oh, Ah oder Äh und I, wenn es um den Sauerstoff, den Stickstoff oder die Edelgase geht. Aber bleibt beim Wunder der Natur. Pause! Seid pünktlich bei Wilfried.«

Wilfried stand im weißen Kittel, mit einer Schutzbrille auf der Stirn und Schutzhandschuhen an den Händen, hinter seinem Labortisch. Alsbald sorgte er für ein großes Gaudium aller. Ohne nähere Erläuterungen ließ er einen aufgeblasenen Luftballon herumschnarren, einen Papierflieger durch den Raum segeln und ein Dampf-Luft-Gemisch aus einem Dampfstrahlgebläse gegen einen Spiegel sprühen. Dann bat er Karl und Bernd, zwei aneinandergedrückte, gläserne Halbkugeln, zuvor luftleer gepumpt, auseinanderzuziehen. Karl im Übereifer rief pustend: »Bernd ist zu schwach. Ich ziehe ihn mitsamt der Glocke aus dem Raum. Aljoscha müsste ihm helfen!«»Oh! Nein, Karl, das allein bestimmt der Luftdruck.«»Unglaublich!«, rief Lili in den Raum. »Gleich gebe ich euch den Beweis«, antwortete Wilfried. »Schaut auf dieses Ventil der einen Hälfte. Ich öffne es. Luft strömt dank ihres Druckes hinein und – ein Gleichgewicht der Kräfte löst alle Probleme.«»Wow, jetzt begriff ich den Druck und Gegendruck und das Gewicht der Luft. Es führt zu neuen Gedanken«, antwortete Karl einfach so, ohne gefragt worden zu sein. Dann ließ Wilfried aus dreierlei Düsen nacheinander unterschiedliche Gasmischungen strömen. »Merkt euch die Gerüche, rümpft die Nasen«, bat er sie. Schnell wiederholte Wilfried die Vorgänge, entzündetet die Gase nacheinander und nun fragte er. »Es roch nach indischer Kuhscheiße«, provozierte Karl. Schon meldete sich Ranga. »Es roch nach deutschen verfaulten Eiern.« Lili antwortete geschickt. »Es riecht nach vielem Unbekannten, gleichwohl dürften sie in jedem Lande so riechen.« Das saß, Karl und Ranga, dachte Wilfried. Er sah sie an, schmunzelte und begann ihnen zunächst die chemischen Elemente Sauerstoff, Wasserstoff, Stickstoff, Schwefel und Kohlenstoff und deren chemischen Reaktionen zu erklären bis hin zur Fotosynthese des Baumes. Der Baum gehörte in jede Unterrichtsstunde.

Zum anschließenden Mathematikunterricht ging es in den Werkraum. Lucas empfing sie freudestrahlend bei taghellem Licht. Die Wände waren beige gestrichen, es roch nach frischem Holz, Leim und Farbe. Jeder Schüler bekam seinen Arbeitsplatz. »Ich möchte euch vom ersten Tage an das breite Feld der Mathematik an konkreten Beispielen vermitteln.

Natürlich gleich aus dem Holz des Baumes.«»Baum, Baum, Baum, Lucas. Wir sehen bald den Wald vor lauter Bäumen nicht mehr!«, witzelte natürlich Karl wieder und alle lachten. »Bald werdet ihr ihn lieben, aufmerksam durch den Wald schreiten und jeden einzelnen Baum beobachten. Aus seinen Spänen zu dünnen Platten geleimt, auch Kreise und Ringe, wollen wir uns weiteren Flächenberechnungen widmen. Ich erinnere an den Bau des Schlosses.«»Dadurch sind die Jungs uns wieder einmal weit voraus«, antwortete Lili. »Ach!«, antwortete Lucas etwas verdutzt. »Habt ihr nicht beim Zuschnitt der Gardinen und Wandbespannungen Quadrate, Rechtecke, Trapeze und Dreiecke berechnet?«»Schon, aber Stein und Holz sind doch ganz was anderes.«»O nein, Lili, nimm bitte, die kleine Platte, es ist ein Vieleck, und zerlege sie zeichnerisch in Dreiecke. Dein Bruder, denke ich, wird sie dir an einer mit neuen Schutzvorrichtungen versehenen Bandsäge zuschneiden. Dantos und Teresa wollen bitte aus den kreisenden Plättchen den Durchmesser, Radius und den Umfang berechnen. Für Sun und Cixi habe ich einen Kreisabschnitt, also die Hälfte eines Kreises, bereitgelegt, für Ranga und Indira ein Rechteck und ein Quadrat. Schaut auf eure Monitore, sie helfen bei den Berechnungen.« Lili und Karl waren schnell fertig. »Lucas! Prüfst du, bitte, die Maße, ich glaube, sie stimmen genau«, rief Karl. Die Maße stimmten. Karl sah in der schnellen Erledigung ihrer beiden Aufgaben eine für ihn unbefriedigende Leistung. Das »Pi« aus dem griechischen Alphabet reizte ihn. Er mochte es nicht, wie er alle anderen Buchstaben für die Winkelgrößen nicht mochte. Trotzdem fand er das ›Pi‹ genial, deren Zahl 3,141 er sich gemerkt hatte. »Schreibt sie für ›P‹ in die Formel für den Umfang des Kreises, Dantos und Irina. Sucht nicht, die Zahl stimmt«, sagte er ihnen kleinlaut über die Schultern, was

Lucas bemerkte. Dieser Bengel, dachte er, hat sich doch tatsächlich die Zahl, die ich beim Bau des Schlosses in eine Platte geritzt habe, gemerkt. Er sah ihn lange an, glaubte an ein Wunderkind, sah, wie Karl ihn geschickt und unauffällig ins Visier nahm, schaute auf die Uhr und rief:»Danke! Kinder. Vielen Dank für eure Leistung. Ich schenke euch zehn Minuten zur Pausenzeit, Silvia wartet auf euch im Kabinett für Literatur und Geschichte.«

In der verlängerten Pause auf dem Schulhof ritzte Sun mit einem Stöckchen Figuren in den Sand. Indira trank einen Kakao, Aljoscha spuckte im hohen Bogen einen Pflaumenstein in Suns Kreise, während Karl einen rotbackigen Apfel aß. Mareike lutschte in seiner Nähe ein Eis. Seit heute wusste sie, dass sie ihm nicht mehr das Wasser reichen könne. Sie leckte mit ihrer Zungenspitze an ihrem Eiskolben, um ihn zu necken. Und Karl demonstrierte Überlegenheit, näherte sich ihr auf Augenhöhe, um gleichwohl an ihrem Eis zu lecken. Bernd, in beider Nähe, freute sich, lief schlangenförmig mit ausgebreiteten Armen zwischen seinen Mitschülern hindurch, bis ins Kabinett, in die Arme seiner Mutter.»Ich glaube, Mama, es ist mein schönster Tag heute«, sagte er.»Lucas hat mir eine Eins gegeben«, fügte er hinzu. Mit dem letzten Klingelzeichen begann ihre letzte Schulstunde an diesem Tage. Müde sehen die Kinder aus, erkannte Silvia und dachte sich, den Unterricht interessant zu gestalten. Einleitend sagte sie:»Wir wollen bis zum Ende unseres Schuljahres erfahren, wie die Menschen auf dieser Welt gelebt und gearbeitet haben. Ich sehe euch an, dass ihr heute erschöpft seid. Deswegen schlage ich vor, wir gehen jetzt in unser Wäldchen.« Jaaa!, riefen wohl alle, sie erhoben die Hände, schoben laut schabend die Stühle hinter sich und liefen Silvia voraus bis ins Freie.»Setzt euch hierher oder dort an die Eiche, es ist trocken, warm, es lacht die Sonne, schön ist der Wald. Ruhet, schaut durch die Bäume hindurch, schaut in die Kronen! Sagt mir, was ihr denkt.«»Noch gar nichts, Silvia, gib uns noch Zeit«, bat Aljoscha. »Gut, dann darf ich euch ein paar Anregungen geben: mit den ersten Bäumen, die gefällt wurden, begann ein neues Leben der Menschen. Und mit den letzten Bäumen, die gefällt werden, wird es enden. Was sagt ihr dazu?«»Aljoscha?«»Na, erst waren die Menschen nur Jäger und Sammler. – Dann entdeckten sie im Holz das Feuer.« »Und heute noch schleppen die Frauen vom Lande in Mexiko auf ihren Köpfen bündelweise Holz heran«, sagte Indira. »Bis die Eiszeit kam!«, rief Karl. »Dann ging's richtig los. Das Rad brachte alles ins Rollen.«»Und große Holzschiffe aufs Wasser«, fügte Cixi hinzu. »Und Piraten!«, ergänzte Dantos. »Ja, aus Spanien kamen sie in unser Land«, wusste Teresa zu erzählen. »Dieser Cortez, der unser großes Aztekenreich zerstört und den tiefreligiösen Herrscher Moctezuma getötet hat. Er hatte ihnen schon alles Gold des Landes gegeben. Alles Gold für die Königshäuser in Spanien.«»Wie die Briten, die ihr Gold aus China und Indien, und die Franzosen, die allen Prunk aus Afrika holten«, sagte boshaft Ranga. Dabei schaute er auf Indira. »Und wie brutal sie waren, haben wir an dem verstei- nerten Baum gesehen.«»Du meinst den Baum, an dem sie vier- zehn Menschen erhängt haben.«»Den meine ich, Indira, den werde ich nie vergessen.« Alles Gesagte schien die Kinder nachdenklich gestimmt zu haben. In sich gekehrt, schauten sie in den Wald hinein, lauschten dem Vogelgezwitscher und dem Spiel der Laubblätter mit den Sonnenstrahlen. Silvia glaubte einen guten Einstieg in die Geschichte und Literatur gehabt zu haben. Sie zitierte Hermann Hesse:

»Bäume sind Heiligtümer,
wer ihnen zuzuhören weiß,
der erfährt die Wahrheit.«

Kapitel XI

Wilfried war ein Morgenmuffel. Als Banker und Abteilungs-
leiter fiel das niemandem auf. Beinahe unauffällig erreichte er
jeden Morgen seinen Arbeitsplatz, um zunächst bei einer guten
Tasse Kaffee etliche Zeitungen zu lesen. Er ließ die Seele baumeln. Thekla bevorzugte den heiteren, gesprächigen, auch wit-
zigen Frühstücksmorgen. An jenem, an einem Sonntag im
November, die kleine Christin von Kulmbach schlief noch, sorgte sie in allen Räumen für helles Licht und lauter Marschmusik.
Mit Marschmusik konnte sie ihren Wilfried zu jeder Tages-
und Nachtzeit in Spur bringen. Sie lag in seinem Blut, wie bei
seinem Vater und Großvater. So kam er strammen Schrittes,
summend, wohl »ein Heller und ein Batzen«, gut gelaunt an
den Frühstückstisch. »Pu! dieser November, dieser Sturm
heute Nacht, schön, dass Christin noch schläft«, sagte er.
»Guten Morgen, Schatz!«, begrüßte ihn Thekla, »du darfst mir
ein Morgenküsschen geben, einen guten Morgen wünschen,
dann die Marschmusik in Klassik verwandeln und aus dem hellen Licht eine Sonne machen. Übrigens November ist so.
Zumindest ist er immer so auf einer Insel.« Damit hatte Thekla
ihren Tag, einen schönen Sonntag, eingeleitet. Und wer hätte
es besser gekonnt als eine Frau. Sie ließ sich einen Kaffee
nachgießen, die Milch reichen, legte ihre Hand auf seinen Arm
und schaute in seine Augen. Und als sie ihn so anschaute, dachte sie, mit ihm wieder ins Bett zu gehen. Bei Sturm, dachte sie,
bei Sturm höre man die Insel und nur bei Sturm. Aber nein.
»Redest du mit mir über den Semesterplan des neuen Jahres?«,

fragte sie. »Ja, ach ja, natürlich«, antwortete Wilfried aus seinen Gedanken gerissen. »Alle diskutieren über deine geniale Idee: den Weg. Möge er den Kindern an konkreten Beispielen: zu Lande, zu Wasser und in der Luft alles Wissenswerte vermitteln. Mögen es Wege werden, die ihr Leben bestimmen.« »Sie werden es, Wilfried, weil wir es wollen«, antwortete Thekla. »Unser Doktor Fiedler fügte dem Plan ein Wort hinzu: Globalisierung! Wilfried.« »Warum siehst du mich so an? Es bedurfte keines Satzes. Der Mediziner kennt seit Hippokrates immer nur ein Wort: Diagnose. Danach hat er zu handeln und nur danach. Sorgen wir Pädagogen dafür, dass unser Volk nicht eine Facies hipocratica, ein hippokratisches Gesicht, bekommt. Ich denke, du verstehst, wie ich sein Wort analysiere.« »Du denkst richtig, mein Schatz. Seit ich gelernt habe, deine Vergleiche zu interpretieren, geht mir eher ein Licht auf«, schmunzelte Thekla. »Du schmunzelst, sprichst vom Lichtaufgehen. Nenne es den gesunden Menschenverstand, oder Verstand, oder das Vermögen, Begriffe, Urteile und Regeln gedanklich zu verarbeiten. Oder Intellekt, würde priori der Doktor sagen.« »Apropos der Doktor, Wilfried. Er hat doch meinem Plan nicht nur so das Wort Globalisierung hinzugefügt.« »Nein, seine Vorstellungen haben was. Es sind Vorstellungen eines guten Freundes und Arztes, Thekla.« »Du meinst, eines guten Freundes, weil wir in der psychologischen Führung der Kinder schwächeln.« »Ich meine, dass in den pubertären Phasen der Kinder sein Wort über allen anderen Meinungen stehen sollte, Wilfried. Er will in jedem Semester über die Vorpubertät, dann über die Pubertät und schließlich über die Nachpubertät mit den Kindern reden.« »Was ich außerordentlich begrüße, Schatz.« »Toll! Mir fällt ein Stein vom Herzen, wenn ich an meine Pubertät denke.« »Mir auch, Thekla. Mal warst du

Krähe, mal ein reumütiger Hund und erst im Schatten eines Baumes ein Kätzchen.« Thekla fiel ihm um den Hals.»Am meisten freue ich mich«, flüsterte sie Wilfried ins Ohr,»dass Leo in Biologie die Morphologie des Menschen bringen will. Ich finde, beides passt gut zusammen.«»Wie Leo es ausdrücklich bemerkte«, unterstrich Wilfried.»Ihm gehe es nicht nur um die körperliche Entwicklung, Thekla, ihm gehe es auch um die Seele. Das habe er immer gesagt. Der Leib ist die Erscheinung der Seele, habe ich so von ihm gehört.«»Der Leib?«»Moment, ich hole mal eben mein Notizbuch, Wilfried. Einen kleinen Moment, bitte. Hier! Ich hab's. Er erwähnte doch den Aristoteles. Ja hier, dreihundert vor unserer Zeitrechnung lebte er. Ein großer Philosoph. Er bezeichnete die Seele als das gestaltende Prinzip des Leibes.«»Durch Denken, Handeln und Wollen, Thekla.«»Planmäßiges Handeln, musst du hinzufügen. Planmäßig. Das konnten die alten Griechen: Platon, Archimedes, Alexander der Große. Was ist nur aus diesem Volk geworden, oder aus den Römern? Was wird aus dem deutschen Volk? stellt sich hiernach die Frage, Thekla.«»He! Wilfried, du schweifst ab, wir sind bei unseren Kindern. Die alten Griechen hatten noch große Philosophen, die voraussagten, wir haben keine mehr. Also bleiben wir bei der vorpubertären Phase unserer Kinder. Leo meint, sie liege zwischen dem sechsten und zwölften Lebensjahr. Ich meine, sie beginne schon früher. Ich meine, dass sich bei unseren Kindern bereits das Ich-Ideal formiert hat. Sie entdecken neue Ziele und Interessen. Sie entwickeln ihre intellektuellen Funktionen.« Wilfried hörte nachdenklich zu. Lange, sehr lange. Er saß Thekla gegenüber, stützte sein Kinn mit der linken Hand und nickte zustimmend.»Du hast recht, Thekla. Aus einem Bäumchen scheint ein Baum zu werden. Die Kinder haben sich schneller an unsere Umwelt angepasst, als wir je gedacht haben.«»Viele Menschen sind es geworden, Wilfried. Sun ein Malergenie, Mareike, Indira und Cixi überzeugend auf der Geige. Dantos auf seiner Trompete und Karl auf dem Cello. Schade, dass Leopold, ich meine Aramis, sich die Lili ans Klavier geholt hat. Indira ist darüber sehr traurig, Wilfried.« »Ach nein, meine Liebe, seitdem ist Indira eine gute Geigerin und Aramis ein besserer Pianist geworden. Und übrigens haben darüber Manu und Josef entschieden. Und letztendlich entscheidet sich die Zuneigung erst und eventuell, so es der Herr des Schlosses will, mit der Pubertät.«»Nach Dr. Fiedler liege sie zwischen dem zwölften und sechzehnten Lebensjahr, also, warten wir ab, Wilfried.«»Warten wir ab, Thekla.«»Der Weg, dein Weg, bedeutet Glück für die Kinder. Beim Studium der Natur, der Physik, der Chemie, der Elektronik und der höheren Gewalt.«»Der natürlichen Gewalt, Wilfried. Wir werden über Autobahnen fahren, mit dem Flugzeug fliegen, auf dem Wasser segeln und zu allen vier Jahreszeiten über unsere Insel wandern.«»Und niemals in die Ferne schweifen, sag es, bis zum Schweiß und Blut, Thekla. Du verschweigst mir etwas.«»Ich dachte, der Sonntag wäre nicht geeignet, um über den Wahnsinn von Lucas zu reden, Wilfried.«»Du hast dich also nicht getraut.«»Hätte ich, aber nicht heute am Sonntag. Wir sind doch wie immer alle um elf Uhr in seiner Bibliothek. Er wird was sagen. Nur so viel vorab, Wilfried, sein Wahnsinn, wie du ihn nennst, findet bei vielen Menschen Unterstützung. Es gebietet sich, ihn anzuhören.« Lucas war nicht allein um elf Uhr, als der Sturm den Regen an seine Fensterscheiben preschte und hohe, weiße Wellenkämme auf der Ostsee tobten. Graf Leopold von Lenau war da, mit Gräfin Franziska und Pastor Friedjung. »Bei Sturm erleben wir eine heile Welt, bei Regen will sie es sein und bei weiß bekämmten Wellen versagen Mythen, Legenden und Märchen.« Mit dieser seiner Weisheit empfing er seine Gäste. Dann nach einer Weile, er hoffte auf ein Wort, zeigte er das große Bild einer Kirche. »Wer kennt sie?«, fragte er. Er schaute in die Runde der Kinder. »Ich!«, rief Sun. »Seit ich sie gemalt habe, hängt sie im Atelier beim Malergrafen. Verzeihung, bei Herrn Graf von Lenau. Malergraf ist mir so herausgerutscht.« Sun sorgte damit für Erheiterung und Entspannung. Gleich vermochte Lucas mit lockerer Zunge zu sprechen, so, wie es seine Art ist. »Wir haben eine Kirche erworben«, begann er. »Die Kirche St. Annen auf dem Hügel mit dem hohen Turmdach über der Eingangspforte. Ihr Glockengeläut erreicht an manchen Tagen unser Haus.« »Aber unser Schloss erreicht es immer«, fügte Graf Leopold hinzu. »Deswegen haben wir uns entschlossen, mit Zustimmung von Pastor Friedjung, die Kirche zu übernehmen. Sie passt zum Schloss.« »Siebenhundert Jahre schon steht sie auf dem gleichen Felsgestein, wie unsere Türme von Ranaga«, ergänzte Gräfin Franziska. Aus riesigen Felsen, Lehm, Quark, Eiern und Stroh gebaut, verwandelten sie sich in Jahrhunderten in ein Hartgestein. Ohne Mythen und Legenden. Nur durch harte Arbeit der Leibeigenen, der armen Bauern und Fischer unserer Insel. »Und alles im Glauben Gottes!«, rief Karl. »Wie die Kriege und Siege und die unendlich vielen Toten!«, rief Bernd. »Und ohne Erbarmen«, sagte leise Silvia. »Deswegen, ihr Lieben, wollen wir in unsere Kirche den wahren, leibhaftigen Jesus Christus holen, wie er wirklich gelebt und gewirkt hat. Auch Buddha, auch Konfuzius, auch Jesu, Mutter Maria«, antwortete Lucas. Dann bat er sie, am Nachmittag mit ihm zum ersten Orgelkonzert auf den Hügel zu pilgern. Er kannte den Weg, kannte die Schlehenbüsche, deren kugelige, schon reif

schwarzblaue Frucht auf den ersten Frost wartete. Wo Schlehenbüsche wachsen, befinden sich auch Heckenrose, Brombeere
und viele andere Dornensträucher, wusste Lucas zu erwähnen.
Er nutzte eine kurze Pause, um auf diesem Wege, ihrem Pil-
gerweg, dessen Reize zu allen vier Jahreszeiten dem Kopfe
guttun, zu verweilen. Aljoscha und Bernd nutzten die Gelegenheit zum Pflücken einiger noch unreifer Beeren. Sie probier-
ten, bissen hinein bis auf den Steinkern, zogen Grimassen
wegen des säuerlichen Geschmacks und spuckten sie im hohen
Bogen wieder aus. Plötzlich sah Bernd wie ausgespien aus. Er
suchte seine Mutter. Mit Tränen auf den Wangen bat er sie um
Verzeihung. »Ich habe mir«, schluchzte er, »meinen Overall an
den Dornen eingerissen. Schau hier!« Silvia erschrak, Zornes-
röte stieg ihr ins Gesicht, sie besann sich und drückte ihn. »Das
lässt sich wieder reparieren«, sagte sie ihm, obwohl sie wusste,
dass alle Kinder mit ihren wasserdichten Overalls und warmen, gefütterten Stiefeln etwas Wertvolles bekommen hatten.
Mit dem Gedanken an das Gemeine der Dornen betrat Bernd
die Kirche. Und erst als er sah, dass Jesus keinen Kranz mit
eisernen Spitzen trug, fand er innere Ruhe. Pastor Friedjung
ergriff das Wort. Seine weiche Stimme klang wie ein sanftes
Brummen im leeren Raum.

»Diese Kirche, meine Lieben, ihr sollt sie haben. Eine
Kirche von siebenhundert Jahren im Wandel der Zeiten. Gene-
rationen von Menschen haben daran gebaut. Arme Bauern,
Fischer, Landarbeiter, Leibeigene. Für ihren Gott. Für ihren
Gott lebten sie in Lehmhütten ohne Erbarmen. So war ihr Gott.
Kalt ist's hinter diesen Wänden, ungemütlich. Aber von Ange-
sicht zu Angesicht unseres Herrn Jesus Christus im gewölbten
Altarraum war im Gebet ihr einziger Trost. Doch nun bin ich
an jedem Sonntag, wenn die Glocken läuten, die Kerzen bren-

nen und ich zur Orgel schaue, allein. Ohne Christengemeinde, ohne Pilger. Sie leben in Demut, seit der Wiedervereinigung Deutschlands. Seit man ihnen das Vieh, die Fische, die Felder, die Seen und Wälder genommen hat. Holt sie zurück in dieses Haus.« Pastor Friedjung übergab Lucas den Schlüssel. Er weinte, ging zum Altar, kniete nieder und betete zu Jesus. Indessen verharrten alle in nachdenklichem Schweigen. Dann sagte Lucas, seine Hand zeigte auf Jesus: »Komm zurück zu den Menschen auf Erden. Du hast gegeben, verteilt und geheilt. Du hast gegen die Römer gekämpft und gegen die Obrigkeit, du hast gepredigt und die Jünger und Jüngerinnen folgten dir. Bleibe uns Vorbild, lache mit uns, sei mit uns fröhlich, wir geben dir ein anderes Haus.« Lucas faltete die Hände und verneigte sich. Und Graf Leopold sagte »danke, danke, Lucas«. Dann blickte er vom Altar zur Kanzel, hinauf auf die Galerie, auch zur Orgel und sagte: »Ach, Sun, du hast die Kirche gemalt, führe uns. Sage, was wir ändern müssen.« Sun zuckte zusammen, er brauchte eine Weile, um sich zu sammeln. Ich habe doch nur einiges gemalt, dachte er. Wie soll ich euch durch eine siebenhundertjährige Geschichte führen? Dann begann er mit dem Altarbild, das er malte und nun im Schloss hing. »Ein schwedischer Anführer eines Heeres habe es gestiftet«, sagte er, »als sie die Insel eroberten. Es zeigt nicht die Menschen«, unterbrach ihn Karl, »die sein Herr getötet hat. Da war der Bischof Absalon von Dänemark, der im Auftrage Gottes den Priester Svantevit mitsamt seinem Tempel stürzte, schon frecher. Er ließ die Toten malen. Auch Svantevit, der bei seinen Menschen lebte und weit aufs Meer zu den Fischern sehen konnte. Der Gott im Himmel sah nie die Wahrheit. Ähnlich wie in unserem Lande«, hakte Dantos ein. »Als der spanische Mörder Cortez kam und den König der Azteken

Moctezuma tötete.«»Und immer haben sie die Völker ausgeraubt«, fügte Indira hinzu. »Und zum Glauben Gottes im Himmel gezwungen«, lachte Karl. »Jesus, was sagst du dazu?!«, rief er, indem er mit beiden Händen, u-förmig gehalten, auf ihn zeigte. »O, Karl, das hättest du von der Kanzel predigen sollen.« Sun sah ihn an, er freute sich, denn es kam Leben in die Kirche. »Schaut auf die Kanzel«, bat er sie. »Auf den Kanzelfuß, den Korb mit Brüstung, den darüber befindlichen Schalldeckel und die Treppe. Alles mit figürlichem Schmuck versehen. Alles muss der Menschheit, Graf Leopold, erhalten bleiben.« »Wie könnte ein Maler auch anders denken!«, antwortete Leopold. »Und wie denkst du über die vielen Sitzbänke?« »So, wie ich über einen zukünftigen Ort der Wahrheit denke.« Dann aber sagte er, dass es ihm schwerfalle, an den Bänken zu rütteln. Dazu bedarf es mehrerer Meinungen. Er schlage vor, sie noch auf die Galerie führen zu dürfen, um ihnen den abgeschlagenen Kopf Johannes' des Täufers auf einem Bild zu zeigen. Vielleicht bekämen wir dadurch eine Inspiration zur Veränderung der Bankreihen. Die kam. Ausgerechnet von Mareike, die bisher zu allem Religiösen schwieg. »Ich schlage vor, die Bänke in einem großen Quadrat aufzustellen für die noch immer Gottgläubigen und im Innern runde Tische und Stühle. Alles auf einem Holzfußboden und immer warm.« »Toll«, sagte Dantos. Er schlage vor, auch Maria, Jesu Mutter, einen Platz neben ihrem Sohn zu geben, wie auch dem Konfuzius und dem Buddha. Gräfin Franziska flüsterte ihrem Gatten etwas ins Ohr. Er nickte. Gleichwohl sagte sie: »Unsere Gedanken führten zu guten Ideen, unser aller Ideen für einen ewig wolkenfreien Himmel über unserem Hügel. Schon Weihnachten, in vier Wochen, wollen wir hier fröhlich sein.« »Nun, Josef und Manu, krönt ihr unser Wort mit ein paar Tönen auf der Orgel?«, fragte Wilfried. Er erwähnte Manu, suchte nach ihr. Manu war schon bei den Flöten, mit ihrer Musik im Ohr pilgerte ein jeder an seinen Ort zurück. Sie spielten eine krebsgängige Imitation, typisch für Josef, aber schwer für Manu. Josef hatte eigens für diesen Tag eine Melodie komponiert, welche vorwärts und rückwärts gelesen gleich war. Auf seinem Heimwege in Gesellschaft der Grafenfamilie fragte Leopold nach der Melodie. »Warum fragst du?«, antwortete Josef. »Man beantwortet keine Frage mit einer Gegenfrage, Josef. Da es geschehen ist, denke ich, dass du nur mein musikalisches Verständnis überprüfen wolltest: Du komponierst eine Melodie, spieltest sie vorwärts und rückwärts, du vorwärts, Manu rückwärts, in der Art einer krebsgängig zu spielenden Fuge. Wie Bach, das konnte nur Bach.

»Und ich habe sie und dich verstanden, toll deine Idee, Josef. Schaffst du bis Weihnachten den Umbau in der Kirche?«

»So es der Herr, mein Graf, will«, lachte Josef. Dann, schon wieder ernster, fügte er hinzu, dass er alles im Plan habe. Seit sechs Wochen habe er alles im Plan, betonte er. Schließlich sei er ein DDR-Bürger gewesen, der die Planwirtschaft kennengelernt habe. Und hätten wir nicht im Osten den Russen und im Westen den Kapitalisten, wären wir heute bei China. Und auf dem Friedhof hinter der Kirche hätten wir keine Streuwiesen.

»Streuwiesen«, wiederholte die Gräfin. »Sie wird es auch nicht mehr geben, nicht mehr auf unserem Hügel, schon gar nicht neben einer Kirche. Wir werfen nichts weg«, sagte Josef im harten Ton. Dann fügte er hinzu, dass es wieder bezahlbare Särge geben werde, auch Männer, die sie in die Erde brächten mit unseren Ahnen im Leichentuch und bester Kleidung. »So wollte es Jesus Christus, der Erdenmensch, so will es seine Gemeinde«, sagte er zum Abschied vor dem Schloss. Und so wurde es. Ausgerechnet der alte Mann, der in der Nähe des Waisenhauses in der Senke am Hochufer zur Ostsee wohnte, ließ Josef wissen, dass er Särge herstellen könne. Josef rief Manu an und bat sie, ihn aufzusuchen. Manu, dachte er, werde mit ihm eher reden können als einer der Männer vom Waisenhaus. Mit ihnen hatte er sich verkracht, wegen seines Ackerlandes, das das Waisenhaus gegen seinen Willen kaufen durfte. Was über Jahre so fern lag, war plötzlich so nah, als Manu bei ihm anklopfte. »Kommen Sie herein, gute Dame!«, rief er, er hatte sie durchs Fenster gesehen. Vor ihr stand ein freundlicher Herr, athletisch, vollbärtig, mit glänzend blauen Augen. »Nehmen Sie Platz, hier oder dort, wollen Sie ins Zimmer schauen, dann diesen Sessel, wollen Sie Ihr Waisenhaus im Auge behalten, dann jenen Sessel!«, sagte er mit entsprechenden Handbewegungen. Manu gefiel die Wohnstube. »Sie sind die Manu, die Köchin und Klavierlehrerin vom Waisenhaus, wie ich weiß. Möchten Sie einen Kaffee, einen Tee oder ein Wasser?«, fragte er vornehm wie ein Butler. »Einen Tee, bitte.« »Einen von mir selbst gepflückten und getrockneten Pfefferminztee?« »Bitte.« »So, wie ihn der Josef mag, Sie sind doch seine Liebste, nicht wahr? Ich mag ihn. Als ich als Flüchtling nach Ende des Zweiten Weltkrieges hierherkam, gab er mir für meine Siedlung einen Pflug. Aber das nur so nebenbei.« »Ihr Tee, Herr … Peters!« »Herr Peters, schmeckt sehr gut, man schmeckt ein natürliches Aroma. Aber deswegen komme ich nicht …« »Nein, Sie kommen wegen der Särge, weil Josef weiß, dass ich ein Sargtischler bin. Er weiß auch, dass ich eine gute Tischlerei habe, er wusste nur nicht, ob er mich persönlich fragen sollte. Sagen Sie ihm, dass niemand mehr auf die Streuwiese müsse und dass ich zur Weihnachtsfeier auf den Hügel komme.« »Er wird sich freuen, Herr Peters. Dann darf ich gehen und Ihnen

Auf Wiedersehen sagen.« Manu reichte ihm ihre warme, feuchte Hand, die er noch lange festhielt. »Sie müssen aber«, antwortete er, »bevor Sie gehen, unbedingt noch einen Blick in meine Tischlerei werfen, bitte, bitte – und auf Josefs Pflug. Sagen Sie ihm, dass Sie seinen Pflug gesehen haben. Er wird sich freuen. Und Sie mögen es doch, wenn er sich freut, nicht wahr, habe ich gehört.« Er neckte sie, worauf Manu ihm gleichwohl interessiert zuhörte. »Mit diesem Pflug begann ich nach dem Zweiten Weltkrieg, auf eigener Scholle, für das Brot meiner sechs Kinder zu sorgen. Mit diesem Pflug, einem Pferd und einer Kuh. Und Jahr für Jahr brachen sie den Acker und Jahr für Jahr reifte eine neue Saat und Jahr für Jahr sah ich meine Kinder glücklicher. Sagen Sie Josef, wo sein Pflug steht, und bleiben Sie mir gewogen.« Manu lief der herunterbrechenden Dunkelheit, dem Licht des Waisenhauses entgegen. Sie atmete die kühle Seeluft, hörte ihr Herz klopfen, freute sich, den alten Mann kennengelernt zu haben. Noch am selben Abend musste sie Wilfried, Lucas und telefonisch Josef berichten. Josef hörte, schwieg. Manu hörte sein erregtes Atmen, schwieg – dann sagte Josef: »Danke, Manu, danke. Nun kommen wir voran.« Des Hügels Erde vibrierte heute, es wurde gehämmert, gebohrt und genagelt. Und Jesus, der Zimmermann, unser Vorbild, schaute zu. »Und mit uns sind viele Menschen aus der Gemeinde, hört man, Josef.« »Auch deren Kinder, Manu, alle. Ich denke, alle Kinder und Arbeitssklaven kommen zu Weihnachten auf die Insel. In Sehnsucht und Hoffnung! Manu, und ach, schau aus dem Fenster! Es schneit.«

Schnell war die Insel weiß. Silvia bemerkte am nächsten Morgen im Unterricht an Sun ein anderes Verhalten. Er träumte. »An was denkst du, Sun?«, fragte sie. »Ach nur so, ich weiß nicht. Vielleicht ist es das Plätzchen für meinen Konfuzius in der Kirche, vielleicht ist es auch die weiße Landschaft. Ich habe sie noch nie gemalt, aber heute, dachte ich, heute wird der große Meister es von mir verlangen. Das geht mir nicht aus dem Sinn, Silvia. Sun, wird er sagen, was malen wir heute? Und ehe ich, dachte ich eben, eine richtige Antwort zu geben wüsste, wird er sagen: Nein, das nicht, nimm das andere. So dachte ich an das Haus des alten Mannes im Schnee, an den weißen Hügel oder an sein Schloss. Jedenfalls dachte ich daran, welches Motiv er bevorzugen könnte. So dachte ich, Silvia. Es war kein Traum.«»Doch! Silvia, doch«, protestierte ausgerechnet seine Schwester Cixi. »So ertappe ich ihn zunehmend in den letzten Wochen. Er träumt und malt und malt und träumt. Und wenn ich seine Bilder sehe in seiner Welt, in die er sich hineinmalte, könnte ich neidisch werden. Maler müssen träumen.«»Das stimmt!«, bestätigte lauthals Karl. »Maler dürfen träumen und Lili neben mir mit den Fingern die Tonleitern klimpern. Indira heimlich meditieren, Dantos das Kinn auf den Daumen stützen, um mit den Fingern auf seiner Trompete zu spielen, während Aljoscha mal wieder popelt.« Ein Kichern ging durch die Reihen. Silvia verharrte in Blässe. »Hm – Karl«, antwortete sie nachdenklich. Sie ging auf und ab, zupfte ein Taschentuch hervor, wischte sich die Tränen und sagte mit weicher Stimme: »Verstehe. Kinder, ich habe verstanden. Der gestrige Tag war für euch ein besonderer Tag, eure Gedanken sind bei ihm. Lasst uns gemeinsam über ihn reden. Ein neues Bild von Sun, denke ich, wird in der Kirche hängen, eine neue Musik wird erklingen, Meditationen, Rezitationen von Karl, Bernd und Aljoscha, warum noch heute in die Ferne schweifen.« Silvia war fast ein wenig beschämt und fühlte sich zum ersten Male geneigt, ihren Unterricht zu ändern. Alles, was sie in ihrem Fach Geschichte zu bringen gedachte, wäre zu viel gewesen. Es ist eben nicht die Mathematik oder Physik an konkreten Beispielen, wie Wilfried und Lucas sie bringen und sich großer Aufmerksamkeit erfreuen können. Die letzte halbe Stunde müsste wieder ihr gehören, dachte sie. Karl, der sie mit seinen Bemerkungen geradezu herausforderte, galt es, als besten Schüler ernst zu nehmen. »Karl«, sagte Silvia, »ich beobachtete dein großes Interesse an Napoleon Bonaparte und seinem Krieg gegen Russland. Als ich Kutusow erwähnte, hast du ihn einen Kerl genannt, dennoch merkte ich bei dir eine Unzufriedenheit.« »Ja, war ich. Ich habe es eben zum Ausdruck gebracht. Heute napoleonische Kriege und gestern vorweihnachtliche Wahrheiten sind zu viel. Unsere Gedanken sind noch beim gestrigen Tag, denn es sind große Gedanken. Und aus großen Gedanken, wie du immer sagst, werden viele kleine. Heute ist es so.« »Also, Karl, kommen wir von Napoleon und Kutusow wieder auf Jesus Christus«, antwortete Silvia. »Nein! Silvia«, antwortete Bernd, ihr Sohn. Ihre beiden Kinder nannten sie im Unterricht genauso beim Vornamen wie alle anderen. Er sagte »Nein« und verwies auf die vielen kleinen Gedanken, die ein jeder mit sich herumtrüge. »Wenn Cixi mit den Fingern klimperte, so sind ihre Gedanken sicherlich bei einer schönen weihnachtlichen Abendmusik, Indira meditierte womöglich schon auf einem erhöhten Podest vor dem Altar, Dantos glaubte vielleicht an das Trompetensolo in einer Kirche, das ewig nachhallen wird. Und in Suns Träume, Silvia, passen keine Kriegsgeschichten, sei doch heute eine Mutter für uns alle.« Ihr Sohn hatte es geschafft, Silvia glücklich zu stimmen. Sie ließ die Kinder quatschen und genoss ihre Vorstellungen. »Karl!«, verteidigte sich Aljoscha. »Ich habe nicht gepopelt, ich hatte zwar Daumen und Zeigefinger in der Nase, habe sie aber nicht bewegt, warum auch. Ich dachte an eine der Marienstatuen, die bei Josef in der Bibliothek stehen.«»An die Jung-frauenstatuen«, reizte ihn bewusst Karl. Sofort hielt Mareike dagegen. »Es sind mehrere Marienstatuen einer Mutter. Näm-lich Jesu Mutter, also Mutter Maria, die Frau vom Joseph, der Zimmermann war. Du musst die Zweite aus der Reihe nehmen, die mit dem Kinde auf dem Arm.«»Mit Gottes Sohn!«, hetzte Karl wieder. »Nun, Karl«, griff Silvia wieder ins Gespräch ein: »Jungfrauen und Engel in der biblischen Geschichte sind Bilder für Dichter und Maler. Erinnert euch an Lucas' Worte.« »Und Leopold hat uns Schülern gesagt, dass es weder Engel noch Teufel gäbe«, fügte Sun hinzu. »Demnach dürfte das Bild in der Bibliothek, auf dem Maria von Engeln in den Himmel gehoben wird, eine Lüge sein«, ergänzte Aljoscha. »Nenne es einfach ein Bild, Aljoscha«, sagte seine Schwester.

»Um bei der Wahrheit zu bleiben, bringe ich also die Mutter Maria mit Jesus auf dem Arm in die Kirche«, antwortete Dantos. Sun unterstützte ihn. »Bringe sie so, als gute Mutter, der Ehre gebühre, da aus ihrem Sohn ein guter Mensch gewor-den war.« Er könne ihn sich so vorstellen, wie er wirklich in seinen Weisheiten noch heute lebe. Seit 2500 Jahren ohne Mythen, Legenden und Märchen. »Und wir, Indira und ich«, sagte Ranga, »haben es mit unserem Buddha auch nicht schwer. Als Königssohn geboren, als Bettelmönch gelebt, pre-digte er überall seine Botschaft der Liebe, des Mitleids, der Toleranz und Entsagung.« »Er meditierte viel«, fügte Indira hinzu. Sie wolle es ihm am Heiligabend gleichtun. Silvia äußerte sich begeistert zu ihren Vorstellungen. »Toll, Kinder«, sagte sie, »erst jetzt kann ich mich in eure Gedanken versetzen. Ideen brauchen ein Gerüst.« »Das aber für Jesus noch nicht steht!«, intervenierte Karl. Aufgeschreckt hielt Bernd dagegen. »Es steht, und zwar so, wie wir es gestern Abend abgesprochen haben.« »Gestern Abend, Bernd, gestern …« Silvia stoppte Karl, als sie merkte, dass Karl mal wieder provozieren wollte. »Nun, ich denke doch, dass ihr genaue Vorstellungen hattet?« »Natürlich, Silvia«, antwortete Bernd. »Karl spricht über die Geburt von Jesus, Lili erzählt uns etwas über die Mutter Maria und Mareike und ich über die Krippe.« »Na wunderbar«, erklärte Silvia. »Das ist doch gut so, Karl, oder?« »Ist es ja auch, aber ich muss genau wissen, ob Jesus nun in Bethlehem oder in Nazareth geboren wurde.« »Nun, Karl, da gebe ich dir recht. Wir halten uns an glaubwürdige Nachforschungen, die besagen, dass Jesus in Nazareth geboren wurde«, antwortete Silvia. Nunmehr hatte sie wieder alle Kinder auf ihrer Seite und alle hatten sich eine Pause verdient.

Silvia saß im Lehrerzimmer, alle Kollegen saßen beieinander, niemand sagte etwas. Aber einer beobachtete den anderen. Thekla erkannte an Silvia einen zufriedenen Eindruck, doch irgendetwas war mit ihren Tränensäcken. Sie schienen geschwollen zu sein. Freuden- oder Kummertränen?, dachte sie. Frage. »Gut gelaufen, Silvia?« »So und so. Die Gedanken der Kinder sind noch bei der Kirche.« »Hm, deswegen deine geschwollenen Augen.« »Bei der Kirche?«, hakte sich Lucas gleich ein. »Ja, sie sind dermaßen damit beschäftigt, dass es ihnen an anderer Dinge Aufmerksamkeit fehlt.« »Ach, interessant, Silvia. Dann werde ich an konkreten Beispielen, die sich aus dem Umbau ergeben, meine Mathematik gestalten«, sagte Lucas. »Na, aber … wäre doch auch eine kluge Gelegenheit für meine Physik«, fügte Wilfried hinzu. Lucas hatte sein Konzept im Kopfe schnell geändert und begab sich selbstsicher in den Unterricht. Er stellte sein geändertes Konzept vor. »Wir sind begeistert, Lucas, so tue es«, forderte Dantos. Er war in Mathematik der Beste. »Was wir beim Bau des Minischlosses gelernt haben, Lucas, sitzt noch«, sagte er mit voller Begeisterung. »Gut, dann gebe ich euch jetzt die technischen Zeichnungen und den Kostenvoranschlag. Der Lateiner würde Kalkulation sagen. Wir berechnen heute genauer den Mörtel, die Hölzer, Dielen und Dämmstoffe.« »Also wieder Flächenmaße, Körpermaße und Gewichte«, erwähnte Dantos. »Ja, auf jedem eurer Plätze, gut, dass wir einen Werkraum haben, liegen Modelle. Auch kleine Tüten mit Kies, Zement, Spachtelmasse und Kleinmaterial: Dübel, Schrauben usw.« »Ich lese hier Stromleitungen, Lucas«, rief Karl. »Die lassen wir außer Acht, sie gehören in die nächste Stunde, in die Physik. Zu Wilfried, der ist so kompliziert«, bemerkte beiläufig Dantos. Indira meldete sich. »Bitte, Indira!« »Im Schloss fanden wir verdächtige Platten, die uns schließlich zur Gruft führten … Ich denke, in der Kirche gibt es … Na ja, ich würde gern heute Nachmittag … Darf ich …«»Sicherlich, Irina, mit mir, ich nehme dich mit.« Lucas nickte zustimmend mit dem Kopf. Während sie schon eifrig rechneten, maßen und abwägten, stellte Lili eine Frage. Sie kam plötzlich auf die Höhe des Glockenturmes, die neu bestimmt werden sollte. »Du meinst wegen der Reparatur an der Kupferzwiebel.« »Ach, Lucas, Lili, meine liebe Schwester, befürchtet, dass die Nähe zum lieben Gott abgenommen hat«, witzelte Karl zum Gelächter aller. Aber Lucas nahm ihre Frage ernst. »Du meinst, weil Josef die Höhe mittels einer einfachen Stange von 1,8 m bestimmen will. Josef ist immer noch bei den alten griechischen Mathematikern, Thales, Pythagoras, Euklid und wie sie alle hießen. Er will ja auch, dass wir die Berechnungen im Kopf zu machen hätten. Dem stimme ich zwar zu, zunächst, aber die Messung mit dem Stab … Na ja, können wir mal gemeinsam machen.« So verlief ein Tag nach dem anderen bis zu den Weihnachtsferien. Und der Heiligabend wurde für alle Kinder ein großes Erlebnis. Der Morgen begann mit einer leisen Weihnachtsmusik aus allen Lautsprechern. Farbenfroh geschmückte Tannen erstrahlten im Lichterglanz auf den Fluren, im Speise- und Kulturraum. Manu bewegte sich lautlos durchs Haus, sah nach dem Rechten und ihrem Büfett. Es gab kein Reglement, keinen Frühsport, endlich mal keine Pflicht für alle Feiertage. Doch die Macht der Gewohnheit war zu mächtig, zu unwiderstehlich, um ihren Lebensrhythmus zu verändern. Sie wollten auch heute zur gleichen Zeit am Frühstückstisch sitzen und sich beschnuppern. Zwar etwas leger, etwas leiser, schon besinnlicher. So wie es ihnen Thekla geraten hatte. Dann kam Lucas hinzu. Er sagte: »Meine Rede, Kinder, ist mehr eine Predigt geworden. Ein zweitausendjähriges Christentum sitzt unbegreiflich tief.« »Unbegreiflich tief, Lucas, sagst du«, antwortete Bernd. »Bei fünf Prozent historischer Wahrheit im Alten Testament und fünfzehn im Neuen«, fügte er hinzu. »Woher hast du diese Angaben?«, fragte Lucas. Bernd zwinkerte mit den Augen. »Von dir, Lucas, von dir. Und du hast sie vom Professor Lüdemann aus Göttingen.« »Hm, und das hast du dir gemerkt!« »Ja, Lucas, und dass im Johannesevangelium fast kein Vers stimmte und dass von den dreizehn Paulusbriefen nur sieben echt seien. Aber wolltest du nicht reden, wie dir der Schnabel gewachsen ist?« »Wollte ich, Bernd. Dann sah ich mich auf der Kanzel, so heute Morgen, so vor einer Stunde, ich war gerade aufgestanden, als meine Stimme versagte. Ich kann nicht von oben auf die Gemeinde herabsehen. Ich werde dort stehen, wo Jesus, Konfuzius, Buddha und Maria sind.« »Tue das, Lucas, sei bei uns, wenn wir über unsere Unsterblichen berichten. Unterstütze uns.« Bernd schmunzelte. »Jedem könnte doch die Stimme versagen«, fügte er hinzu. Danach nutzte er die Zeit, sich seinen Aufzeichnungen zu widmen. Und die Mädchen übten noch einmal auf ihren Geigen. Dantos ging mit seiner Trompete in den Werkraum, während Sun das gemalte Kirchenbild in einen Rahmen setzte. Gegen sechzehn Uhr läuteten die Kirchenglocken. Die Gemeinde hatte Platz genommen. Sie saßen an runden Tischen auf gepolsterten Stühlen. Bunte Weihnachtsteller auf weißen Tischdecken, leuchtend dunkelrote Kerzen, festlich gekleidete Menschen bestimmten ein neues Weihnachtsbild. Die Kirche war warm, hell und weihnachtlich geschmückt. Im Chorgestühl saßen die Waisenkinder mit ihren Lehrern, der Grafenfamilie und ihren älteren Musikern. Frau Landauer neben Pastor Friedjung, die Gräfin Mutter neben Lehrer Kneipp. Es erklang Orgelmusik. Bekannte Melodien aus Engelbert Humperdincks Vokalmusik: »Die Königskinder«, »Dornröschen«, »Hänsel und Gretel«, Die sieben Geißlein«. An der Mimik der Gäste war zu erkennen, dass sie sich an diese oder jene Melodie erinnerten. Sie gaben Josef Mut, mit seiner Rede zu beginnen.

»Wir eröffnen heute auf diesem Hügel einen Ort der Wahrheit. Euch dessen bewusst, seid ihr so zahlreich erschienen. In weniger als sechs Wochen machten wir aus einer sechshundertjährigen Kirche ein Profanhaus. Der Wahrheit wegen…

Das sind wir unseren Waisenkindern, denen kein Gott helfen konnte, und ihnen, denen kein Gott helfen wollte, schuldig. Denken sie…

Wir hören jetzt Weihnachtsmusik unseres kleinen Orchesters und Lieder, vom Chor gesungen. Manu dirigiert, sie möchte, dass alle mitsingen.« Und weit um den Hügel herum erschallten seit Jahren wieder Weihnachtsklänge.

Mit dem letzten Lied zum Christkindel verneigten sich
Lili und Karl. Sie sprachen im Dialog.

Lili: »Und Maria gebar einen Sohn, Jesus Christus.«
Karl: »Sein Vater war und blieb auf ewig sein Vater.«
Lili: »Maria gebar ihren Jesus in ihrer Wohnung in
          Nazareth, am See Genezareth.«
Karl: »Sie waren Juden.«
Lili: »Ich sehe ihn heranwachsen, spielen, lernen und in
          den heiligen Schriften lesen.«
Karl: »Als 13-Jähriger feiert Jesus die Bar Mizwa, die
          jüdische Konfirmation.«
Lili: »Fortan muss er sich strikt an die 248 Gebote und
          365 Verbote der Thora halten.«
Karl: »So wird er klug.«
Lili: »Bald ist er ein guter Prediger und Prophet.«
Karl: »Sein Tod war ungerecht.«

»Nein!«, rief Lucas. »Mareike und Bernd, ihr schaut auf ihn.«

Bernd: »Ich sehe Jesus Christus erstickt.«
Mareike: »Durch römische Nägel als Symbol aller Eroberer.«
Bernd: »Im Namen aller Götter.«
Mareike: »Aber der Himmel ist erobert.«
Bernd: »So machen wir uns die Wahrheit zu eigen.«

»Mit der Weisheit des Konfuzius! Sun und Cixi aus China«,
rief Lucas.

Sun: »Der alte Meister Kung-fu-tse lebt.«
Cixi   »Seit fünfhundert vor Christus.«

Sun:	»In seinen klugen Wegweisern an die Menschen.«
Cixi:	»Er lehrte die Regeln der Harmonie.«
Sun:	»Und sagte: ›Auf Rechtschaffenheit versteht der Edle sich, auf Gewinn der Niedriggesinnte‹.«
Cixi:	»Gemeinwohl geht vor Eigennutz.«
Sun:	»Einem Menschen ohne Menschlichkeit helfen weder Riten noch Normen.«
Cixi:	»Das Schlechte vergeht, das Gute kehrt zurück.«

»Das Gute kehrt zurück mit Indira und Ranga Tagore aus Indien!«, rief Lucas.

Indira setzte sich neben Buddha in den Gebetssitz und meditierte. Wunderschön ihr hübsches Gesicht, ihre grazilen Bewegungen, ihre farbintensiven Kleider aus Musselin mit Gold und Silber bestickt und ihr leuchtendes Geschmeide.

»Wir verehren unseren Buddha«, begann sie.

Worauf Ranga antwortete: »Weil er sich entschloss, seine Weisheiten mit anderen zu teilen, und in seiner Botschaft Liebe, Mitleid, Toleranz und Entsagung predigte.«

»Entsagungen von Mythen und Legenden der vier Evangelisten Markus, Matthäus, Lukas und Johannes.«

»Meinen Teresa und Dantos Tagore aus Mexiko!«, rief Lucas.

Teresa:	»Wir verehren Maria als Mutter von Jesus, dem Erdensohn.«
Dantos:	»Der Mutterleib ist die Heimat allen Lebens.«
Teresa:	»Keine Engel beförderten Maria je in den Himmel.«
Dantos:	»Sagt mir, wann ihr jemals einem Engel begegnet seid?«

Teresa: »Oder dem Teufel.«

Dantos: »Oder der Hölle.«

»Sagt mir, wann?, wollten Dantos und Teresa wissen«, rief
Lucas. »Nehmt die Frage mit auf den Heimweg«, fügte er
hinzu. Er zeigte sich zufrieden, keines der Kinder hatte sich
versprochen. Irina und Aljoscha aus Russland kamen zu ihm
und das kleine Orchester nahm Platz.

»Wir wollen gemeinsam das Lied der Waisenkinder singen!«,
verkündete Aljoscha.

»Ein Kind von viereinhalb Jahr schon längst eine Waise
war.« »Stammt aus Ostpreußen«, fügte Irina hinzu. »Die erste
Strophe«, gab sie bekannt, »begleitet uns Frau Landauer am
Spinett«, alle klatschten zu Ehren der alten Dame, »dann wollen wir gemeinsam singen und musizieren.«

So kam eine gelockerte Stimmung auf. Der fröhliche Gesang
der Kinder, begleitet durch ein Wechselspiel zwischen Klavier,
Orgel und Trompetenbegleitung, zwang selbst den störrischs-
ten Fischer zum Mitsingen. Josef hatte es ihnen leicht gemacht
mit seinen Liedtexten in Hochdeutsch und Platt. Und in der
anschließenden geschwätzigen Runde bei Glühwein und
Bowle saß alsbald die Zunge bei guter Wortwahl locker.

Es kam zu Umarmungen, Schulterklopfen, Händedrücken.

Die Kinder, bis dahin im Erwartungsstress, bei unterschied-
licher Gesichtsfarbe zwischen blass und hochrot, waren außer
sich, als sie ihre Geschenke in Empfang nehmen sollten. »Wir
halten es mit Jesus Christus, dem Menschenfischer, und seiner
guten Mutter Maria«, sagte Thekla, »mit Konfuzius und
Buddha. Wir schenken gerecht und allen gleich. Wir schenken

mit Liebe in Anerkennung eurer guten Leistungen.« Thekla sprach mit weich vibrierender Stimme, sie war überwältigt von der überaus feierlichen Stimmung.

Sie trug einen langen schwarzen Rock, eine weiße, hochgeschlossene Bluse mit einem goldumrahmten Bernstein auf der Brust, dazu einen dezent aufgetragenen, passenden Lippenfarbton. Wilfried, im schwarzen Anzug, zog sichtlich nervös einen Karton Geschenke heran, indes er das erste Geschwisterpaar aufrief. Die Königskinder Mareike und Bernd kamen zuerst, nicht, weil sie Königskinder waren, sondern dem Alphabet nach. Der Buchstabenfolge von A bis Z, benannt nach den ersten beiden Buchstaben des griechischen Alphabets: Alpha – Beta. »Wir möchten, dass ihr eure Zeit bei uns auf vielen Bildern unvergesslich festhalten solltet. Mit uns und vielen anderen. Auch mit der herrlichen Natur unserer Insel. Lasst mich hinzufügen, mit farbigen, glücklichen Augen eurer Kindheit und Jugend. Deswegen erhält jeder von euch eine Kamera von mir«, sagte Thekla. »Und von mir ein Fahrrad«, sagte Wilfried. »Und von uns beiden«, Thekla löste einen Umschlag von der Verpackung, den sie hochhielt, »von uns beiden, einen Reisescheck für die Sommerferien.« Als alle Kinder im Halbkreis vor dem Altar standen, individuell gekleidet, mit strahlenden Augen und geröteten Gesichtern, kam Lucas hinzu. Er stellte sich neben Thekla und Wilfried. Für einen Moment hielt er inne. Man könnte meinen, er wolle die ganze Aufmerksamkeit auf sich lenken. Man könnte meinen, er müsse sich auch einmal in einem teuren schwarz-blauen Anzug mit einer Fliege über einem weißen Hemd zeigen. Man könnte meinen, es sei schon seine Hochzeitskleidung! Nein, nein, er suchte nach Worten.

Endlich begann Lucas: »Ein guter Abend!«, rief er und hielt

u-förmig für Sekunden seine Hände nach vorne. »Von einem Hügel dieser Insel, aus einer Kirche zur Kulturkirche erhoben, zu einem Wallfahrtsort der Kulturen, leuchtet ab heute das Licht über alle Felder. Das Geläut der Glocke wird erhört werden. Mit ihren Klängen kommt ein anderes Wort weit über die Insel. Ein Wort über eine fünfundvierzigjährige russische Besatzungsmacht. Ein Wort über Flüchtlinge aus Ostpreußen, Polen und der Tschechoslowakei. Ein Wort von Vertreibungen – nein, nein, nicht die, – jene, die auf kleiner Scholle einen Neuanfang fanden, jene, die Krankenhäuser und Universitäten leiteten – ach, zählte ich sie alle auf? – kommt! Kommt, wenn die Glocken läuten. Doch – doch eines muss ich unbedingt erwähnen: Unsere Armee, unser Volk wollten niemals mehr einen Krieg.« Es klang nach einem Weihnachtsgeschenk an seine Gemeinde. »Warum hast du das eben erwähnt, Lucas, das mit dem Krieg?«, fragte ihn Graf Leopold, als er sich zu ihnen an den Tisch setzte. »Ich sah einige ehemalige Marineoffiziere unter den Gästen mit ihren Frauen und Kindern. Ich sah sie in Demut, obwohl wir uns oft stolz gegenüberstanden.« »Du mochtest sie?« »Nein, Leopold, ich mochte nie eine Uniform. Aber sie waren die Ersten einer deutschen Armee in preußischer Uniform, die in friedlicher Absicht ihre Waffen niederlegten«. »Und das fandest du gut? Lucas«, fragte Leopold verwundert. »In preußischer Uniform?«, wiederholte er. »Die Uniform macht noch keinen Krieger, Leopold!« »Sie gehorchten den Befehlen ihres Volkes.« »Ihnen gebührt«, meinte die Gräfin, »Dank und Anerkennung und keine Demütigung.« Plötzlich erregt rief Svenja: »Aramis! Du zerdrückst Muttis Weihnachtsgeschenk, ihre herrlichen Orchideen – Lucas' Geschenk.« Beide Kinder mussten brav bei den Eltern am Tisch sitzen. Während alle anderen herumliefen, schwatzten und sich an ihren Geschenken erfreuten. Aramis war mit seinen Gedanken bei ihnen, unter dem Eindruck einer Frustration bohrte er unbewusst mit den Fingern in der Blumenerde. Aufgeschreckt vom Rufe seiner Schwester, blickte er ängstlich in die Augen seines Vaters. Ihn traf ein böser Blick. Dem Blicke folgte ein Handzeichen, kein Wort, ein Kopfnicken, ein deutliches Handzeichen und beide Kinder verließen auf einen Sprung den Tisch.

Erst jetzt kam Leopold dazu, seine Geschenke auszupacken. »Mal sehen, Lucas, was du hast zusammentragen können«, sagte er. »Leopold«, antwortete stolz Lucas. »Ich trug zusammen, was du dir gewünscht hast. Wobei, sei mir nicht böse, ich deinen Namen erwähnt habe. Ich nahm vorlieb mit der Adresse unseres Waisenhauses. So stehst du in unserer Pflicht.« »Klug, Lucas«, lachte Leopold. Du bist und bleibst eben ein Mönch: ora et labora, Leopold.« »Und das, was du soeben gedenkst zu öffnen, habe ich vom alten Peters erhalten. Ich sollte ihn an unseren Tisch holen.« »Oh, in der Tat, tatsächlich, das sind sie: Opanken, serbokroatische Opanken, das fasse ich nicht!« Leopold nahm sie aus dem Karton und stellte sie völlig überrascht auf den Tisch, als Herr Peters dazukam. »Sind doch augenscheinlich noch echte Opanken, Herr Peters. Wie soll ich's glauben?« »Denke an ein uraltes Handwerk, denke an arme Bauern. So trug sie mein Urgroßvater auf dem Felde als absatzlose Sandale mit Lederriemen um Knöchel und Wade. Ich habe sie ein Leben lang gefettet, weil ich immer dachte, irgendwann, Herr Graf von Landau, wird ein Maler danach fragen.« Und alle lachten. Eine Pause entstand. Leopold packte das zweite Geschenk aus. Eine Burka aus Afghanistan. »Also doch, Leopold, deine Wünsche scheinen in Erfüllung zu gehen«, sagte erfreut Gräfin Franziska. »Vielleicht auch noch im dritten Paket eine schwarze Damenkleidung aus dem Irak und deine Bilder werden um die Welt gehen.« »Bilder im Wandel einer neuen Zeit«, fügte Lucas hinzu.

Kapitel XII

Der Weg! Der Weg, der Pfad, der Steg. Der Weg zu Lande, zu Wasser, zu den Sternen. Der Weg nach innen. Auf ihm reist der Mensch bewusst mit allem Wissen, wenn am Konkreten seine Gedanken ursprünglich sind. Mit diesen Sätzen begann im neuen Jahr der Unterricht. Sie begreiflich zu machen, erschien Thekla noch einfach. Die Kinder waren sehr gut im Englischen und ihrer Heimatsprache. Deutsch galt es zu verbessern. Thekla begann den Unterricht in jener Sprache. Zögerlich, prüfend erwähnte sie das Feuerwerk zum Jahreswechsel und das Neujahrsessen. Kaum ausgesprochen, antworteten Mareike und Bernd in der Wortwahl ihrer Mutter Silvia. Aber auch Lili und Karl, sogar Sun und Indira äußerten sich in einem guten Deutsch. Und bald bemühten sich alle. Bei der Beschreibung des Feuerwerks riss es Sun förmlich vom Stuhl. »Das Feuerwerk«, stotterte er vor Aufregung, »haben wir – wir Chinesen erfunden, ja, so hat es mir Graf Leopold gesagt. Ja, so, genauso, wie es sich über Arkona entzündet hat und bunte Kristalle, Sternchen und Bällchen in den blauen Himmel spie. Da dachte ich an China, obwohl, als mit jedem hellen Feuerkegel die Ostsee vor Arkona im Glitzerschein lag, dachte ich doch mehr an die Insel. Ja, ich denke, dass es so war, denn ich drückte ganz stark Cixis Hand.« »Wie ein Liebespaar!«, witzelte Karl gleich wieder in der ersten Stunde des neuen Jahres. So erreichten sie bei guter Stimmung das einundzwanzigste Jahrhundert. Es veranlasste Thekla, darauf näher eingehen zu müssen. Sie fragte nach der Jahreszahl. »Zwei und drei Nullen«, antwortete Aljoscha. Er fügte hinzu, »dass es zweitausend seien, also befänden wir uns im Jahr zweitausend«. »Und auf dem Wege zu Lande, zu Wasser, zu den Sternen im einundzwanzigsten Jahrhundert«, ergänzte Thekla. Dann, nach einer Weile, nachdem sie etwas zur Globalisierung in der Welt gesagt hatte, fragte sie nach der Bedeutung der Sprache. »Für uns bedeutet das: Englisch, Deutsch, Chinesisch, Indisch, Spanisch, Russisch oder Kauderwelsch«, antwortete lachend Lili. »Oder Platt – Plattdeutsch!«, warf Karl ein und betonte, dass er sowieso auf der Insel bleiben würde. Worauf Thekla erfreut antwortete: »O, Karl, das zu hören, freut mich. Vielleicht sogar als Pädagoge an unserem Haus, das wäre doch was.« »Das wäre doch was – oh, beinahe hätte ich mich im Wort vergriffen«, entgegnete Aljoscha. »Ich wollte sagen, dass solche Köpfe in die große Welt gehörten.« »Ja, nach China!«, rief Sun. »An die Seite von Konfuzius«, fügte er hinzu. »Oder nach Indien, zum Buddha«, lachte Indira. Aber ihre alberne Lache kam schon nicht mehr an. Solcherart Späße und solcherlei Geschwätz mochte Karl nicht. So antwortete er: »Ach! Wer weiß, ob ich nicht schon dann und irgendwann Rumpelstilzchen heiß.« Ja, so antwortete er, der Karl, der Schüler und Lehrer immer wieder mit Schlagfertigkeiten aus dem Gleis brachte. Aber mit Rumpelstilzchen hatte Karl die Mädchen an andere Märchen erinnert. Sie wurden in der Vorweihnachtszeit allabendlich im Raum der Sinne vorgelesen. »Rumpelstilzchen? Karl, du als Rumpelstilzchen?«, fragte Irina. »Nicht eher ein Nussknacker?« »Natürlich ein Nussknacker, der würde doch viel besser zu ihm passen«, meinte Mareike. Dann fügte sie hinzu, dass er, wie im Märchen, aus einem viele machen könne. Auch mit blau-roten Uniformröcken, weißer Hose und schwarzen Stiefeln. »Auch mit blitzenden Goldknöpfen und einem keck aufgezwirbelten, dunklen Schnurrbart«, lachte seine Schwester Lili. Sie sah ihn von der Seite an. Da, plötzlich, schlug Karl zurück. »Und aus dem Nussknacker wurde ein Prinz, ihr Mädchen«, keifte er. »Ich, der Karl, wurde ein Prinz und bekam die wunderschöne Zuckerfee zur Prinzessin. Ja, wunderschön war sie, ihr Mädchen. Wunderschön, und ein Fest gab sie. Und wer waren unsere Gäste? Na? Kosaken, Irina, die vor uns tanzten, Chinesen, Cixi, in seidenen Kimonos, die kein ›R‹ in ihrer Sprache haben, die uns Tee servierten, in eleganten Trippelschritten, so, tripp-tripp-tripp.« Karl trippelte mit seinen Fingerspitzen auf der Tischplatte. »Und Bauchtänzerinnen, Indira, und zum Schluss tanzen wir einen schönen Walzer, Mareike. Nun wisst ihr, was Karl unter einem Nussknacker versteht.« Und schon hatte er wieder die Oberhand, dachte sich Thekla. Sie war erfreut. So mochte sie ihn: sein Ego, seinen Witz, seinen Intellekt. Ach, war das eine schöne erste Stunde im neuen Jahr, dachte sie. Die Kinder haben die Märchen gehört, gelesen, sie verstanden. In ihnen steckte eine große Sprache, die deutsche, die alle Kinder, eben alle, sehr gut sprachen. Märchenhaft!

Aus der Märchenwelt startete Wilfried in seinem Kabinett mit einer Eisenbahn in die reale Welt. Auch gut, dachte sich Silvia, die wegen ihrer Fächer Geschichte und Literatur hospitierte. Denn Wilfrieds Eisenbahn fuhr durch Europa nach Russland, China und Indien. Was sie an Geschichte symbolisch mitschleppte im einundzwanzigsten Jahrhundert, in acht Wagen, in einem gerüttelt Maß, überließ Wilfried vollends Silvia. Ihm ging es um Messungen von Geschwindigkeiten, Leistungen, Stromstärke und Spurweite. – »Sie fährt«, sagte Wilfried, als alle um die Schalttafel herumstanden und mit großen Augen begeistert auf die Schienenwege durch herrliche

Landschaften schauten. »Eure Monitore sind eingeschaltet, die Rechner startbereit, denkt logisch«, sagte er. »Ich erinnere mich an etwas«, kam unvermittelt von Irina, »und finde keinen Vergleich.« »Du erinnerst dich ...« »... an unseren Bahnhof Godunow«, fiel sie Wilfried ins Wort, »als Aljoscha mit mir zusammengekauert in einem abgestellten Waggon schlafen wollte und uns der Lärm der Züge, das Rattern der Räder und das grelle Licht immer und immer wieder erschreckten.« Wilfried wirkte für Sekunden nachdenklich. Dann fragte er: »Keinen Vergleich?« »Ja«, antwortete Irina, »zum Lärm, zur Beleuchtung, ach, überhaupt.« »Na, dann dürftet ihr an euren Berechnungen heute Gefallen finden«, antwortete Wilfried. Aber Aljoscha, plötzlich jene Nacht vor Augen, die ihrer beider Schicksal veränderte, starrte auf den Bahnhof Godunow. Wilfried, unterdessen schon an seinem Rechner, rief ihn. Aljoscha kam nicht. Er stand vor der Tafel, hielt eine Hand vor den Mund, mit Daumen und Zeigefinger an der Nasenspitze und weinte. »Was ist, Aljoscha, warum weinst du?«, fragte Wilfried. »In Godunow entschied sich unser Schicksal«, antwortete er schluchzend. »Der Lärm und das grelle Licht entschieden über unser Schicksal. Beides erregte mich nach vielen Nächten ohne Schlaf, dass ich wie zu einem gereizten Tiger wurde. Ich schrie, hangelte mich an den eisernen Planken des Waggons nach oben, ballte eine Hand zur Faust, schrie und schrie und ... Ja, das hörte endlich ein Mensch, ein Wachmann. Daran dachte ich eben, Wilfried, jetzt kann ich rechnen. Bleibe aber bitte noch ein bisschen bei mir und Irina, ja.«

Im anschließenden Physikunterricht ließ Lucas den Zug über die Brücken fahren, eine Anhöhe nehmen, gegen alle Widrigkeiten des Klimas sausen und abrupt bremsen. An konkreten Beispielen, die Lucas augenscheinlich in Modellen vorbereitet hatte, errechneten die Kinder auf die Schnelle mit Logik und Verstand jedwede physikalische Größe: die Kräfte, die auf die Brücke wirkten, deren Pfeiler und Bögen, die Leistung der Lokomotive auf der Anhöhe, ihre Arbeit, Energie, ihre Beschleunigung und Geschwindigkeit, auch bei Sturm und Schnee, und die Fliehkraft beim abrupten Bremsen. Lucas machte die Physik zum Spiel. Zum Spiel mit Spielsachen, heute und in allen Schuljahren, zu Lande, zu Wasser und in der Luft. Da wollte Silvia nur mithalten, symbolisch bepackte sie den Zug mit Geschichte und Literatur und reiste mit. Von Griechenland über Rom nach Frankreich, dann Deutschland, Russland, China und Indien. Und da sie viel Zeit hatte, um über das Unbegreifliche in der Geschichte der Menschheit zu berichten, nahm sie deren Dummheiten aufs Korn. Von Land zu Land, als schaute sie aus dem Fenster des Zuges. Sie sagte:

»Die Griechen hatten ihre Götter
und ihre Spötter
Die Römer hatten große Ohren
und ihre Toren
Die Franzosen ihre Könige
und das Wenige
Die Deutschen ihre Teutschen
Die Russen ihre Seele ebenda
wo so oft der Wodka war
Die Chinesen ihre Weisen
sie werden die Welt bereisen
Die Inder ihre Rinder

Sagt was, Kinder ...«

Schon flogen knipsend die Finger nach oben und ein Murmeln ging durch die Reihen. Da war von den Ohren, den Toren, der russischen Seele und dem Wodka zu hören und ehe Silvia zu antworten vermochte, rief ihr Sohn: »Die Teutschen, Mama, die Teutschen hast du betont?« Vor lauter Aufregung sagte er »Mama«, obwohl sie im Unterricht doch Silvia sagen sollten. Silvia reagierte sofort mit erhobenen Händen auf die Aufregung aller Kinder. »He! Ja, es sollten nur Anregungen sein zur Geschichte, eigentlich wollte ich in ähnlicher Form zur Literatur etwas bringen. Aber bitte, Geschichte und Literatur liegen ohnehin dicht beieinander. Also die Teutschen: Ich schreibe euch ein Gedicht an die Tafel: – Des Teutschen Vaterland – Und nun?« »Dann hat das ein Plattdeutscher von der Insel gesagt«, antwortete gelassen Bernd. »Ein Dichter von der Insel schon, Bernd«, antwortete Silvia. »Aber Plattdütsch?« »Dütscher oder Dösbüttel oder Fischkopp sagt man hier«, rief Karl. Und alle Nachdenklichkeiten waren dahin. Schnell schrieb Silvia an die Tafel: »geflügelte Worte« = »Schlagworte«, die auf Flügeln dem Munde enteilen. »Das gefällt mir, Silvia«, antwortete Karl. »Sollte ich mal ein Wort nicht genau wissen, mache ich ein geflügeltes draus: wie Franzilein, Schlitzauge oder Rusawodka. Aber wer war denn dieser Dichter?«, wollte er wissen. »Ernst-Moritz Arndt, er wurde in Schoritz geboren. Schoritz! Hier«, Silvia zeigte auf die Rügenkarte. »Wir werden im Monat Mai, wenn die Maiglöckchen, die Rotbuche, die Walderdbeere und der Weißdorn blühen, unsere erste Radtour dorthin machen.« »O, eine Radtour, bis dorthin, wir alle, an einem Tage so weit?« Sun hegte Befürchtungen wegen der Entfernungen. Die ausgerechnet Indira nicht gelten lassen wollte. »Nehmen wir den Tag, den schönen warmen

Maientag«, sagte sie. »Und fahren in aller Frühe mit Aufgang der Sonne in Richtung Süden und Westen, bei einer herrlich aufwachenden Natur und reiner Luft und Ruhe, dürfte uns kein Weg zu weit sein.« »Blabla!« Indira: »Wir sind Waisenkinder, wir haben bis dahin trainiert, haben einen Rucksack auf dem Buckel – oder Puckel? – nein, Buckel und Mumm in den Knochen und ein Ziel! Versteht ihr! Ein Ziel, das wird schön.« Typischer konnte es Karl nicht bringen. Aber doch. »Und, Indira, ich glaube, dass Aramis dich in seinem Windschatten fahren lässt«, brachte er, etwas zynisch, noch hinterher. Und sofort, um den Unterricht nicht aus dem Ruder laufen zu lassen, griff Silvia wieder ein. »Im Windschatten«, sagte sie, »wurde so mancher Sieg errungen.« »Im Sport und in den Kriegen. Apropos, ich hörte ein Gemurmel: große Ohren und Toren.« »Bei den Römern, Silvia, bei den Römern«, sagte Lili. »Ich erwähnte die großen Ohren nur symbolisch für ein großes Reich. Sein Reich schuf es sich durch brutale Kriege. Wie später die Spanier gegen euer Land, Dantos, die Engländer gegen euer Land, Sun, und gegen Indien, Ranga. Und die Deutschen, die die ganze Welt erobern wollten, habt ihr besiegt, ihr Russen, Aljoscha. Und alle hatten Spione, Kundschafter oder Horcher, sagt man. Horcher oder große Ohren.« »Oder Schlitz-ohr!«, warf Lili ein. »Du meinst Schlitzauge, Lili, wie bei Sun und Cixi!«, entgegnete überzeugend Karl. »Nein, nein, Karl, deine Schwester meint schon das Richtige: Schlitzohr passt schon zum Spion, zum durchtriebenen, gerissenen Burschen, zum Gauner und Betrüger«, antwortete Silvia. »Und der Tor?«, wollte Indira wissen. »Törichterweise haben alle Herrscher in der Geschichte der Menschheit versagt. An ihrem Reichtum, an ihrem Lebenswandel, an geistiger Schwäche«, antwortete Silvia. »Du vergleichst die griechischen Götter mit ihren

Spöttern, die reichen französischen Könige mit den Armen«, sagte Sun.»Und die Deutschen mit ihren Teutschen, die russische Seele mit ihrem Wodka«, fügte Bernd hinzu.»Da glaube ich, wenn ich das alles so höre, glaube ich, dass ein Volk, welches sich an Weisheiten hält wie mein Volk, die Welt tatsächlich bereisen sollte. Sie würden selbst in Indien ihre Freude an den Rindern haben«, sagte Sun zu alledem.»Und an allem Heiligen, was sie vergöttern und vergöttern lassen«, fügte er hinzu.»Das, Sun, das, was du eben sagtest, muss ich näher erläutern«, meinte Silvia.»Die Rinder sind in Indien heilig, heilig auf den Straßen, in den Gassen, wo auch immer sie sind, sie sind unantastbar. Aber auch andere Lebewesen, Schlangen, Affen, sogar Ratten. Ja, Ratten, die einen eigenen Tempel haben, sind heilig. So will es ihre Religion, der Hinduismus. Und ihr großer Vertreter, kein Gott, ein Mensch, ein Vertreter der Wahrheit und Gewaltlosigkeit, Mahatma Gandhi, befreite das indische Volk von den britischen Eroberern, gewaltlos, Kinder.«»Was es alles gibt!«, rief Karl buchstäblich in der letzten Sekunde zum Pausenzeichen.

Die Kinder gingen mit dem Gefühl, in allen Fächern den Lehrern folgen zu können, und zwar grundsätzlich, zu Tisch.

Nach dem Mittagessen und der üblichen Mittagsruhe, die das Kollegium sich so gewünscht hatte, aber keine wurde, weil nicht nur die Kinder, sondern alle alles gut fanden, schneite es. Ein Anlass, den Schnee zu genießen, sie wanderten. Es ergab sich so, dass an diesem Nachmittag absolute Windstille war, die Ostsee ruhte und weiche, klebrige Schneeflocken im Nu die Erde bedeckten. Sie nahmen den Pfad zum alten Mann, versammelten sich in seiner Tischlerei und brachten ihm unvermittelt ein Ständchen zum neuen Jahr. Danach gingen sie in Richtung Steilufer. Auf seinem Pfad, dem Pfad des alten

Mannes, wie sie ihn nannten. Auch der Steg, der sie durch die Uferböschung hinunter auf die Steine führte, war in fünfzig Jahren seiner geworden. Der steinige Strand, schneebedeckt, Enten schnatterten im Wasser, Möwen kreischten, lud ein zum Verweilen. Beinahe meeresandächtig stand ein Häuflein glücklicher Menschen, die ihre Worte dem Empfinden anpassten. Sie nannten Arkona einen Koloss im Wasser. Sun sah in ihm einen sterbenden Löwen. »Die weißen Baumwipfel am Ufer entlang erinnern an ein Märchen«, sagte Mareike und Wilfried meinte, »dass die Ruhe im Wasser eine Ruhe vor dem Sturm sei, sie sollten langsam zurückgehen«.

Am letzten Montagmorgen vor Ferienbeginn ermahnte Thekla ihre Kollegen zum Umdenken. »Es sind nicht nur die warmen, sonnigen Tage, die die Kinder so wild machen, es sind ihre Gedanken. Ihre Gedanken an die Reisen in ihre Heimat.« »Beides, Thekla, beides«, entgegnete Dr. Leo. »Sonne und Wärme erweitern die Blutgefäße, geben dem Körper mehr Energie und mehr Energie bedeutet einfach lustiger zu sein. Die Kinder sind lustiger, Thekla.« »Na gut, eben lustiger, wild war auch nicht passend gewählt. Du immer mit deiner Physiologie und Psychologie. Ich wollte es pädagogisch anders.« Wilfried merkte, das Thekla zum einen wie immer montäglich nervös war und zum anderen ihre montäglichen neuen Ideen an den Mann bringen wollte. Er, als Ehemann, kam ihr zuvor: »Thekla hatte am Wochenende sehr gute Ideen«, sagte er. »Wir sollen unseren Unterricht in jedem Fach, ich darf betonen, in jedem Fach, konkret, ich darf noch einmal betonen, konkret auf die reisenden Kinder beziehen.« »Versteht ihr«, warf Thekla ein, »auf die Reise im Auto, im Zug, mit dem Flugzeug.« »Eine gute Idee, Thekla«, antwortete Lucas. »Aber alles gehörte doch zum Unterrichtsstoff ...«»... des Schuljahres, wolltest du sagen«, unterbrach ihn Thekla und fügte hinzu: »Nicht alles, alles hat sein Aber. Wenn du im Auto sitzt und den Motor hörst, die Blechlawinen in einer schönen Landschaft siehst, die Züge keine Güter transportieren und die vielen Flugzeuge lärmend über die Städte dahinfliegen. Das meine ich.« Und vieles war in den letzten Tagen des Unterrichts so interessant gewesen, dass die Kinder mit vielen Gedanken auf die Reise gingen. Indira erwachte an diesem Tage ungewöhnlich früh. Thekla wollte sie wecken. Ohne auf die Uhr zu gucken, schlug sie ihr Bett zurück, beugte sich auf, drehte sich, ließ ihre Beine baumeln, nickte noch einmal ein, als wolle sie unbedingt weiterschlafen. Doch dann kamen über ihren Balkon durch die Glastüren die ersten Sonnenstrahlen ins Zimmer. Sie warfen, gebrochen durch ein konkav geschliffenes, gläsernes Namensschild, Lichtbündel direkt aufs Gesicht von Ranga. Ranga sprang auf. Er sah seine Schwester, rief: »Indira!« Indira sprang aus dem Bett, lief zur Tür, öffnete sie, schloss sie wieder, lief auf den Balkon, erkannte auf der Ostsee einen Fischer und schaute danach endlich auf die Uhr. Beiden dauerte es viel zu lange, weil Thekla nicht kam, sie war es doch, die die Kinder auf ihrer Reise begleiten wollte. »Schaust du mal nach, Ranga.« »Wo?« »Na im Haus, in der Küche. Sun und Cixi, Teresa und Dantos müssten doch auch schon zu hören sein.« »Wir haben noch eine Stunde Zeit, Indira«, antwortete gereizt Ranga. »Ich gehe erst, wenn ich alles fertig habe«, antwortete er gelassen und schaute beiläufig auf die Uhr. »Und dann gehe ich erst auf den Balkon, und erst dann, wenn ich Abschied genommen habe von den goldgelben Rapsfeldern, dem Vogelgezwitscher und Arkona, gehe ich durchs Haus. Warum gehst du so oft aufs Klo?« »Na, weil ich muss.« »Durchfall? Indira.« Ranga wandte sich ihr aufgeregt zu. »Nein, Ranga, pullern musste ich, schon dreimal habe ich pullern müssen.« Dann sah sie Ranga nachdenklich an und sagte: »Obwohl – Ranga, warum fragst du nach dem Durchfall?« »Weil das ganz schlimm wäre, im Bus, im Zug, im Flugzeug. Ach komm jetzt! Wir gehen schon zum Frühstück.« Natürlich war Karl schon da. »Gut, dass ihr schon kommt.« Mit diesen Worten empfing er sie. »Teresa hatte ihre Waschtasche vergessen und Sun, ojemine!, seine Mischfarben. Das habe ich festgestellt – vorhin. Als sie schon auf dem Weg zur Küche waren. Als sie ihre Türen öffnen ließen, habe ich das herausgefunden. Ein Glück. Jetzt ist Thekla bei ihnen, noch haben wir Zeit.« Dann war es so weit, fünf Uhr dreißig. Hektik in ihrem Bus. Thekla hält ihre Tochter Christin im Arm, drückt und küsst sie, läuft am Bus auf und ab und lässt sie den Kindern, die endlich ihren Platz gefunden hatten, zuwinken. Mit zweieinhalb Jahren wusste sie, was es bedeutet, wenn Kinder im Bus sitzen. Als Wilfried sie dann, nachdem er Theklas Sachen in den Bus gebracht hatte, auf seinen Arm zu nehmen bekam, weinte sie bitterlich. Der Bus fuhr an und Christin schrie. Wilfried fühlte sich überfordert, bat Manu um Hilfe, Manu fühlte sich überfordert und alle freuten sich, dass es Mareike war, in deren Händen sie sich geborgen fühlte. »Also Männer«, sagte Wilfried, er schaute auf Dr. Leo und Herrn Peters, »endlich eine Runde für uns, auf zum Skat und ein gutes Bier!« Derweil erreichte der Bus das Schloss. Ein völlig anderes Bild. Josef, der die Kinder nach Mexiko begleiten wollte, begrüßte die Ankommenden schon von Weitem, indem er seinen Strohhut, der auf einem Wanderstock, verziert mit vielen Wappen, schwenkte. Graf Leopold umarmte auf die Schnelle seine Gräfin, sein Sohn riss als Erster die Tür auf, es lief wie bei einem Stop-and-go-Verkehr. Nein, es war die

Freude auf eine große Reise. So kam es zu Umarmungen des Grafen mit Sun und Cixi, von Josef mit Dantos und Teresa, Aramis drückte wohl das erste Mal ganz lieb Indira.

Die Herren machten es sich bequem am runden Klubtisch. »Was darf's sein?«, fragte Wilfried. »Bier? Kaffee? Whisky?« Währenddessen legte er ein Skatblatt auf den Tisch. »Whisky mit Eis, sonst nichts«, antwortete Dr. Leo. Was der Doktor sagte, hielten sie für richtig. Achtzehn, Zwanzig – noch reizten sie mit Bedacht und gegenseitigem Misstrauen. Nach einer Weile des Spiels sagte Wilfried zum alten Peters: »Du bist ein Fuchs, alter Mann! Ich erkenne in dir aber einen anderen Mann, einen jüngeren, es ist der Vollbart, Peters. Ist wohl der Vollbart, steht dir gut. Ich denke, wir sollten uns duzen.« »Habe – ja, ich sage Grand ouvert, ich heiße Adam.« »Das passt. Hosen runter, wieder ein Adams-Spiel?«, bestätigte Leo. Er beglückwünschte ihn zum besten Spiel per Handschlag, glaubte sogleich die Distanz zwischen Doktor, Tischler, Bauer und Fischer reduzieren zu müssen und bat ihn, in ewig guter Freundschaft, Leo zu sagen. Jetzt wurde richtig gespielt, mit allen Raffinessen, lustigem Geschwätz und auserwähltem Whisky und Adam gewann und gewann. »Durch wen eigentlich wurdest du zum alten Mann?«, fragte unvermittelt Leo. »Durch Josef. Als wir beide Schäfer waren auf der LPG.« »LPG? – na, die Landwirtschaftlichen Produktionsgenossenschaften, schon vergessen? Erst war ich Bauer und Stellmacher in Stettin, dann kam der Zweite Weltkrieg, dann gab es für uns Flüchtlinge Land und Vieh, dann gab es wieder nur einen Herrscher, den Vorsitzenden der LPG. Dann kam der Tag, der mich an Tage erinnerte. Ihr, Wilfried, bekamt mein Bodenreformland und die Händler meine Schafe.«

»Noch eine Runde?«, fragte Leo. Er hielt in seinen Händen

die Karten, mischte und gab. Das Spiel entwickelte sich zu mehr Gleichstand, jeder gewann mal ein Spiel, vom Whisky hatten sie genug, durchs offene Fenster vernahmen sie mit der sanften Ostseeluft Stimmen der noch verbliebenen Kinder. Etwas lockerer in der Wortwahl zwar, waren sie jedoch nicht zu verkennen. Sehr laut mal wieder Karl, auch seine Schwester Lili, die sich ihm immer mehr anpasste, im Hintergrund, nach genauerem Hinhören, Silvia mit ihren Kindern und Christin. »Sie fahren erst morgen«, sagte Wilfried, während er ein neues Blatt gab. »Dann, denke ich, mit Manu zu dritt im Waisenhaus und dir, alter Mann in der Nähe, werden wir unter unserem Himmel manch andere Stimme vermissen.«

Es klopfte und schon flog die Tür auf. Peters streckte sich, erstarrte beim Anblick einer zornig wirkenden Frau, Leo senkte den Kopf. Wilfried biss seine Lippen zusammen, pustete Luft in die Backen und legte die Karten verdeckt auf den Tisch. Erst jetzt, als die Frau lautstark bei exorbitanten Bewegungen Leo aufforderte, sofort nach Hause zu kommen, begriff Peters, dass es nur seine Frau sein konnte. Aber im Widerstreit der Wirkung des Whiskys und seiner großen Gewinnsumme erlaubte sich Leo hintereinander zu sagen: »Pustekuchen! Pustekuchen! P …, ich denke nicht dran.« Peters, reich an Erfahrungen mit der Ehe, seine Frau durch einen Herzinfarkt im Streit zu verlassen, stand auf, hob u-förmig die Arme und sagte im militärischen Ton: »Moment! Moment, Dr. Leo, Moment, Frau …?« »Dr. Fiedler.« »… Frau Dr. Fiedler. In Anbetracht unseres unehrenhaften Verhaltens gegenüber Frauen, indem wir einen Männerskat spielten, nicht an Sie dachten, geben wir Ihren Mann frei. Bald dürfen Sie mitspielen.« Wie Herr Peters das auch immer gemeint hatte. Es war falsch. Denn

Frau Doktor erboste sich erneut. »Mitspielen?!«, schrie sie. »Mitspielen, Skat? Werde ich noch, Leo. Leo hat sich ausschließlich um seinen Beruf und seine Familie zu kümmern!« »Ach, ausschließlich«, antwortete Peters. »Klingt so nach Ausschluss. Das wiederum wäre unehrenhaft unter uns Männern. Leo, entscheide dich!« »Schon geschehen, ich komme wieder.« In dieser Situation war es sicherlich das Beste, seiner Frau zu folgen. Sie waren kaum um die Ecke, da begann das Geschwätz. »Das ist seine Frau?«, fragte Adam. »Das ist sie. Soll aber eine gute Internistin sein, hört man so.« »Eine gute Internistin? – überhaupt Ärztin? Hat das nicht auch was mit Psychologie und Verstand zu tun, Wilfried?« »Verstand, Verstand, liest du viel?« »Ich lese in euren Heften zur Bildung und Erziehung der Kinder.« »In unseren grünen Heften über die Psychologie, den Verstand und die Beeinflussung der Seele und des Körpers durch den Geist?« »Ja, Wilfried, die lese ich. Manchmal lese ich sie, wenn ich in meinem Boot sitze, weit auf der Ostsee, so weit, dass ich auf das Waisenhaus sehen kann. Seit ihr mir mein Bodenreformland genommen habt, will ich wissen, wie ihr wirklich seid.« »Und: Wie sind wir wirklich?« »Ihr seid wirklich Buddha, Konfuzius, Jesus Christus als Menschenfischer, Kant, Wundt und Marx. Eure Kinder könnten die Welt erretten, Wilfried.« »Weil Buddha ca. 500 v. Chr. festgestellt hat: Der Geist ist alles, was du denkst, das wirst du.« »Oder Konfuzius vor Zerstörung des Gleichgewichts zwischen Himmel und Erde warnte, Adam.« »Ich fürchte, wir kommen zu spät. Nicht nur das Gleichgewicht zwischen Himmel und Erde ist verloren gegangen, sondern auch das Gleichgewicht zwischen Körper und Seele der Menschen. Darum glaubt ihr an einen Restverstand der Menschen, Wilfried.« »Wir denken, unsere jungen Menschen im Sinne kluger Weisheiten bilden zu müssen. Sie sollten befähigt werden, Begriffe, Urteile und Regeln gedanklich zu verarbeiten, und zwar überall und zu jeder Zeit, so auch auf ihren Reisen.«»Du denkst an die Beeinflussung der Seele und des Körpers durch den Geist, Wilfried?«, fragte Adam.»Daran denke ich«, antwortete er. »Umso mehr, als sie eine Reise in einer hektischen, schnelllebigen Zeit zum Ort ihrer Traumata machen. Wer weiß, mit welchen Gedanken sie zurückkommen werden?«

»Sollte dich das interessieren, Dr. Leo wird darüber in einem weiteren Heftchen schreiben.«»Danke, gern, Wilfried. Ich denke nämlich, dass ihr die Kinder zu früh an den Ort ihrer kindlichen Wurzeln geschickt habt.«»Dachten wir auch, Adam, aber Leo hielt es für richtig. Kindheitstraumata müsse man so früh wie möglich aufarbeiten, habe er gesagt. Wird schon richtig sein. Ich denke, er hat seine Erfahrung.«»Vielleicht durch seine Frau?« Wilfried zog die Augenbrauen nach unten, sah Adam von der Seite an.»Du meinst wegen ihres störrischen Verhaltens? Daran hast du eben gedacht? Interessant. Warte auf das nächste Skatspiel.«

Adam verabschiedete sich, um sich auf sein Gehöft zurückzuziehen. Gegen Abend erhielt er die Nachricht, dass Frau Landauer vom Vorwerk im Sterben liege. Es gehe um einen Sarg, einen guten aus Eiche und schmiedeeisernen Nägeln. Einen gleichen, wie er ihn vor Jahren für ihren Ehemann, den Pastor Landauer, angefertigt habe. Auf dem Boden über seiner Schreinerei, unter verstaubten Juteplanen, stand ein gleicher. Adam befreite ihn aus seinem Fenstereck, kippte den Deckel und fand auf dessen Innenseite aufgeklebt: Schrein für Marie-Luise Landauer. In diesem Moment aber war er mit seinen Gedanken ganz bei ihr, er sah sie vor sich, hörte ihre Stimme, sah ihr Gehöft, ihre Kuh, wie sie mit jedem Sonnenaufgang in der Ferne hinter dem Hügel hervorkam und zweifelte. Sie kann nicht im Sterben liegen. Um diese Jahreszeit, dachte er, habe er nur sehr selten Särge bauen müssen. Sie stürbe nicht, dachte er. So ging er mit ruhigem Gewissen bei Einbruch der Dunkelheit aufs Vorwerk. Ihr Hund empfing ihn winselnd, ihre Katzen lagen zusammengekauert im Hauseingang, im Hausflur brannte eine große Kerze, viele kleinere beleuchteten ihr rustikales Bett. Pastor Friedjung las, nach vorne gebeugt auf einem Stuhl sitzend, recht laut, irgendetwas, zumindest nichts aus dem Alten – oder Neuen Testament. Adam begab sich unauffällig auf ein Chaiselongue, um zuzuhören – um herauszufinden, welcher Wunschäußerung Friedjung mit seinem Vorlesen nachzukommen gedachte. »Denn das wissen wir«, las er – »die Erde gehört nicht den Menschen, der Mensch gehört zur Erde.« Also doch, dachte er: Asche zu Asche und Erde zu Erde, so wollte sie es mit ihrem Körper. Aber dann las er weiter und Frau Landauer stammelte irgendetwas und hob eine Hand, wenn er eine Pause zu machen hatte. So las er: »Alles ist miteinander verbunden, wie das Blut, das eine Familie vereint. Alles ist verbunden. Was die Erde befällt, befällt auch die Sonne. Der Mensch schuf nicht das Gewebe des Lebens, er ist darin nur eine Faser. Was immer ihr dem Gewebe antut, das tut ihr euch selbst an.« Wieder hob sie die Hand. »Schreibe! Friedjung«, sagte sie mit klarer Stimme. »Ich, Frau Landauer, Pfarrwitwe, bin nur eine Faser im Gewebe des Vorwerks zu Lancken und vererbe alles dem Waisenhaus.« Sie öffnete ihre Augen und blickte prüfend in Friedjungs Gesicht. »Wäre das im Sinne des Häuptlings Seattle von 1855, als er diesen Brief, den Sie eben mir vorgelesen haben, an den Großen Häuptling in Washington, Franklin Pierce, geschickt hat, Friedjung?« »Es gäbe keinen besseren Sinn, Marie-Luise, denn er ist auch heute noch so

aktuell wie damals.« »Danke, Friedjung, ich sah in deinen
Augen, dass du ehrlich bist.« Ein längeres räusperndes Lächeln
ging über die Lippen, eine Gelegenheit für Adam, wieder
heimlich die Stube zu verlassen. Und der Tod schien ihm noch
keine Asche zu wollen. Das ist so, wenn man ein hohes Alter
erreicht hat und die Seele als gestaltendes Prinzip des Leibes
zu handeln beginnt, dachte Adam, als er traurig über ihren Hof
schlenderte. Das kannst du, Marie-Luise, doch nicht einfach so
verlassen, dachte er, deinen Teich mit den Weiden, deren Äste
sich weit über das Wasser neigen, deine Scheune aus gutem
Schilf und Fachwerk, die über Jahrhunderte altes Ackergerät,
Kutschen und Wagen vor Wind und Wetter schützten, und ach,
dein Lanz-Bulldog mit dem Glühkopfmotor, der nach dem
Zweiten Weltkrieg allerorts neue Furchen zog, nein, Marie, das
kannst du nicht. Und so begab er sich noch einmal zurück in ihr
Zimmer, als Friedjung gegangen war. Er nahm seinen Stuhl
ein, hielt ihre Hand, suchte nach dem Puls am Unterarm, er
pulsierte, aus der Wanduhr über dem Bett erklang ein West-
minstergong. Adam hörte Schritte im Haus. Frau Landauer öffnete die Augen, sie räusperte sich, Dr. Leo trat ein. »Guten
Tag!«, rief er. Ein Ruf, der alles veränderte. Adam räumte
eiligst den Stuhl, verneigte sich vor Leo, Leo bewies sein
Können. Er sprach deutlich, auch überzeugend: »Nein, nein,
meine liebe Landauer«, sagte er, »wer sich im Sommer hinlegt,
mag die Sonne nicht, aber wer die Sonne nicht mag, mag ihren
Schatten.« Während er das so sagte, ging sein Stethoskop über
Herz und Lunge, seine Lampe reizte ihre Pupillen, mit den
Händen palpierte er das Abdomen, dann zupfte er sie zaghaft
am Ohr. »Pfarrwitwe Landauer!«, sagte er. Danach hielt er
inne, sah, wie sie ihn anschaute, blickte lange in ihre Augen,
hielt ihre Hand, neigte sich ihrem Ohr zu und flüsterte: »Der

liebe Gott will dich noch nicht.« Nunmehr bat er Adam um Hilfe, bis die Schwester kam. »Sie müsste mehr trinken, hochgelagert werden und merken, dass sie bei uns besser aufgehoben ist, als beim lieben Gott«, scherzte er. Adam begab sich in die Küche, füllte in einen verbeulten Aluminiumtopf Wasser, setzte ihn auf die Ringe eines alten Holz-Kohle-Herdes unter einer Esse und kochte ihr einen aus selbst gepflückten, selbst getrockneten Blättern zubereiteten Pfefferminztee. Leo verabschiedete sich von ihm mit einem leichten Schlag auf die Schulter und sagte: »Übermorgen, Adam, übermorgen am Sonnabendnachmittag, hörst du, am Nachmittag spielen wir hier, hier zur Unterhaltung von Frau Landauer, Skat. Einverstanden?« Ist das ein Kerl, dachte sich Adam, kommt mal kurz vorbei, zeigt, was er kann, und denkt nebenbei ans Skat-spielen. Er verließ sich auf Adam, Adam verließ sich auf die Schwester, alle drei verließen sich auf ihre Gedanken. Am Sonnabend saß Frau Landauer, vornehm gekleidet, gut frisiert, mit klaren Augen, zwischen den Herren am Spieltisch. Sie schaute mal rechts ins Blatt, mal links und machte ihre Bemerkungen. »Du bist wirklich gut drauf«, sagte Leo zu ihr. »Das verdanke ich Adam, seiner brummigen, vibrierenden Stimme, vielleicht auch seinen wulstigen Augenbrauen. Du, Leo, hattest mich wach gerüttelt, Adam stieß mir ins Herz.« »Du, Marie-Luise«, sagte er, »wer das Waisenhaus vererben will, muss auf die Kinder warten.« »Und erst, wenn du noch einmal mit allen Kindern über den Hof gehst«, sagte er, »über die Hügel und Wiesen und an den Bächen entlanggelaufen bist, musst du es ihnen sagen, Adam! Du berührtest mein Herz, so war es.« Wilfried legte sein Blatt nieder, strich sich mit der Hand übers Haar, stützte mit Daumen, Zeige- und Mittelfinger sein Kinn, er wirkte nachdenklich. »Ich weiß, Wilfried, was du so denkst«, sagte mit einem Lächeln Frau Landauer. »Wenn es so gekommen wäre, wie Gott Vater es gewollt hatte, wären die Kinder nach ihrer sicherlich glücklichen Rückkehr traurig, ja auch traurig über das Erbe gewesen. Ich musste ihnen doch die Quellen der Bäche, den Mergel und klüftigen Kalk meiner Hügel, die Feldsteine unter dem Fachwerk aller Mauern zeigen. Ich musste die weichen, zarten Hände aller Kinder drücken mit den Worten: »Behütet mein sööt Ländchen. So hast du doch gedacht, Wilfried, oder?« »So habe ich tatsächlich gedacht, Marie-Luise, als ich vom Pastor Friedjung hörte, dass du sööt Länneken an uns zu vererben beabsichtigtest.« Wilfried sprach mit einem Unterton, indem er sein Unverständnis zum Ausdruck brachte. Nunmehr geriet Frau Landauer in Zweifel. Sie bemühte sich aufrichtig, den Hergang den Männern, die sie nacheinander anschaute, zu erläutern. »Es sei doch so gewesen«, begann sie. »Sie sei immer mit dem ersten Hahnenschrei erwacht, behänd aus dem Bett gestiegen und auf nackten Füßen über die knarrenden Dielen zum Fenster gelaufen. Dann habe sie das Rollo emporgezogen, den einen Fensterflügel entriegelt, ihn geöffnet und gesehen, wie immer zu dieser Jahreszeit, wie ihre Kuh mit der aufgehenden Sonne über den Hügel hervorkam. Sie habe gefühlt, wie ihre Brust in tiefen, langsamen Atemzügen vor Glück die frische Morgenluft in sich einsog. Sie habe einen rhythmisch normalen, gut gefüllten Puls am rechten Unterarm gefühlt und die Funktionen ihres Hirnes getestet, indem sie, wie immer, ein Gedicht habe aufsagen wollen. Seit ihrer Kindheit lebe sie mit unendlich vielen Gedichten der Lyrik, Epik und Dramatik. Je nach Lust und Liebe, in Freude und Kummer, in Erbarmen und Wut, seien ihre einzelnen Verse, auch ganze Strophen über die Lippen gegangen. Sie seien die eine Macht in ihrem Leben gewesen, die andere sei ihr Glaube. Aber als ihr Geist eines Morgens an einer Strophe, an der dritten Strophe eines ihrer liebsten Gedichte: Sonnengesang, von ›Echnaton‹, wohl tausend Mal aufgesagt, versagt habe, habe sie das Fenster wieder geschlossen, das Rollo fallen lassen und sei wieder ins Bett gegangen. Sie habe sterben wollen.« Leo legte eine Hand auf ihren Unterarm und sagte: »Marie, dann hast du drei Tage im Bett gelegen, nichts getrunken, nichts gegessen, nicht einmal an das Euter deiner Kuh gedacht, nur an den Tod. Nein!«, rief er, bei u-förmig erhobenen Händen. »Kein Gott holt dich in den Tod! Auch keine Pfarrwitwe holt er. Du warst exsikkiert, ausgetrocknet nennt man das. Tausende Menschen, Kinder und Greise, sterben täglich, weil sie zu wenig oder gar nichts zu trinken bekommen.« Die Schwester kam, zeigte sich grüßend in der Tür. Frau Landauer erhob sich, klopfte Leo auf die Schulter und ging. Keiner hatte mehr auf diesen Zeitpunkt gewartet als Adam. Hatte er doch heute noch nichts gewonnen. »Gesagt wird nichts!«, ermahnte er nach einer Weile Wilfried. »Ich finde, Leo ist zu ruhig heute«, gab er zur Antwort. »Er denkt an Frau Landauer, wegen der Infusion, die ihr die Schwester angelegt haben muss«, fügte Adam hinzu. »Oder an seine Frau«, lachte Wilfried. »Manchmal schon«, antwortete Leo etwas pikiert, »aber eben mal nicht. Eben war ich mit meinen Gedanken nur beim Skat. Wilfried, entschuldige, habe ich ja auch nicht so gemeint.« Wilfried sah Leo an und zwinkerte mit den Augen. Aber Leo reagierte gereizt. »Über Psychopathen spricht man nicht beim Skat«, sagte er. »Schon gar nicht, wenn es sich um neurotische Entwicklungen nach kindlichen Traumata handelt. Ihr wisst, was ich meine. Ihr wisst, dass unsere Waisenkinder jährlich an den Ort ihrer Kindheit fahren sollen. Ihr wisst, was zu tun ist, lasst uns nunmehr einen guten Skat spielen.« Und als die Schwester über die gut gelaufene Infusion berichtete und Frau Landauer glücklich, mit gesunder Gesichtsfarbe wieder an den Tisch kam, gab es nur noch ein Thema.

Und was folgte, war ein pflegsames Wohlleben der Frau Landauer, das ungestört und kummerlos verging, bis in den Spätherbst hinein.

Kapitel XIII

Die Kinder kamen geschlossen mit dem Bus zurück. Er hielt oben am kleinen Wäldchen. Ein moderner, zweifarbiger Panoramabus, im Schatten der grünen Bäume, an einem sonnigen Augusttag, an einem Sonntag. Er stand da, geschlossen, bis sich Dr. Fiedler mit seinen beiden Schwestern, in grünen Hygienekleidungen, dem Bus näherte. Er begrüßte den Fahrer durchs offene Fenster, durfte die Tür öffnen und stieg ein. »Herzlich willkommen!«, rief er. Die Kinder und Erwachsenen reagierten unterschiedlich laut und lange mit lustigen Bemerkungen. Dr. Fiedler nutzte die Gelegenheit, um mit einem ersten, scharfen, diagnostischen Blick einmal auf und ab durch den Bus zu gehen. Dann zupfte er Graf Leopold am Ärmel, um ihm zu sagen, dass er doch schon am Schloss hätte aussteigen können. »Aber nein, Doktor«, antwortete er, »nach dieser schönen Reise gehöre ich mehr denn je zu den Waisenkindern.« »Also dann, ihr Lieben«, gab Leo zu verstehen, »ihr seht dort unten ein großes Zelt, mein Zelt, vom Deutschen Roten Kreuz. Es ist was Besonderes, es ist in drei Abteilungen unterteilt. Die erste gehört Schwester Ilona, die zweite Schwester Gabi und die dritte, na wem wohl?« »Dem Doktor!«, riefen sie laut, trotz großer Müdigkeit. »Ich möchte, dass ihr niemals an einer Infektionskrankheit erkrankt, und ich möchte, dass euer Haus niemandem Keim ist, und nun geht's endlich los! Die Mädchen folgen zuerst Schwester Ilona, dann die Jungs, dann geht's zur Schwester Gabi, dann zu mir, dann ins Heim. Die Erwachsenen, dachte ich, dürfen vom runden Tisch im Wäldchen bei einem Imbiss dem Trubel zunächst noch zusehen. Okay? Also los!« Und alles lief wie am Schnürchen: Mit den ersten heimischen Sonnenstrahlen, der lauwarmen Seeluft fiel es den Kindern leicht, ihre schmutzigen Sachen abzulegen, sich zu duschen und allen medizinischen Untersuchungen zu folgen. Als sie neu eingekleidet, frisch und glücklich ihre Zimmer erreichten, saß Graf Leopold bei Leo. »Ich bewundere euch Mediziner, wie ich manchmal eines meiner Bilder bewundere«, sagte er. »Oh, welch ein Vergleich, Leopold, du schmeichelst mir.« »Die Kunst in deinen Bildern kann zeitlos sein, der Kunst in der Medizin ist immer eine Zeit gegeben. Die Stunden eben bestimmten die Zeit eventueller Infektionen.« »An welche dachtest du? Du hast Blut abnehmen lassen, Rachenabstriche entnommen und Stuhluntersuchungen veranlasst. Übrigens lasst es mich sagen, von einem guten Team.« »Danke, Leopold, darauf bin ich auch stolz. Eventuelle Infektionen kann man nur in Teamarbeit erkennen. Vor allem in Bezug auf Leber-Darm-Erkrankungen und Erkrankungen der oberen Luftwege. Aber wem sage ich das, du kennst dich doch bestens aus.« Leopold lachte. »Na gut, vielen Dank, ich hoffe, dass sich mein Sohn auch bedankt hat.« »He! Du hast einen tollen Sohn. Er sprach begeistert über Indien.« »Begeistert, Leo? Das darf ich Franziska nicht sagen. Sie hat schon jetzt ein blödes Gefühl. Mütter fühlen das. Kindliche Freundschaften, wie die zwischen unserem Sohn und Indira, meint sie, könnten unzertrennlich werden.« »Ach, Leopold, in dieser schnelllebigen Welt reicht manchmal ein Pups, der alles verändert. Sag es Franziska. Ich glaube, sie ist eben mit dem Auto gekommen.« Ja, auch ein zweites kam. Das Laborauto. Das macht natürlich Spaß, dachte Dr. Fiedler so, ein erfahrenes Team auf dem Gebiet der Infektologie aus der DDR-Zeit und ein schnelles

Laborauto, dank der Wiedervereinigung. Die Kinder, körperlich geschwächt, das Turbulente der weiten Welt noch in den Ohren, waren schnell eingeschlafen. Wilfried, mit Christin an der Hand, ging von Tür zu Tür, sah nach dem Rechten, sah, wie die Kinder so niedlich, so unterschiedlich entspannt, gekrümmt oder verbogen in ihren frisch gewaschenen, bunten Betten lagen. Christin zog ihren Vater am Arm, wenn sie bei dem einen oder anderen einen neuen Talisman zu erkennen glaubte. Cixi umschloss einen Pandabären, Indira ein indisches Puppenmädchen mit schwarzem Haar, in einem farbenfrohen Sari und im Mittelscheitel einen glitzernden Schmuck. Ranga muss sich einen traditionellen Mondkalender mitgebracht haben, dachte sich Wilfried. Er hing schon über seinem Schreibtisch, gekennzeichnet die Monate August/September (Bhadra/Bhadwa). Während Wilfried bei genauer Betrachtung des Kalenders herausfand, dass sich die zwölf Hindu-Monate (Barah/Mas) ungefähr von der Mitte unserer Monate zur Mitte des folgenden Monats erstreckten, hatte sich Christin, ohne dass Indira etwas gemerkt hatte, ihre Puppe angeeignet. Darauf beließ es Wilfried bei einem kurzen Hinsehen der anderen Zimmer. Alle schliefen, alle. Christin wollte eigentlich und unbedingt bei ihrer Mutter schlafen, doch ihre Mutter schlief schon tief und fest. Und Josef fand nicht mehr den Weg ins Schloss, er blieb bei Manu, Lucas schlief in Silvias Armen ein, nur einer hatte noch Licht – der alte Mann. Im Sommer finde er keinen Zwang zum Schlafen vor Mitternacht, erinnerte sich Wilfried seiner Worte, als er von seinem Schlafzimmer aus zu ihnen hinüberschaute. Die lauwarmen Sommerabende auf der Insel böten ihm mehr als einen ganzen Tag: das klare Zirpen der Grillen, das nachdenklich wirkende, ewige Rauschen der Ostseewellen, der Mond, die dahinziehenden Wolken, die mit den Sternen spielen, der Fuchs, der Marder, die Eule, was ist der Tag? Ihn beschrieb Karl so, als einen seiner Urlaubstage durch Deutschland und die Schweiz: »Ich wurde, wie man so sagt, in einem Auto gefahren. Ich gehörte zu der lebenden Masse, die neben einer toten Masse täglich über die Straßen transportiert werden. Ich wurde angeschnallt, auch Pferde und Kühe sah ich angeschnallt, ich sah Hühner in Käfigen, Schweine in stahlharten Boxen, ich wurde beatmet. Bald sah ich nur noch den Schatten von Wäldern, Licht im Nebel von Abgasen, bis ich schlief. Gott sei Dank! Gott sei Dank, sagte ich mir, als ich geweckt wurde, weil man glaubte, ich müsse mal pinkeln. Man schickte mich rüber in eine Raststätte, ja, ich erinnere mich noch genau, Raststätte sagten sie, zum Pinkeln. Sie gaben mir viel Geld. Das viele Geld hatte ich zu nehmen. Da ich es zu nehmen hatte, dachte ich mir, kannst auch pinkeln, obwohl ich gar nicht musste. Deswegen war es ja auch anstrengend, und da es anstrengend war und ich mich in einer Raststätte befand, glaubte ich rasten zu müssen. Rasten in einer schönen Stätte. Doch es gab nichts zum Rasten, es gab nur etwas für viel Geld. So fuhren wir schnell weiter auf der Mittelspur, rechts von uns die Brummis, links die Bosse, nach Zürich auf einen Bauernhof. Da war der alte Melchtal mit seiner großen Kuhherde und ihren Glocken um den Hals, der Seppi mit vielen Schafen und die Bauersfrau. Als wir ihnen sagten, dass wir wegen Schillers Wilhelm Tell noch nach Altdorf in den Kanton Schwyz fahren wollen, holte Seppi eine Armbrust und die Bauersfrau einen Apfel. Sie legte ihn auf einen Zaunpfahl, wir übten, der Seppi sprach den Rüttlischwur. Dann aber verglich er ihn mit dem Leipziger Ruf: ›Wir sind ein Volk‹, und sagte, ›dass es keine Wiedervereinigung gewesen sei‹. Mir schenkte er seine Armbrust. Nach der Schweiz waren wir in Ulm, Nürnberg, Weimar,

Dresden, Wittenberg und Berlin. Mein Herz schlug für Goethe und Schiller, für die Frauenkirche, für Luther und Einsteins Sommerhäuschen in Berlin.«

Karl berichtete als Erster über seine Reise. Alle saßen in bester Stimmung im Wäldchen, am runden Tisch. Er ließ seine Armbrust herumgehen, mit einem Körbchen voller Äpfel.»Ein Gruß von der Bauersfrau«, sagte er,»nicht für den Pfeil, für die lieben Waisenkinder, meinte sie ausdrücklich.« Lili, einen Arm durch ihres Bruders Arm, eng beieinander, mit Tränen in den Augen, biss, obwohl sie etwas sagen wollte, erregt in einen Apfel. Dann sagte sie, dass alles sehr schön gewesen wäre, dass sie aber sehr glücklich sei, wieder hier zu sein, hier sei alles menschlicher. Sie weinte bitterlich, so bitterlich, dass Karl glaubte, ihre Worte wiedergeben zu müssen.»Lili weint, jeden Tag weinte sie, aber jeden Tag schon etwas weniger, seitdem wir auf dem Friedhof waren. Unsere Eltern gibt es nicht mehr, wollte sie sagen. Sie wollte sagen, dass Streuwiesen weder Bild noch Stimme geben, es zeige den Verfall einer ganzen Gesellschaft.« Lili hatte sich unterdessen wieder gefangen, den Apfel beiseitegelegt und geantwortet:»Ich werde mich nur noch an ein fünfblättriges, vertrocknetes Kleeblatt erinnern können.« »Da haben wir, wir Russen, es besser gehabt!«, rief überglücklich Aljoscha. Grigori aus Moskau, der in Berlin die deutsche Sprache –»Germanistik, Aljoscha!«, warf Irina ein »also Germanistik studiert, war ein guter Russe. Er war jeden Tag, jede Stunde, jede Minute bei uns.« »Er ließ uns nie aus den Augen«, fügte sie hinzu.»Zuerst waren wir in Moskau bei seinen Eltern. Die sehr reich sind, irgendwo am Stadtrand«, lachte er.»Wir brauchten mehr Zeit, vom Flugplatz dorthin zu kommen, mit der Metro, der Tramway, dem Autobus und zu Fuß, als mit dem Flugzeug von Deutschland nach Moskau.«

»Dafür sind sie sehr reich«, entschuldigte Irina die Entfernung. »Mag sein, Irina«, entgegnete Aljoscha, »wenn du ihr großes Anwesen in dem Birkenwäldchen meinst, Grigori aber, Grigori, war ganz normal. Schon am zweiten Tag fuhr er mit uns zum Bahnhof Godunow. Nun dürft ihr nicht lachen. Mich auch nicht als einen Verrückten ansehen. Ich wollte, nach einer behaglichen Zeit im Waisenhaus, in mein molliges Bett verliebt, noch einmal in einem offenen, eisernen Kohlewaggon schlafen.« Das Kichern der Kinder zwang ihn zu einer Pause. »Ich wollte«, fuhr er fort, »die nächtlichen Geräusche ohne Angst wieder hören, im Scheinwerferlicht der Lokomotiven träumen, wie einst Taras Schewtschenko!« Taras Schewtschenko, ein Sohn leibeigener Landarbeiter, war sein Lieblingsschriftsteller mit glaubwürdigen Träumereien, weswegen ein weiteres Gekicher ausblieb. Silvia freute sich und sprach ihn an: »Und – Aljoscha, hast du geträumt?« »Nein, ich habe geweint, aber anders geweint. Nun weiß ich, dass ich noch viele Träume haben werde. Und mit diesem Gedanken, noch viele Träume zu haben, fuhren wir in aller Frühe durch einen dichten Landnebel, der aufgehenden Sonne entgegen zum Gehöft meiner Eltern. Die Kate stand noch, aber erst gingen wir auf den Friedhof. Grigori wollte es so. Er sagte, wenn man in Russland Angehörige zu suchen habe, müsse man zuerst auf den Friedhof gehen. Und er hatte recht. Viele Gräber der Schewtschenkos, eingewandert aus der Ukraine, vom Leibeigenen bis zum Großbauern, waren da. Eine Grabstelle, gepflegt, umrandet mit einem schmiedeeisernen Zaun, beherbergte nur einen Sarg. Wir standen davor, lange standen wir davor, sahen Grigori an, Grigori sah uns an, wieder sahen wir auf einen in Stein gehauenen vergoldeten Namen, und sagten nichts. Wir gingen in eine segensreiche orthodoxe Kirche. Lucas saß da. Er war nach gemeinsamem Flug bis Moskau, wie vereinbart, seiner Wege gegangen. Sie führten ihn, wie er uns später erzählte, in die orthodoxen Kirchen der Stadt und in ein ihm bekanntes Kloster, in dem er übernachtete. Allein saß er da, allein in der Kirche. Gerade wollte er ein heruntergebranntes Lichtlein durch ein neues ersetzen, als er uns erkannte. Er umarmte uns. Dann bat er uns, auch ein Lichtlein anzuzünden, sich neben ihm zu setzen und zu verweilen. ›Orthodoxe Kirchen‹, sagte er, ›hätten viel Gold, sie ständen inmitten gepflegter Gräber. Habt ihr sie gesehen?‹, fragte er uns. Als Irina schluchzte und mir die Tränen kamen, sagte er: ›Sucht den Vater! Geht erst zum Kloster, dann zum Haus. In ihm wohnen liebe Menschen. Ja, liebe Menschen‹, sagte er. Sie hätten ihm Brot und Wein gegeben. Gestern Abend. Es sei schon dunkel gewesen, als er an ihre Tür geklopft habe. Als Mönch aus dem Kloster, die eigentlich nur in der Frühe am Haus vorbei auf die Felder zögen. ›Im Wein ist Wahrheit! In vino veritas‹, sagte er. Sehr deutlich! Bedient er sich der lateinischen Sprache, muss man ihn anschauen. Das will er so, das wissen wir. Wegen der alten Schule, wie er immer sagt, das wissen wir auch. Aber dieses Mal war sein Blick nicht Furcht einflößend, sondern verheißungsvoll. ›Geht hin‹, sagte er, so könne er guter Dinge weiterreisen nach Nowgorod und Wladimir, um die kirchlichen Gesangsschulen zu besuchen und uns eine Balalaika und eine Lyra mitzubringen. Im Klostergang hingen zur rechten und linken Seite viele Ikonen. Grigori war von ihnen so begeistert, dass er uns einige Details über die Malerei erzählen musste. Beinahe unbemerkt stand plötzlich ein Mönch neben uns. ›Erkennen Sie ihn?‹, fragte er. ›Erkennen?‹ Ich erschrak. ›Na, mir fiel auf‹, sagte er, ›dass ihr an den drei Metropoliten von Moskau, Leningrad und Kiew sehr schnell vorbeigekommen seid, bei dieser Ikone aber recht lange verharrt habt. Das ist nämlich der Patriarch von ganz Russland‹, meinte er. ›Oh! Der Patriarch‹, antwortete ich. ›Der hat was‹, fiel mir so raus, merkte aber sofort am finsteren Gesichtsausdruck des Mönches, dass ich, in Unkenntnis, zumindest eine andere Beschreibung hätte bringen können. Dann erklärte er uns, dass in allen Ikonen, in allen, betonte er, die hier zu sehen waren, sich eine Seele verberge. Eine Seele von kranken Menschen, die im Kloster geheilt worden seien. Er bat uns, auf die Insigni zu schauen. Auf die Insigni der drei Metropoliten und die des Patriarchen. Deren vollständige Namen wollte er nicht sagen. Zu unser aller Verwunderung aber rief Irina bei hochrotem Gesicht sehr aufgeregt beim Patriarchen den Namen: ›Schewtschenko!‹ So kamen wir schnell auf unseren Vater und nichts hielt uns mehr im Kloster, wir liefen hinüber zum Haus.« »Ihr, Aljoscha, ihr, mir versagten die Beine«, fügte Irina hinzu. »Es war alles zu viel. Ich japste nach Luft, bekam einen Schwindel und schwarz vor Augen wurde mir auch.« »Ja, Irina, aber das jetzt zu erzählen, ist nicht wichtig. Wichtiger ist doch zu erzählen, dass wir ganz schnell unseren Vater gefunden haben. Du warst geschwächt, ja, das stimmt, denn du hast ihn ja auch gar nicht wiedererkannt. Ich gleich, obwohl er so aussah wie sein Bruder. Ja, sein Bruder und dessen Frau, die Helena, kümmern sich um unseren Vater. – Auch sie malen, machen Kirchenmusik, den Acker und Hof. So war unsere Reise.« »Schön, Irina und Aljoscha«, fügte Thekla hinzu. »Ich merke, dass in euch wieder eine russische Seele weilt, in den beiden Ikonen auf dem Zimmer, in der Balalaika und der Lyra.«

»Indien dagegen war für uns ein Heiligtum. In ihm befinden sich etwa hundert Völker mit hundert Sprachen, tausend Religionen und zwei Millionen Götter –. Wir fuhren.« – Karl sprang auf, er unterbrach Thekla. »Tausend Religionen und zwei Millionen Götter?«, rief er. »Da konnte wohl jeder Krösus, wenn er glaubte, eine Vision oder eine Erleuchtung gehabt zu haben, aus Schlangen, Ratten, Kühen, ach, was sage ich, aus allem Irdischen und Himmlischen einen Gott machen?« »So war es, so war es, Karl. Ich wollte sagen: Wir fuhren nach Agra, in jene Stadt, in der Indira und Ranga geboren wurden. So viel von mir. Jetzt dürft ihr, Indira oder Ranga, erzählen.«

»Ach, Thekla, was sollen wir noch sagen: Es gab doch keine Spur zu unseren Eltern, es gibt auch keine Gräber, wer stirbt, wird verbrannt, die Asche in irgendeinen heiligen Fluss gestreut. Die Müllkippe war auch nicht mehr da, nur eine neue Autobahn. Wir sind glücklich, wieder hier zu sein.« »Das sind wir«, pflichtete Indira bei. »Dennoch gäbe es viel zu erzählen. In Agra gab es einmal den großen Herrscher Akbar. Er heiratete eine reiche Frau von den mächtigen Raiputen. Er war schlau und schrieb das Buch Akbar Nama. Thekla musste Aramis jeden Tag daraus vorlesen, weil er sich nur für die Tempel, Burgen und Forts interessierte. Am meisten über das weltberühmte Tadsch Mahal, das Grabdenkmal, das Shahjahan, ein Enkelsohn von Akbar, für seine verstorbene Frau, die er über alles liebte, bauen ließ. Sie starb nach der Geburt des vierzehnten Kindes. Ich weiß, dass ich, sooft es mir ermöglicht wird, wieder nach Hause reisen werde.«

»Wir auch«, sagten Cixi und Sun. Sun gab wieder, wie Graf Leopold ihr Land einschätzte: »Ein unglaubliches Land, das für alle Länder der Erde glaubhaft wird«, sagte er. »Wir reisten zuerst nach Qingdao ans Gelbe Meer. Zum einen, weil wir dort geboren wurden, zum anderen, weil ein gewisser Lenau, ein Vorfahre der Grafenfamilie, dort, als es eine deutsche Kolonie war, eine Brauerei hatte. Qingdao ist eine Insel mit einer wildromantischen Landschaft, vielen Gebirgsflüssen und Tempeln. Drei Tage lang, nachdem wir unsere Großeltern und viele Familien unseres Namens gefunden hatten, war Graf Leopold in seinem Element. Er hatte seine Malerwelt bei Mond und Sonnenschein. Unsere Eltern fanden wir nicht, aber ein neues Glück in unserer Heimat …«»Wir fanden beides nicht«, gab Teresa, traurig in die Runde schauend, zu verstehen. Dantos blickte auf die Tischplatte, er wollte gar nichts sagen.»Die Hauptstadt Mexiko, wir konnten uns an nichts mehr erinnern, lag in einer Schmutzwolke von Schornsteinen und Autoabgasen. Josef wollte schnell weg. Er stürzte sich auf ein gelbes Taxi, einen VW-Käfer, gab dem Fahrer einen rot-gelb gezeichneten Streckenverlauf in Richtung Osten der Stadt und ein Geschenk.»Ein Geschenk erwirkt Vertrauen.«, sagte er beiläufig im Auto, als er ein kleines Flaschenschiff überreichte. Es muss mehr erwirkt haben als nur Vertrauen, das kleine Segelschiff in einer Flasche für drei Euro fünfzig. Plötzlich bemühte er sich, deutsch zu sprechen, sprach gutes Deutsch, rollte zwischen Daumen und Zeigefinger beider Hände das Schiff, freute sich und klopfte, bevor er den Motor startete, Josef auf die Schulter. Josef drehte sich uns zu, er zwinkerte mit den Augen. Er wollte sicherlich andeuten, wie wertvoll kleine Geschenke sein können. Denn er hatte recht. Wir fuhren vier Stunden, mit zwei Pausen, einer lustigen Unterhaltung über die spanischen, französischen und amerikanischen Eroberer, die er als Mörder bezeichnete, durch die Stadt.

Eine Stunde brauchten wir über den spektakulärsten Boulevard, der fünfzehn Kilometer lang und 60 m breit ist und acht Fahrbahnen mit einem Grünstreifen in der Mitte hat. Wir fuhren auf der Außenspur hin und zurück. Sie war umsäumt von Bronzestatuen berühmter Männer und Helden.»Das sind unsere Männer«, sagte er. »Echte Mexikaner. Sie lehrten viele Eroberer das Fürchten. So muss es sein, endlich auf der ganzen Welt.« Dann wollte er wissen, wo wir übernachten wollen. Ich nannte ihm den Fluss am Stadtrand. Er schwieg. Dann fragte er uns, ob wir wüssten, dass es überall Rauschgiftbanden gäbe. Wir schwiegen. »Na gut«, sagte er, als wir ihn baten, an einer Blechhütte, die leer stand, zu halten. Die Nacht wurde zum Albtraum. Die Rauschgiftbanden hätte er nicht erwähnen dürfen. Das aber wollte Dantos dann doch nicht so stehen lassen. Er protestierte energisch!« »Der Wahrheit wegen, Teresa. Sie hat uns doch erst auf die Idee gebracht, dass unsere Eltern –, ach, dadurch kamen wir schnell auf eine Hazienda. Hier konnten wir erst wieder frei atmen. Die Luft aber, die das Hirn so nötig braucht, gibt es nur hier. »Die Luft, die das Hirn so nötig braucht«, wiederholte Thekla, »ist die sonnenbestrahlte Seeluft, die, wie ich sehe, müde macht. Ihr habt noch vier Ferienwochen. Der Sommer, wie es scheint, meint es gut mit euch, genießt ihn.« Wieder war schnell Ruhe im Haus, die Reise steckte allen noch in den Gliedern. Erst am nächsten Morgen kam wieder Stimmung auf. Herr Peters kam, um den Kindern die heimeigene Badeplattform, wie er sie nannte, zu zeigen. Unterhalb des Heimes zum kreidigen, von Buchen, Eschen und vielen Sträuchern bewachsenen Steilufer in einer Bucht hatte er über dem steinigen Strand ein riesiges, gut beplanktes Schiffsdeck gebaut. Über dessen Bug eine Brücke weit ins Wasser reichte. Die Kinder umarmten ihn vor Freude und Begeisterung, nachdem sie über den naturbelassenen, serpentinenartig angelegten Pfad ihre kleine Welt mit Blick über die blaugrüne Ostsee bis nach Arkona erreicht hatten. An alles hatte Peters gedacht: an ein Sonnendeck, einen künstlichen Rasen für Christin, an Bojen, Rettungsringe, Schwimmwesten, auch an einen Schwimmlehrer, der nunmehr jeden Tag kam. Peters, den sie noch vor einem halben Jahr als den »alten Mann« bezeichneten, den sie zu Unrecht gedemütigt hatten, in die Einsamkeit getrieben, reagierte auf jede Höflichkeit wohlgefällig. An seinem Geburtstag, seinem fünfundsiebzigsten, im Monat August, ruderte er bei Sonnenaufgang noch ganz allein auf das Wasser hinaus, unweit des Ufers entlang. Sein erster Glückwunsch, wenig später von der Brücke gerufen, kam von Josef. Und gegen Mittag waren alle da. Josef und Frau Landauer kamen mit Pferd und Kutsche. Sie brauchte viel Zeit, um vom Vorwerk zu Peters zu kommen, denn das Tempo bestimmte der alten Dame Kuh, die an der Kutsche hing. Genug Zeit, um über den Geburtstag nachzudenken, dachte sie. So sagte sie zu Josef: »Siehst du, so ist das mit den Geburtstagen. Dein Ehrentag gestattet es dir, noch in diesem Monat zu heiraten, Manu wird es gut bei dir haben. Peters Geburtstag erlaubt es ihm, noch meine Kuh zu übernehmen, mein Tag wird bald einem letzten Herzschlag erliegen. In der nächsten Woche vererbe ich dem Waisenhaus das Lütt Ländchen.« »Ja, ich habe es gehört«, antwortete Josef. »Wilfried sagte mir auch, dass du einen Schwächeanfall gehabt hättest und du nicht mehr leben wolltest.« »Wie soll ich's dir erklären, Josef. – Vielleicht so: Der Mensch merkt, wenn es zu Ende geht. Alle Lebewesen merken es. Der Hund bleibt in seiner Hütte, die Katze in ihrem Körbchen, der Vogel stürzt plötzlich vom Baum. Die Natur will es so und ich auch.« Peters empfing sie auf seinem Hof unter einem siebzig Jahre alten Kastanienbaum, der ihnen reichlich Schatten gab. Manu hatte für einen Imbiss gesorgt, Wilfried für die Getränke, der Kinderchor brachte ein Ständchen. Seit heute fühlte er sich aufgenommen in den Kreis der Waisenkinder und in den Kreis der Weisen. Nur Frau Landauers Kuh, deren

Euterzitzen die weiche Hand einer Frau gewohnt waren, brummte und schlug mit dem Schwanze gegen Adams Mütze, sobald er seine harten, schwieligen Hände zum Melken ansetzte. Die frische Milch bekamen die Kinder. Klugerweise radelten sie jeden Abend abwechselnd, bald war es ihnen zum Bedürfnis geworden, in den Kuhstall, um die Milch zu holen. Zur Übergabe von Lütt Ländchen hatte Josef auf dem großen Hügel, auf dem Landauers Kuh mit Sonnenaufgang kam, ein Lagerfeuer vorbereitet. »Jedes Jahr«, sagte er zur Pfarrwitwe, »wird hier, auch dann, wenn der Herr Sie heimgeholt hat, ein Lagerfeuer, dann in Gedanken an einen guten Menschen, brennen.« Und dieses, das erste, wurde zum Feuer über viele Mythen, Legenden und Märchen um Lütt Ländchen, seiner Insel und ihrer Geschichte. Bei fröhlichem Gesang, einem Sketch über den Piraten Klaus Störtebeker und weite Blicke in die Nacht war in die Herzen der Kinder ein unvergesslicher Funke übergesprungen. Lütt Ländchen wurde ihr Land. Sie mussten es vermessen, mussten die Höhen der Hügel bestimmen, die Flora und Fauna erkunden, die Wasserquellen analysieren und jede Erdschicht bestimmen. Es wurde zum neuen Spielfeld in ihren Ferien. Ihre Gespräche untereinander, auch zu den Erwachsenen, bekamen ein anderes Niveau. Es verging kein Tag ohne Bildung und neue Interessen. Sie bekamen einen weiten Horizont, der sie beflügelte, sich durch Klugheit zu übertreffen. Mal unter den Geschwistern, ein andermal zwischen Mädchen und Jungen. Die Mädchen rückten schließlich mehr zusammen, so auf dem Schiffsdeck am Strande. Zwar alle nackt wie gewohnt vom Raum der Sinne, übernahmen sie die Steuerbordseite, die Jungs die an Backbord gelegene. Neuerdings kam es auch zur femininen und männlichen Gruppenbildung auf ihren Radtouren. Im Haus, von Zimmer zu Zimmer, entwickelten sich Freundschaften zwischen den Mädchen, alsdann auch zwischen den Jungen möglichst unauffällig. Mancher Junge sah in seinem Freund mehr eine Freundschaft zu dessen Schwester und manches Mädchen in ihrer Freundin auch eine Freundschaft zu deren Bruder. Mit Beginn des weiteren Schuljahres blieb für Liebschaften nicht viel Zeit. Sie beließen es bei einem Geplänkel, auch Gequatsche, der Unterricht in allen Fächern verlangte nach Respekt. Dann kam im Herbst tatsächlich der Tod von Frau Landauer. Ein Schock für die Kinder. Bernd erfuhr es zuerst von seiner Mutter am achten November abends. Er lief von Zimmer zu Zimmer noch vor Beginn der schönsten Tagesstunde im Raum der Sinne, obwohl Silvia es ihm verboten hatte. Dadurch aber wollten sie schnell beieinander sein. Schweigend auf ihren Matten sitzend, in sich gekehrt, lauschten sie den Worten von Lucas. »Liebe Kinder«, begann er, »ihr habt gehört, dass Frau Landauer von uns gegangen ist. Wir wollen uns ihrer erinnern. Schließt die Augen. Ihr seht sie vor euch. Eine kleine, zierliche Frau mit rehbraunen Augen, schütterem, lila gefärbtem Haar, einer stupsigen Nase, wulstigen Lippen und roten Wangen. Um den Hals ein mit Diamanten besetztes Silberkreuz, darunter angesteckt ein Amulett mit den Bildern ihrer Eltern. Ihr seht ihren Hof auf Lütt Ländchen, ihren Katen auf Feldsteinen gebaut, im Fachwerk Hartbrandziegel und niedliche, farbenfrohe Sprossenfenster. Sie geht ihren letzten Weg. Ihr seht, wie sie ihren letzten Weg in Stiefeln in aller Frühe, noch vor Sonnenaufgang geht, durch den Morgentau von Hügel zu Hügel. Ich bitte euch nun, euch dem Yoga zu widmen und zu meditieren. Werdet eins im Innern!« Lucas sagte es mit einer Selbstverständlichkeit, er wusste, dass sie es inzwischen beherrschten. Er wusste auch, dass es einer fundierten Anleitung bedurfte durch Aramis und

Indira. Beide waren auf ihrer Indienreise einen ganzen Tag in der Schule eines Gurus gewesen.

Am Tag der Beerdigung, einem Sonnabendvormittag, sauste ein feuchtkalter Sturm über die Insel. Das ausgehobene Grab lag im Windschatten, Trauergäste füllten die Kirche. Die Kirche war warm, Manu spielte auf dem Spinett Ballettkompositionen von »Friedrich von Flotow«, dem Lieblingskomponisten der Verstorbenen, der in Teutendorf, Mecklenburg, geboren wurde. Die Trauerrede hielt Pastor Friedjung. »So muss es sein«, flüsterte Sun am Grabe, als der von Peters gebaute Eichensarg von vier Trägern behutsam herabgelassen wurde. Graf Leopold stimmte schweigend durch ein Kopfnicken zu. Er hielt es für unangebracht, in dieser Situation was zu sagen, er wollte es am Montag tun. Am Montag, beim gemeinsamen Malen. Und so kam es, dass Leopold ihn unvermittelt störte. »Kannst du zuhören?«, fragte er so unverhofft, dass Sun glaubte, es handle sich um einen Fehler in seinem Bild. Er hielt inne. »So muss es sein, hast du am Grab geflüstert. Deine Betonung lag auf dem »So«. »Ja, ja, Herr Graf, ich habe geflüstert, es waren meine Gedanken, war ich etwa anmaßend?« »Nein, nein, Sun. Du wolltest zum Ausdruck bringen, dass statt der Streuwiese dort wieder gepflegte Gräber an unsere Vorfahren erinnern sollten, oder?« »Ich sehe das so, Herr Graf. Ich bin ein Anhänger von Konfuzius. Sie zerstören in Deutschland Werte. Sie zerreißen die Bande zwischen Leben und Tod. Sie werfen weg. Unsere wichtigste Aufgabe sei, das Leben zu würdigen. Das habe ich von Ihnen, Herr Graf. Sonst würde ich kein guter Maler werden, sagten Sie mir. Sie sagten mir auch: Gründlich den Tod zu kennen ist der Weisheit letzter Schluss. Obwohl, Herr Graf, entschuldigen Sie, wenn ich das sage: Weisheit letzter Schluss stammt ursprünglich von einem unserer weisen Chinesen und nicht von Goethe. Sie sind es auch, wie Konfuzius, die sagen: Den Tod kennen heißt nicht durch Schädigung der Toten die Toten zu Ruhe bringen. Ich meine: Ihre Gräber sind ein Spiegelbild der Gesellschaft. Streuwiesen erinnern an weggeworfene Säuglinge, Schülermorde, an einen täglichen Tod auf ihren Straßen. Darf ich erinnern an die Götter der Griechen, die Götter der Römer, an die Götter –, ach, Herr Graf, darf ich weitermalen?« »Ja, natürlich, Sun, natürlich –, male deinen Friedhof.« Unterdessen schaute Leopold auf das Bild seines Sohnes. Er wunderte sich, dass er sich nicht an dem Gespräch beteiligte. »Du malst beflissen, mein Sohn!«, forderte er ihn heraus. »Vater, wer eine Reise nach Indien gemacht hat, sitzt auf einem Berg vieler neuer Motive. Schaust du bitte mal auf meinen Elefanten.« »Ach, ein Träger britischer Herrschaften. Bringen der jungen Königin Viktoria Gold und Silber. Gefällt mir, obwohl –, ich meine, ihre Gewehre könnten etwas länger sein.« »Als Ausdruck der Macht, Vater?« »Solltest du es aus diesem Grunde malen, dann denke ich so. Ein interessantes Bild«, fügte er hinzu. »Das Motiv, Vater, fand Indira in einem Fort in Agra.« »So, so, Indira.« »Es soll Silvia bekommen fürs literaturhistorische, geschichtliche Kabinett.« »So, so – wie meine Chinesische Mauer. Komm, schau sie dir an.« »Wow –, Vater, so hast du sie gesehen?« »Ich denke, sie so gesehen zu haben bei klarer Sicht, ruhigem, warmen Wetter und Sonnenschein.« Sohn Leopold nimmt das Bild, aus unterschiedlichen Blickwinkeln betrachtend, in Augenschein. »Was sagt dir die Mauer?«, fragt er seinen Vater. »Nicht viel, mein Sohn. Bei jedem Stein, den ich male, denke ich an ein Haus. Für mich ist sie ein Symbol zwischen Licht und Schatten. Und schaust du über sie hinweg, erkennst du etwas Schlangenförmiges in vier Himmelsrichtungen mit nur einem Kopf, der Gifte speit.

Welchem Herrscher hat je eine Mauer genutzt.« »Hm, Vater, stellst du mir eine philosophische Frage? Ich denke, die alten chinesischen Weisen und Philosophen mit Hirn hatten darauf immer eine Antwort.« »Alles ist eine Frage menschlicher Sinne, mein Sohn.«

Alsbald hingen beide Bilder im Kabinett und weitere folgten. An ihnen wurde Geschichte gemacht, wurden Herrscher verdammt, Tote gezählt und nach Gold und Silber in den Königshäusern gesucht. Wilfried, begünstigt durch einen Urlaub vor Ort, kam alsbald auf neue Ideen für sein Kabinett. Er hatte vom Schrott jedwede Elektronikgeräte, deren er habhaft werden konnte, geholt, sie in ihre Einzelteile zerlegt, um alle mathematischen Größen errechnen zu lassen. Wilfried erklärte den Kindern sein Vorhaben. Karl in seiner aufmerksamen Art bemerkte bei den Kindern Kopfschütteln. »Wie sollen wir jemals über diesen Schrott zur Kommunikation kommen?«, fragte er Wilfried. Wilfried, vom Urlaub noch erholt, reagierte gelassen. »Alle Entwicklungen, mein Freund, frage nach bei den Griechen, kamen über die Mathematik. Und die Mathematik verlangt immer nach Folgerichtigkeit. Wir wollen niemals zum Folgenden schreiten, wenn ihr das Vorhergehende noch nicht beherrscht. Merkt euch! Bevor ihr über einen Graben springt, baut eine Brücke.« »Na gut, Wilfried, das klingt logisch«, antwortete Karl. Allerdings kam er im gleichen Atemzuge auf die Kommunikation zurück. »Ich will nicht nur auf eine Schädeldecke drücken, ich will auf dessen Hirn drücken.« »O, Karl, so dachte ich es mir. Lass dir sagen, dass ich alle notwendigen Verbindungen zwischen mir und der Mathematik, mit Lucas, seiner Physik und Chemie, abgestimmt habe. Er hat sogar einen Satelliten im Raum und eine neue chemische Anlage zur Analyse von Kupfer, Gold und seltener Erden. Karl, ich bewundere deine Leidenschaft. Sie zwingt mich, alle Schüler, aber auch alle aus ihrer Bescheidenheit herauszubringen. Die nächste Stunde in Physik mit Lucas wird, weil alles so leicht begreiflich wird, guttun.«

Schon auf dem Wege in die Pause schauten einige neugierig ins Kabinett. Sie wollten die neuen Computer, Notebooks und natürlich den Satelliten an der Decke sehen. »Ich kann mir vorstellen, wie es funktioniert«, sagte Sun auf dem Schulhof, als er mit Bernd, Karl, Lili und Mareike über die Technik sprach. Karl, der gut zuhören konnte, der aus dem bisschen, was erzählt wurde, mehr machen wollte, ging stillschweigend abseits. Ging seiner Wege. So, wie er es sich zu eigen gemacht hat, ganz allein, mit Daumen und Zeigefinger an der Nasenspitze, aus dem Grundwissen Schlussfolgerungen zu ziehen. Lucas demonstrierte sein gesamtes Kommunikationssystem zwischen Himmel und Erde mittels Lichtstrahlen von Gerät zu Gerät. »Das ist der Tod der Menschheit oder der Menschheit ewiger Friede!«, rief Karl in den Raum. Was er durchdacht hatte, schlug ein wie eine Bombe. Was ihm in wenigen Minuten durch den Kopf gegangen war, hatte Lucas, der in allem nur eine friedliche Nutzung sah, den Kindern in vielen Stunden zu erklären. Und irgendwann, an irgendeinem Tage, ja, aus einer Zufälligkeit heraus, sagte Karl: »Freundschaft und Wahrheit, Lucas, das ist es. Das ist es, was die neue, virtuos gestaltete Informationstechnik der Menschheit bringen kann.« »Nur Freundschaft und Wahrheit, Karl?«, fragte Lucas. »Natürlich liegt in beiden mehr«, antwortete er. »Freundschaft, die echt ist, bei der es nicht um Ausnutzen von Vorteilen geht. Eine Wahrheit, die das Unrecht an den Pranger stellt.« »Auch das wird nicht reichen, Karl: Nenne menschliches Wissen die Fähigkeit, zu denken, zu lernen, zu erkennen, sowie das Vermögen, nach Wahrheit zu streben.«»Mag sein, Lucas. Aber das Vermögen, nach Wahrheit zu streben, finden wir nur bei den Philosophen, das gemeine Volk erkauft sie sich mit dem Gelde.« »Gemeines Volk?« Lucas schien empört zu sein. Er sagte: »Korrupte Herrscher, Banker und Schlitzohren.« So und ähnlich bildete sich zwischen Schüler und Lehrer, zwischen Jungen und Mädchen eine Streitkultur heraus. Sie lernten an konkreten Beispielen visuell zu denken, zu träumen und zu lachen. Karl war bald nicht mehr der King magnificent, Aljoscha, Bernd, Sun, Dantos und Ranga zogen nach. Auch Lili und Mareike hielten mit. Sie mochten seine Art, weniger die anderen Mädchen, Cixi, Indira. Teresa und Irina hörten zwar gerne zu, doch ihre Welt lag in der Schönheit der Natur und Kunst.

Sie erarbeiteten sich einen Jahresplan. Cixi gab ihm die Überschrift:»Vier Jahreszeiten« und bat Sun um seine Meinung.»Ich mag keinen Plan«, antwortete er lapidar, als er ein Auge darauf warf. Cixi reagierte verärgert.»Sun! Ich habe dich um etwas gebeten.«»Und ich habe dir gesagt, dass ich keinen Plan mag, schon gar nicht zu den vier Jahreszeiten.«»Du enttäuschst mich, Sun: Ein Grundwert des Menschseins ist die Fähigkeit, das eigene Leben zu planen.«»Ja, Cixi, und den Herausforderungen des Daseins in freier Entscheidung zu begegnen, wolltest du hinzufügen. Eine praktische Lebensweisheit von Konfuzius.«»Alles Quatsch: Kunst und Natur liegen im Plan der Schule. Was sie uns lehrt, täglich lehrt, bestimmt die Zeit.«»Eben, Sun, dabei bleibt unser Interesse an der Kunst und Natur auf der Strecke. Du hast ja deine Malerei.« »Habe ich, ja, auch die vier Jahreszeiten in meinen Bildern.« »Siehst du, Sun, die sind es, die uns inspirieren und förmlich in die Natur und Kunst ziehen.« Darüber erfreut, nahm er noch einmal den Plan zur Hand, überlegte eine Weile und sagte:

»Macht es so wie ich. Nein, macht es so, wie Graf Leopold es
mir sagte: Bleibe im Winter bei den Tagen des Sommers und
im Herbst bei den Tagen des Frühlings, passend gekleidet, so
findest du übers Jahr die Kunst in der Natur.« »Mit anderen
Worten, Sun, will er sagen, dass wir die Winter- und Herbst-
abende mehr für die Kunst und Natur nutzen sollten.« »Genau
das. Wir sollten uns den vier Jahreszeiten anpassen, würde er
sagen. Nachmittags im Winter wandern, im Herbst Rad fahren
und abends uns der Musik, Malerei und Literatur widmen. So
jedenfalls lebt er mit seinen Kindern. Übrigens reisen sie im
Winter mehr in die Städte, in die Museen, zu Konzerten und
Ausstellungen. Wir sollten uns ihnen anschließen.« »Das
machen wir! – ja, Sun, eine gute Idee. Ich werde gleich morgen
mit Thekla sprechen.« Thekla bat um einen Tag Bedenkzeit.
»Weißt du, Cixi, dein Vorschlag kommt um ein Jahr zu früh.
An Ähnliches hatten wir gedacht, auch schon die Gelder einge-
plant. Aber die Idee, sich der Grafenfamilie anzuschließen,
vorausgesetzt sie möchten das auch, finde ich gut.« Um Thekla
die Bedenkzeit zu erleichtern, dachte Cixi, ihr entgegenkom-
men zu müssen. »Wir können doch, Thekla, – ich meine wegen
der Gelder, – na, wir haben doch Taschengeld.« Cixi sagte es
so niedlich, so bittlich, dass Thekla in einem mütterlichen
Mitgefühl sie in ihre Arme nahm und lange drückte. »Es wird
schon werden«, sagte sie mit weicher Stimme. Ihre Bedenkzeit
bezog sich auf Gespräche mit Wilfried, Manu, Lucas und
Silvia. Wilfried reagierte mit Freude. »Die Kinder wollen
mehr«, war sein Resümee. »Ihr mühevolles Lernen, ihr geistiger Horizont verlangen nach mehr Schönem.« Manu meinte,
dass man die Musik auch in die Abendstunden legen könne.
Lucas sagte zwar, dass die Kinder in ihrer Entwicklung im
Vergleich zum Alter sehr weit wären, dennoch sollte man noch,

wie vereinbart, ein Jahr warten. Silvia stimmte dem Anliegen sofort zu. Sie sagte:»Merkst du, dass die Kinder heranwachsen, psychisch und physisch sehr stabil sind und mehr erleben wollen.«»Frühreif, könnte man sagen, Silvia, natürlich habe ich das gemerkt«, antwortete sie.

Am Abend im Bett hatten sich Cixi und Sun vor dem Gutennachtsagen immer noch etwas mitzuteilen.»Dein Vorschlag, Sun, uns der Grafenfamilie anzuschließen, fand Zustimmung. Würdest du es dem Grafen sagen?«»Nicht dem Grafen, Cixi, der Gräfin«, antwortete Sun empört. Er reckte sich auf, war hellwach und sagte:»Deswegen darf ich doch nicht den Maler ansprechen, geschweige ihn belästigen.«»Dann sage es seinem Sohn oder seiner Tochter.«»Cixi, du hast nichts begriffen. Solche Dinge regelt einzig und allein im ganzen Schloss die Gräfin Franziska.«»Ach so, die Gräfin, Sun. Sie ist ja auch eine Mutter. Und Mütter können das am besten.«»So, Cixi, darfst du das nun auch wieder nicht sagen. Aber in diesem Falle ist das so. Weil der Vater ein großer Maler ist. Und ein großer Maler kann nur malen.«»Nur malen, Sun? Aber er ist doch auch der Vater von Svenja und Aramis. Dann ist er ein Graf in einem Schloss. Dann ist er ein Mensch, dem Felder, Wiesen und Seen gehören.«»Du hast ja recht, Cixi, aber lass mich bitte jetzt schlafen. Morgen bitte ich Thekla, mit der Gräfin zu sprechen, das gehört sich so. Und was sich alles so gehört im Leben, das weiß am besten der Maler. Deswegen hat er auch einen Verwalter, den Josef. Und der ist schlau, wie der Graf. Deswegen ist er der Verwalter geworden und Graf Leopold ein Maler. So, nun denke ich, sollten wir endlich schlafen. Gute Nacht.« »Hm – Sun.«

Und bald machten sie gemeinsame Reisen in die Städte, besuchten Museen, Theater, Konzerte und Ausstellungen. An manchen Winternachmittagen wanderten sie mitunter bis zur Erschöpfung, gleichwohl radelten sie im Herbst. So erkundeten sie ihre schöne Insel mit ihren vielen Kirchen, Schlössern, Gutshöfen und fabelhaft geformten Steinen. Sie fanden Erfüllung und Sinngebung menschlichen Lebens durch Teilhabe an den Grundwerten des Menschseins. Sie bekamen die Fähigkeit, ästhetische Werte wahrzunehmen und sich an der Schönheit von Kunst und Natur zu erfreuen. Sie sorgten für Gesundheit und physische Integrität. Für menschliches Wissen befähigten sie sich, zu denken, zu lernen, zu erkennen, sowie das Vermögen, nach Wahrheit zu streben. Sie stellten sich den Herausforderungen des Daseins in freier Entscheidung zu begegnen. Sie benannten religiöse Bindungen und ewige Freundschaften. Die wohl zu früh kamen, wie, na, sagen wir mal, alle weiblichen, mehr jedoch die mütterlichen Pädagogen aus irgendeinem Grunde befürchteten. Sie befürchteten die Freundschaften zwischen Lili und Bernd, Mareike und Dantos, Teresa und Aljoscha, Indira und Aramis, Irina und Karl, Cixi und Ranga. Sun entwickelte sich zu einem »van Gogh«, befürchteten alle weiblichen, mehr jedoch die mütterlichen Pädagogen.

»Es ist an der Zeit!«, sagte Dr. Leo Fiedler, um über die Pubertät zu sprechen. Auf dieses Gespräch, dessen Zeitpunkt er auf einen Sonntagvormittag in ihre Kirche gelegt hatte, freuten sich nicht nur die Kinder des Waisenhauses. Selbst die Liesel aus der alten Försterei, deren bewundernswerte Backstein-Fachwerkhäuser der Marktwirtschaft zum Opfer fielen, war da. Wohl das erste Mal war sie da in einer Kulturkirche, bei Jesus Christus, Buddha und Konfuzius. Dr. Fiedler begann so:
»Kinder gestalten das Leben
die Jugend die Liebe
die Mütter den Weg.«

Er stand auf der Kanzel, er sprach von einer Kanzel, die Jugend schaute ihn an. »Millionen von Jahren brauchten die Menschen, um über die Tiere im Wasser, dann über die Tiere auf dem Lande zu dem zu werden, was wir heute sind. Das Wertvollste auf dieser Erde. Ihr seid es. Ihr, durch Zeugung eurer Eltern. Und nur ein Leib war es, der aus einer befruchteten Eizelle einen Menschen werden ließ. Der Leib eurer Mutter. Aber auch der Leib eines edlen Mädchens, hat auch die Männerwelt über Jahrtausende: die Herrscher, der Klerus, die Krieger, der Edle, nie zu begreifen vermocht. So bleibt uns nur noch das einundzwanzigste Jahrhundert! Die Pubertät, lateinisch pubertas, was Mannbarkeit heißt, typisch Männerwelt, ist auch eine Pubertät der Mädchen. Erhebt sie zu den höchsten Ehren. Levar ad amplissimos honores evehe. Euch Jungs ermahne ich zu beachten, dass mit der Geschlechtsreife, über deren Merkmale wir im Unterricht gesprochen haben, auch bei den Mädchen sich eine geistig selbstständige Individualität einstellen wird. Wir möchten im Heim keinen Geschlechterkampf, wir möchten gegenseitiges Verständnis. Ihr wisst, was ich zur Menstruation um etwa das zwölfte Lebensjahr und zur Pollution um das 12. bis 14. Lebensjahr gesagt habe. Ich nannte sie eure glückliche Zeit. Eine Zeit normaler geschlechtlicher Triebe und Wünsche, die nach Befriedigung streben. Mit der Endstufe der Sexualentwicklung entpuppt sich in eurem Körper das Bedürfnis, sich seiner Freundin oder seinem Freund mehr zu nähern. Ihr entwickelt aber auch eine andere Gefühlswelt zu Eltern, Lehrern und Umwelt. Solltet ihr plötzlich störrisch, ungnädig, ja undankbar werden, so werden wir es euch verzeihen. Wir wissen, dass eure Stimmungsschwankungen zwischen dem 17. und 20. Lebensjahr umschlagen in einen neuen Weg. »Der Weg ist das Ziel«, sagte Konfuzius. Euer Ziel ist das Abitur, das Zeugnis, wie das Gesetz will. Wir aber wollen mehr: gesunde junge Menschen, allwissende, sich liebende, die einen schmalen Pfad gegangen sind. Den Pfad von einem Waisenhaus auf die Straßen eurer Länder.«

Monate später begann das Pubertätsspektakel im Heim. Lili erschien nicht zum Unterricht. Thekla blickte wie immer morgens in die Augen der Schüler. Karl hielt lange dagegen, wollte, dass Thekla nach Lili frage. Thekla wollte, dass Karl ihr eine Antwort gäbe. Dann sprang Mareike ein: »Lili –, Lili ist krank, sie war heute Nacht bei mir.« Thekla ahnte, was geschehen war. Wieder schaute sie zu Karl. So klein und unsicher hatte sie ihn noch nie gesehen. Aber er antwortete: »Ja, heute Nacht, so in der Frühe, jedenfalls wurde es schon hell draußen, rief sie mich, aber nur einmal, dann sprang sie aus dem Bett, lief ins Bad und einfach raus. Ich hörte, wie sie zu Königs lief. Als sie wiederkam, haben wir nicht miteinander gesprochen.« »Nicht?« »Es war so, Thekla.« »Nein, Karl, es war nicht so, es war anders. Dr. Fiedler sprach von einer glücklichen Zeit, du müsstest über eine glückliche Stunde reden.« »Ja, na ja! Ich dachte schon an ihre erste Regel, aber dann war ich froh, dass sie zu Mareike gegangen ist. Aber jetzt, na ja! Sie ist doch meine Schwester. Wir sind aus einem Fleisch und Blut, werde ich mit ihr über alles reden.« »Trotzdem!«, warf Indira ein. »Ich möchte mich nur einem Mädchen oder einer Frau anvertrauen. Bis ich verheiratet bin. Bis ich weiß, dass ich innig geliebt werde.« »Das will ich auch«, sagte Irina. »Trotzdem müssen wir gemeinsam viel mehr darüber reden«, fügte sie hinzu. »Ich meine, wir Mädchen untereinander und auch mit den Jungs.« Damit waren alle einverstanden. Thekla nutzte die Stunde, um noch viele Unbekannte der weiblichen Chemie ins Englische zu bringen. Es hatte seinen Sinn. Nachdem Mareike noch am gleichen Nachmittag, Dr. Fiedler hatte allen Mädchen ein Heftchen geschenkt, von Zimmer zu Zimmer lief, um über ihre Aura, vergleichsweise mit jenen aus den Fiedler'schen Heften zu berichten, erfuhr sie von gemeinsamen Glücksgefühlen. »Was du mir erzählst, Mareike, und wie du mir deine Symptome beschreibst, haben wir den Vorteil, nicht überrascht zu werden.« Irina reagierte cool: »Meine Vorlagen liegen im Nachttisch, wie Thekla es empfohlen hat. Aljoscha soll davon nichts erfahren.« Teresa hörte genau zu, schmunzelte und sagte: »Carpe diem, Mareike. Genieße den Tag!« Sie liebte die lateinische Sprache, war die beste von drei Schülern. Lateinische Sprichwörter benutzte sie schlagfertig, um etwas zu überspielen.

Cixi empfing sie bei einer Tasse Tee in gemütlicher Runde mit Indira, Sun und Ranga. Sun holte eiligst seinen Schreibtischstuhl und bat Mareike, sich an den runden Tisch zu setzen. »Es ist unsere Tee-Ecke. Cixi wollte keinen Schreibtisch. Ich hole dir sofort eine Tasse, setz dich«, sagte er. »Wir haben uns aus unserer Heimat einen ganz schwachen Tee mitgebracht, auch die Tassen, wie man unschwer erkennen kann, aus gutem Porzellan. Die Chinesen waren doch die ersten, die das Porzellan erfunden haben. Auf dem Kalender dort an der Wand siehst du Mao Zedong. Ich versuche ihn mit zwei Gesichtern zu malen«, fügte er hinzu. »So viel zu China, schön, dass du uns besuchst«, ergänzte Cixi.

Mareike trank einen Tee. Zu ihrem bekanntermaßen ruhigen Wesen fiel sie heute durch Nervosität auf. Sie verschluckte sich. »Was liegt an, Mareike?«, fragte Sun. »Du machst einen unruhigen Eindruck.« »Einen unruhigen Eindruck?«, wollte sie bestätigt wissen. »Könnte es das sein – na ja! worüber wir alle sprechen?«, wollte Irina wissen. »Ihr auch. Doch nicht, bevor ich hereinkam?«»Doch, Irina«, antwortete Sun.»Wir sprechen gerade über die Pubertät, die hormonellen Wirkungen, die genitale Phase, wie es uns Dr. Fiedler gelehrt hat. Cixi fühlte sich hormonell angetrieben, wie sie eben sagte. Indira meinte noch eine innere Ruhe zu haben.«»Ja!«, bestätigte Ranga.»Indira ist, auch wenn sie sich das altindische Lehrbuch der Liebeskunst, das Kamasutra, mitgebracht hat, unverändert angenehm ruhig. Obwohl, sollte ich mich richtig erinnern, hatte der Doktor gesagt, dass wir uns alle gleich, durch den Einfluss des Raumes der Sinne, in die Pubertät begeben werden.«»Das hatte er gesagt«, bestätigte Mareike und fügte hinzu,»dass wir uns austauschen sollten.« So kam der Tag der Tage. Die Jungs hielten zu den Mädchen. Die Lehrer ersetzten den Vater, die Lehrerinnen die Mutter.»Achtet auf die ›Ich-Phase‹, auf das ›Überich‹«, hatte Dr. Fiedler ihnen geraten.»Lasst sie sich finden«, hatte er gesagt.»Lasst sie sich so finden, wie sich einst die Jugend in diesem Teil Deutschlands gefunden hatte. In Liebe, in familiärer Liebe, in heterosexueller Liebe. Denkt an neurotische Fehlentwicklungen, denkt an die Freudschen Theorien«, hatte Dr. Fiedler gesagt. Er war ein guter Arzt. Nach Wochen und Monaten atmeten die Kulmbachs auf.»Ich glaube, wir haben es geschafft«, sagte Thekla eines Morgens zu Wilfried, als sie am Frühstückstisch saßen. Sie legte ihre Hand auf seinen Unterarm. Mit strahlenden Augen schaute sie ihn an, atmete bei geöffnetem Fenster frische Seeluft, den ersten Frühlingsduft der Wälder und Wiesen.»Die Kinder haben ihre Stimmungsschwankungen überwunden«, fügte sie hinzu.»Ich hatte mit ihnen keine Probleme, Thekla, aber Manu meinte, dass ihr der Musikunterricht wieder mehr Spaß mache«, antwortete Wilfried.»Wir haben noch zwei Jahre bis zum Abitur, ich könnte vor Glück weinen, Wilfried.

Gib mir einen Kuss!« Thekla beugte sich über den Tisch, berührte seine Lippen und drückte ihn. Dann saßen sie sich lange gegenüber, nur sonnabends saßen sie sich lange gegenüber, heute waren sie glücklich. »Erinnerst du dich noch an die Nacht deiner Entscheidung, die du mich beim nächtlichen Spaziergang an der Ostsee hast wissen lassen? Du als weit gereiste Dolmetscherin.« »Und du als Banker?« »Siehst du, was in diesen wenigen Jahren aus der Welt geworden ist! Thekla.« »Wohin geht sie?« »Nach Brot! Wilfried, sie geht nach Brot.« »Ich denke an unsere Tochter, ich denke an Enkel. Ich denke an die vielen Waisenkinder auf der Welt, die nicht unsere Seele haben.« »Sie streben nach selbstbewussten, nach neuen Zielen, Thekla.« »Nach neuen Zielen?«, vergewisserte sie sich. »Sollten wir ihnen schon die Themen zum Abitur, zur Erarbeitung der Expertisen geben?« »Sollten wir, Thekla. Es sei nicht zum Schaden.« »Gut, Wilfried, gut, dann lass ich mir die Themen von Silvia, Lucas und Manu geben.« »Und von Dr. Fiedler«, fügte Wilfried hinzu. »Ach ja! Für unsere Lateiner – Teresa will ja Ärztin werden.« »Still!«, rief plötzlich Thekla, »das Telefon? Ja, in deinem Arbeitszimmer? Das kann doch nur, wer sonst am Sonnabendvormittag, der Josef sein.« Wilfried lief, sorgte für Durchzug, alle Fenster schlugen zu. »Die Gräfin Franziska möchte uns dringend sprechen. Gleich, in einer halben Stunde. Sie schien aufgeregt zu sein.« »Gleich! Wilfried, was mag sie wollen? Empfange sie bitte im Wohnzimmer!« Franziska kam in der Tat in einem aufgeregten Zustand. Aber bildhübsch. »Schaut mich bitte nicht so an«, sagte sie bei der Begrüßung. »Ich habe meinem Sohn seit zwei Stunden Modell sitzen müssen, so wie ich aussehe, habe er mich gewollt. Sein Porträt müsse schöner sein als das, welches sein Vater gemalt hat«, fügte sie hinzu.

»Dann hast du …« Franziska unterbrach Thekla, »schon zwei Stunden auf einem Stuhl gesessen!«»Zwei Stunden sah mich mein Sohn an und zwei Stunden sah ich ihn an. Zwei Stunden! Und danach fragte ich ihn, ob er Indira liebe? Dann fragte ich ihn, ob er sich das auch richtig überlegt habe? Ein Mädchen aus Indien mit einer anderen Hautfarbe, einer anderen Kultur, mit einer Beinprothese. Er weinte, er liebt sie. Er liebe sie über alles. Er verstünde nicht, warum ich die Prothese erwähne. Deswegen komme ich.« Thekla schaute nachdenklich auf den Tisch, Wilfried sah ihr tief in die Augen. »Hast du mit deinem Mann darüber gesprochen?«, fragte er. »Nein, das ist zwecklos, er ist ein Maler.« »Er weiß, welche Farben zusammenpassen«, antwortete Thekla. Im gleichen Atemzug fuhr sie fort: »Er weiß auch, schätze ich, dass eine Jugendliebe die schönste ist. Sie zu zerstören, heiße eine Seele zu zerstören.« »Wir, Franziska, wollen keine neurotischen Entwicklungen bei unseren Schülern«, antwortete Wilfried. »Das allerdings will ich auch nicht«, antwortete sie und fügte hinzu, dass sie ihren Sohn, nach seinem Abitur im Sommer, zum Studium nach Oxford schicken werde.« »Na gut, Franziska. Indira hat noch zwei Jahre. Ich denke, dann wird sie zwischen England und Indien entscheiden können.« »Aber sag mal, Gräfin …« Nein, nein, Wilfried, bleibe beim Du, das hat mit der Gräfin nichts zu tun.« »Dann sage mir bitte, da du in der DDR aufgewachsen bist: woher diese Haltung?« »Eben dadurch. Weil ich in der DDR aufgewachsen bin. Weil ich heile, kinderliebende Familien kennengelernt habe. Wir brauchten keine Ausländer, unsere Jugend war für jedwede Arbeit bereit. Ausländer werden immer böses Blut bringen. Und die Nazis marschieren schon wieder! Warum? Sag mir bitte, warum? Weil es ein letztes Mal sein soll? Wie töricht.« Franziska verabschiedete sich, sie sah noch immer hübsch aus. Thekla standen Tränen in den Augen. Wilfried öffnete ein Fenster, brummelte irgendetwas, schaute auf die Ostsee, in den Himmel, schloss die Augen und fragte: »Wie würdest du dich verhalten, wäre es deine Tochter?« »Omnia vincit amor, Wilfried.« »Alles bezwingt die Liebe. Klug, wie du das sagst, Thekla. Wir werden ihr eine gute Mutter und ein guter Vater sein.«

Und in Thekla fand sie eine Vertraute, eine Freundin. Jede Freizeit nutzte sie, um mit Christin zu spielen, um mit Thekla wenigstens ein Minütchen zu plaudern. Thekla verriet ihr so manche Erfahrung aus ihrer Jugendliebe: »Verhalte dich stets so natürlich, wie du bist«, riet sie ihr. »Glänze durch gute Leistung bei gemeinsamer Musik, eigne dir Farbenspiele aus der Malerei an, sei gepflegt und wählerisch in deiner Wortwahl. Sei auch mal cool, einfach mal cool. Franziska ist eine gute Mutter und Gräfin.« So und ähnlich verliefen ihre Begegnungen. Am Tage des achtzehnten Geburtstages von Aramis, vier Wochen vor dem Abiturball, sechs Wochen vor seiner Reise nach England und übermorgen, ihrem sechzehnten Geburtstag, stand sie kopf. Richtig krumm gebeugt, mit dem Kopf im Kopfkissen, worüber Ranga, als er aufstand, laut lachte. »Das Kopfkissen ist der beste Ratgeber, sagt ein Sprichwort, woran denkst du?« »An heute, an übermorgen, an dann –, dann –.« »Steh auf! Wasch dich, zum Geburtstag geht's erst heute Nachmittag. Mich wundert's, dass sie uns alle eingeladen haben. Bringst du deinem Grafensöhnchen ein Ständchen auf der Geige?«, fragte er zynisch. »Bringe ich, mit Josef am Klavier und Svenja.« »Dacht ich mir. Gucke aber bitte nicht nur auf die Noten! Spielst du im Sari oder im edlen deutschen Kostüm?« Ihre Antwort war kurz: »Weder noch.« Sie stand auf, hatte sich gefangen, trat ihrem Bruder cool entgegen und sagte energisch: »Foppe mich nicht!« Zum Unterricht hatte sie sich vorgenommen, konzentriert mitzuarbeiten. Sie durfte heute keine Schwäche zeigen, ging ihr auch am Nachmittag so durch den Kopf. Sie schenkte Aramis einen Strauß bunter Feld-Wald- und Wiesenblumen und ein Liebespärchen aus Bucheckern. »Die Blumen für ein Stillleben, die Bucheckern zur ewigen Erinnerung an eine Buche«, sagte sie, bevor Aramis sie drückte. Dann setzte sie sich zwischen Thekla und Christin. Thekla neigte sich ihr zu, holte eine Hand auf ihren Schoß und sagte leise: »Spiele ohne Noten, du bist perfekt, so findest du Blicke zum Vater und Sohn. Nur ein Tanz war nach der Kaffeetafel aus Zeitgründen noch möglich, es war ein Wochentag. Aramis kam. Sie tanzten irgendwas. Du musst cool bleiben, sagte sie sich, musst dich führen lassen, Haltung zeigen, auf Distanz bleiben und nur nicht ungeschickt auffallen. »Danke, Irina«, sagte Aramis nach dem Tanz mit weicher Stimme. Er drückte sie vor ihrem Platz ein wenig an sich, wohl wissend, dass seine Mutter ihn beobachtete. Dann rückte er für Irina den Stuhl zurecht und verabschiedete sich mit den Worten: »Bis übermorgen!«

Übermorgen fiel auf einen Sonnabend. Indira schlief noch, als es an der Tür klopfte. »Noch zu früh!«, rief Ranga, er dachte an das übliche Procedere zu Geburtstagen. Um neun Uhr öffnete Indira. Sie hatte sich leger gekleidet, trug Bluejeans, einen weißen Blazer und Perlenschmuck. Aramis stand vor der Tür, etwas genierlich, in beiden Händen ein Bild. Es war das erste Mal, dass er sich so weit bis vor ihre Tür gewagt hat. Indira, völlig überrascht, vom Glück erfüllt, warf sich ihm um den Hals. »Jetzt kannst du reinkommen!«, rief Ranga. Beide Bilder von der Größe eines normalen Buches in einem Goldrahmen sollten ihre Geschenke an Aramis unvergesslich machen. »Die

Grundrisse sind von meinem Vater, Indira, die Farben von mir. Du möchtest dir die Bucheckern über deinen Schreibtisch hängen, das Stillleben in die Mitte der Stube«, sagte er. »Er lässt dich herzlich grüßen und erwähnte lobend dein charmantes Geigenspiel zu meinem Geburtstag. Dann sagte er, dass ich den ganzen Tag bei dir bleiben dürfe, müsse aber wenigstens ein Bild malen.« Den Vormittag erlebte Aramis im Kreise aller Heimgratulanten bei viel Musik, Rezitationen und familiärer Güte. Am Nachmittag dann radelten sie zu zweit zu ihrem Hain der Hainbuchen und wilden Kirschen. In einem Anfall von Freude, sie hatten ihre Räder gerade ins Gras fallen lassen, umarmte Aramis Indira, um stehenden Fußes einen Dreh ins Gras zu machen. Indira schrie plötzlich laut vor Schmerzen und sank zusammen. Aramis flehte um Verzeihung. »Das Bein –, das hohe Gras –, o nein, wie konnte ich nur!« – Schnell rollte er eine Decke aus, half ihr, sich darauf zu setzen und die Bluejeans auszuziehen. Er zitterte, schaute auf ihr Knie, auf die Prothese, bat sie den Unterschenkel leicht zu bewegen, mied das Wort Prothese, suchte in ihren Blicken eine Antwort und atmete auf, als sie sagte: »Schon besser, schon besser«, wiederholte sie. Dann streckte sie ihm die Arme entgegen, zog ihn an sich heran, um ihn zu drücken. So saßen sie lange zusammen, sprachen über das Missgeschick und über das, was alles hätte geschehen können. »In diesem Moment habe ich überhaupt nicht an die Prothese gedacht«, entschuldigte sich Aramis. »Nein, Aramis, ich habe nicht ans hohe Gras gedacht«, entgegnete sie doch etwas traurig gestimmt. Sie saßen aneinandergekauert, hielten Händchen, schwiegen. Indira wirkte nachdenklich. Dann blickte sie in seine Augen und fragte: »Hilfst du mir die Prothese vom Stumpf abzuziehen?« Es geschah wegen eines Gedankens, ihn zum Nachdenken zu bringen, dass sie eine Behinderte sei. Doch er machte das sehr fürsorglich, schaute auf ihren Stumpf, glitt mit der Hand übers Knie, näherte sich mit seinem Oberkörper ihren Beinen und legte sein Gesicht auf das Amputierte. Indira glaubte in diesem Moment, in Aramis ein gutes Herz erkannt zu haben. Sie war glücklich, ging mit ihren filigranen Fingern durch sein Haar, ließ sie auf seinen Schläfen liegen, um schließlich bis zu seinem Herzen vorzudringen. »Aramis«, sagte sie leise, »hörst du die Sperlinge im Kornfeld und das Gurren der Tauben im Wald? Ach! – es ist mein schönster Geburtstag!«

Und was folgte, lag zwischen dem Himmlischen und Irdischen. Aramis hatte sein Abitur mit »sehr gut« gemacht, Indira hatte noch wochenlang für gute Zensuren zu lernen. Thekla achtete darauf. Als sie merkte, dass Indira unter den Mädchen zu einer Art Königin unter Bienen avancierte, durch ihre Liebe zu einem Grafensohn und ihrem »Kamasutra« in der Schublade, bat sie Dr. Fiedler um mehr Aufklärung. Gleichzeitig riet sie Indira zu mehr Yoga und Aramis zu weniger Besuchszeiten. Alles geschah, jedoch der Bienenschwarm blieb. Aber auch ihre guten Leistungen in der Schule, in der Musik, im Malen, in allem. »Die Kinder sind eben erwachsen«, sagte Leo zu Thekla, als sie Befürchtungen über Schwangerschaften hegte. »Dann hätten wir wirklich ein großes Problem«, antwortete er. »Dann lass mich – nein, lass uns beide –, ach! Ganz anders: Ich hole meinen Freund, den Gynäkologen Kohlhas, dazu. Wer sollte es besser können als er?« Kohlhas sagte zu und alsbald trafen sie sich alle im kleinen Wäldchen am runden Tisch. Der Frühling war da, die Schmetterlinge und allerlei gynäkologisches Zeug. Kohlhas war eine Erscheinung von mittlerem Alter. Wohl 1,80 Meter groß, mager, schon leicht gebräunt. Er beeindruckte durch sein bescheidenes, höfliches

Auftreten, gab jedem seine weiche Hand, lächelte und zog durch sein gutes Aussehen, sein spitz geformtes Gesicht, seine braunen Augen mit den wulstigen Augenbrauen und dem glatt gekämmten blonden Haar die Blicke der Mädchen auf sich. »Ein schicker Mann«, flüsterte Mareike zu Lili, »zu dem könnte man Vertrauen haben.« »Mal sehen, was er uns zu sagen hat«, antwortete Lili. Und schon begann er: »Nichts ist schlimmer, als unvorbereitet in die sexistische westliche Welt einzutreten. Bleibt ihr in eurer Welt. Genießt das Gemeinsame, ertastet das Schöne, erhört die Stimme des anderen, beschnuppert euch, liebkost, aber …, lernt euch zu beherrschen. Jugendliebe braucht Zeit, erst in der Zeit liegt wahre Liebe.« Was er sagte, schien bei den Mädchen angekommen zu sein. Es gab eine Weile des Schweigens. Sie blickten einander an. Wirkten nachdenklich, als unvermittelt Karl den Reigen vieler Fragen und Antworten eröffnete. »Was ist mehr als eine Selbstbefriedigung?«, fragte er so selbstverständlich und plump, dass alle im ersten Moment zusammenzuckten. Aber sie hatten ja einen Gynäkologen am Tisch. »Die echte Liebe, Karl, die echte, schöne Liebe«, antwortete Kohlhas. »Die Selbstbefriedigung«, fügte er hinzu, »gibt jedem nur die Fähigkeit, sich in das geliebte Wesen hineinzudenken und hineinzufühlen. Zur echten Liebe gehört die erotische und die sexuelle Hingabe.« Das Wort Hingabe schien Indira nicht zu wollen. »Ich würde nur von Liebe sprechen«, sagte sie. »Aber Hingabe Indira«, antwortete Thekla, »kann auch nach überwältigtem Liebreiz geschehen.« »Dann ist's passiert!«, lachte Dantos, »dann gibt's ein Kind.« »Dann kommen sie, wie Dr. Fiedler uns in seinen Filmen zeigte: die vielen kleinen Spermien mit einem Kern im Kopf, einem Mittelstück und einem Schwanze und jagen wie verrückt aufs Ei der Frau«, raste Bernd, ohne Luft zu holen, runter. Es erheiterte. Gleichwohl stieß Mareike Irina an und flüsterte ihr zu:»Jetzt kommt bestimmt ein entscheidender Kommentar dazu.« Er kam! Er kam von Dr. Fiedler.»Solltet ihr, ihr Jungs und Mädchen, auch nur einmal den geringsten Verdacht haben, so dürft ihr euch jederzeit bei uns oder Dr. Kohlhas melden.«»Wir melden uns alle!«, rief Karl.»Irgendwann. Denn der Wortstamm Hingabe beinhaltet so viele verführerische Wörter wie: hingabefähig, hingebungsvoll, hingerissen, hinhalten, hinhängen oder hinhauen.« Damit brachte er mal wieder alle in lockere Abschlussgespräche.

Kapitel XIV

Indira schlief schon, als Ranga sehr spät von der Radtour zurückkam. Er warf einen kurzen Blick auf ihr Gesicht, das sich zur Hälfte ins Kopfkissen gebohrt hatte. Sie müsse sehr tief schlafen, dachte er sich, sonst hätte sie sich bemerkbar gemacht, da sie sonst immer auf ihn wartete. Und da sie immer auf ihn wartete, er es so gewohnt war, vor dem Gutennacht-sagen noch zu quatschen, fehlte ihm was. Er verhielt sich wie ein Trottel. Zog sich ungebührlich laut aus, polterte im Bad, blickte noch einmal auf ihr Gesicht, wollte an ihren Haaren ziehen, besann sich und ging endlich schlafen. Doch um Mitternacht hörte er sie ins Bad gehen, spitzte die Ohren, hörte sie zurückkommen, wollte ihr was sagen, besann sich und schlief wieder ein. Am frühen Morgen bei völliger Ruhe im Haus, erwachte Indira wonnevoll. Sie vermochte sich mit einer Leichtigkeit zu recken, glitt mit den Händen unter ihr Nacht-hemd, um sie auf ihre Oberschenkel zu drücken. Wider alle Gewohnheit war sie die Erste im Bad. Sie kam nicht umhin zu glauben, dass Thekla noch vor Beginn des Tages an die Tür klopfen würde. Sie klopfte! Sie klopfte so laut, dass nunmehr Ranga hätte reagieren müssen, aber Ranga schlief tief und fest. Schließlich öffnete Indira. Zwei Frauen standen sich gegen-über. Zwei Frauen. Aus ihrer beider Mimik heraus entwickelte sich abseits ein mütterliches, aber auch ein Gespräch unter Freundinnen. Im folgenden Unterricht hatte Thekla keine neuen Vokabeln aus dem Nähkästchen zu bringen. Es wurde ein schöner Tag. Erst in den nächsten Tagen, als Indira ihren ersten Brief von Aramis erhielt, rückten die Mädchen mehr zusammen. »Erzähle uns, was und wie er geschrieben hat!«, bat Mareike. Indira verhielt sich genierlich, »darüber zu reden, ziemt sich nicht«, gab sie zur Antwort. »Aber wenn es sich nicht zieme, Indira, dann hast du etwas zu verschweigen«, sagte Lili. »Das merkt man doch, Indira. Ich jedenfalls habe gemerkt, dass du dich anders verhältst. Fröhlicher, lockerer, sehr eifrig im Unterricht«, fügte Teresa hinzu. Teresas Einschätzung kam an. »Na gut«, antwortete Indira. »Ich werde nie etwas über Aramis sagen ...« »Ach! Weil er ein Grafensohn ist?«, unterbrach sie Lili. Indira holte tief Luft. Dann beendete sie ihren Satz mit den Worten, dass sie nie etwas über Aramis sagen werde. Bis Weihnachten bekam sie jede Woche einen Brief und jede Woche schauten sie neidisch auf Indira. Sie hatte ihren Stolz. Aramis schickte ihr ein Bild. »Schau mich genau an!«, schrieb er. »So sehe ich aus, wenn ich in Stralsund aus dem Zug steige. Du kommst doch nach Stralsund? Ich trage dieselbe Pelzmütze, denselben Lammfellmantel und wahrscheinlich die gleichen Stiefel. Ich beschreibe dir so mein Äußeres, mein Inneres ist unbeschreibbar. Sollte es sehr kalt sein, habe ich die Pelzmütze über die Ohren gezogen. Du musst mich unbedingt auf Anhieb erkennen, zwischen uns darf es immer nur einen ersten Blick geben. Bedenke auch du bei der Wahl deiner Kleidung den äußerst kalten Winter mit dem vielen Schnee. Bedenke auch, dass mich meine Eltern, ich vermute mit Josef und der Kutsche, wegen des hohen Schnees am kleinen Bahnhof abholen werden. Und bedenke, dass du, ich mag es gar nicht sagen, noch die drei Stationen allein zu fahren hast. Bedenke, auf wessen Weg wir beide dann gefahren sind.«

Am zweiten Weihnachtstag, Schneewehen türmten meterhohe Berge auf, klirrender Frost bildete in ihnen einen kristallinen, verharschten Schnee. »Da müssen wir durch!«, sagte Lucas am Morgen vor dem Waisenhaus und gleichwohl Josef in einer Kutsche vor dem Schloss. Alle erreichten pünktlich die Kirche zum gemeinsamen Weihnachtskonzert. Die Grafenfamilie bat Thekla und Wilfried an ihren Tisch, als Josef bereits auf der Orgel spielte. Sie gaben ihnen Zeit, sich gegenseitig zu betrachten und unauffällige Blicke auf den einen und den anderen zu werfen. Thekla prüfte Aramis. Er hat sich verändert, dachte sie. Er ist männlicher geworden, hübscher, sehr elegant gekleidet, fiel ihr auf. Sie spürte, wie erhaben die Gräfin sich fühlt, jetzt an der Seite ihres großartigen Sohnes, eines Oxforder Studenten, der niemals Indira zu lieben hat. Und während Thekla das alles so durch den Kopf ging und sie dem Orgelspiel lauschte, bemerkte sie gegenseitige Blicke zwischen Aramis und Indira. Dann bemerkte sie, wie er in das Programmheftchen blickte, mit dem Kopf schüttelte und möglicherweise eine Diskrepanz zwischen Josefs Spiel und dem Angekündigten erkannte. Er flüsterte mit seinem Vater. »Das ist nicht Mozart«, hörte sie. Sein Vater horchte genau, hob einen Zeigefinger: »Jetzt! – jetzt kommt er«, Josef hatte improvisiert, war so seine Art. »Hörst du den Mozart? Unverkennbar seine Missa solemnis, seine Waisenhausmesse, die meinst du doch.« »Die meine ich«, und wieder blickte er zu Indira. »Danach spiele ich in Gedenken an Frau Landauer auf dem Spinett«, flüsterte er seiner Mutter. Er spielte ihre Melodien, die einmal um die Insel gingen, in allen Kirchen und Schulen gesungen wurden. Mit seiner eigenen Vertonung eines der schönsten Gedichte über »Lütt Ländchen« leitete er über zum kleinen Orchester und Chor. Sun bat anschließend Aramis in den Kreis aller Schüler. »Du musst über Oxford erzählen«, sagte er. Und schon rückten alle zusammen zu einer Traube. Aramis fühlte sich geehrt,

bekam ein Glas Glühwein, genoss die romantische Atmosphäre im Lichterschein vieler kleiner und großer Kerzen in der warmen Kirche. »Ich kenne nunmehr, mit Oxford, zwei Lehranstalten: Oxford ist die eine, die andere ist die jener Waisenkinder von Kulmbachs. Ich lerne auf einer großen Insel, ihr auf einer kleinen. Ihr habt täglich um euch Mütter und Väter, wir noch alte verkrustete Zöpfe. Ihr lernt an konkreten Beispielen, wir schweben über den Wolken. Alles ist Drill, ist Hochmut, ist stupide und sui generis (von eigener Art).«
»Horch, horch!«, rief Karl. »Gibt es hinter der Universität nicht einen schönen Park mit einem Fluss?«, fragte er. »Ja, Karl, gibt es, warum fragst du?«, wollte Aramis wissen. »Es ist ein Fluss, der ewig fließt?«, hakte er nach. »Ja, Karl.« »Dann erübrigt sich alle Kritik zu einer Universität, da doch alles fließt und alles ist nur eine Frage der Zeit«, behauptete er und ging zu Herrn Peters. Es entstand eine Pause. Dann aber stellten jene Mädchen, die ihn am meisten verehrten, Fragen um Fragen. Schlussendlich war es die Grafenfamilie, die sich anschickte, den schönen Tag zu beenden. »Ihr habt uns eine große Freude bereitet«, sagte die Gräfin zum Abschied. Dann überlegte sie eine Weile, flüsterte mit Leopold und fügte hinzu: »Solltet ihr euch morgen noch einmal treffen wollen, ihr seid jederzeit herzlich willkommen im Schloss.« »Nein, Mutter, entschuldige, ich, – ich wollte, da wir eine sonderbare Winterlandschaft haben, dachte ich an eine längere Wanderung. Indira und ich.« Die Gräfin reagierte mit Unverständnis. »Indira und du?«, fragte sie. Dann sah sie Leopold an, blickte auf die Kulmbachs, blickte auffallend auf Indiras Beine und wartete auf eine Reaktion. »Du blicktest auf Indiras Beine, Mutter. Sie trägt keine Prothese, sie kann tanzen, springen und durch den tiefsten Schnee gehen.« Indira schaute schüchtern auf den Boden.

»Ich weiß nicht, Leopold, sag du was«, antwortete die Gräfin. »Ach, ich soll was sagen. Ich, meinem achtzehnjährigen Sohn, so von Mann zu Mann. Ich, meinem Sohn, der allein nach Oxford findet, dem soll ich sagen, dass er wandern darf. Nein, Franziska, das allein hat er zu entscheiden.« Das war deutlich. Zu deutlich, dachte Thekla. Diesmal hatte sie das Gefühl, es wäre besser gewesen, Graf Leopold hätte Nein gesagt. »Es ist unklug von euch, Indira, die Möglichkeit, uns im Schloss zu treffen, zunichtezumachen«, sagte Ranga vor dem Zubettgehen. Du wirst dir bei der Kälte die Nase abfrieren. Zieh dich wenigstens warm an, morgen. Alle Thermosachen, die du hast, okay!«»Okay«, antwortete Indira schon halb im Schlaf. Am Morgen tobte ein eisiger Nordostwind. Er pfiff durch Fenster und Türen hindurch, weckte so manchen Schlafenden. Indira und Ranga standen auf.»Mich schauert, es gruselt mich, Ranga, hörst du, wie die Balkone klappern, der Teufel ist los.«»Ich höre mehr, ich höre eine innere Stimme, Indira. Ihr könnt heute nicht wandern und wir, es sei denn, das Wetter ändere sich noch bis zum Mittag, schaffen es nicht bis zum Schloss. Sollte Aramis dennoch kommen, Indira, ich werde euch nicht stören, ich gehe zum Schachspiel.« Gleich nach dem Frühstück einigten sich die Jungs auf einen Wettkampf gegen Lucas und Herrn Peters. Peters scheute weder Schnee noch Sturm noch Kälte. Er kannte die Insel. Er stand plötzlich vermummt, unvermittelt, in warmer Fischerkleidung im Clubraum.»Ich dachte mir, dass ihr heute Schach spielt bei diesem Wetter«, sagte er feuchtfröhlich. In der Hand hielt er einen Kräuterlikör. »Ich habe den Hochuferweg genommen«, antwortete er Ranga, als er wissen wollte, wie er hergekommen sei.»Bei diesem Wetter gäbe es keinen besseren Weg als den in halber Uferhöhe. Er bietet Schutz zwischen den Buchen und Eschen, er bietet einen bezaubernden Blick in das fantasievolle Sturmgeheule. Das ist mein Weg. Und jetzt will ich Großmeister im Schach werden«, lachte er. Wider Erwarten stand Aramis in der Tür. Er hatte alles mitgehört. In einer pompösen Winterkleidung erregte er Aufsehen. »Spielst du gegen mich?«, fragte Peters. Aramis zögerte eine Weile. Dann ging er auf ihn zu, legte seine warmen Sachen ab: »Wenn ich gewinne, dann nur im Spiel.« Und er gewann. Und da er gewonnen hatte, sich nervenstark fühlte, schnappte er sich Indira, um den gleichen Weg zu gehen, den Herr Peters so reizvoll beschrieben hatte. »Bis zum Ufer«, sagte er, »gehst du hinter mir. Ich gehe in kleinen Schritten, sodass du meinen Fußstapfen folgen kannst. Bis zum Uferweg hinunter, klammere dich an mich. Achte auf die Baumwurzeln, mache keinen unüberlegten Schritt.« Alles lief, wie gesagt. Auf dem Weg angekommen, fühlten sie sich sicher. Sie sahen weit hinein in den Buchenhain, überblickten den Pfad, lauschten dem Sturm, der sie im Windschatten nicht berührte. Sie standen da und umarmten sich. »Ich bin glücklich«, sagte Indira, als Aramis sie küsste. So wanderten sie. Bewunderten einen Baum, der Ast gegabelt einen herabgestürzten aufhielt, bewunderten Tannen und Buchen eng beieinander, das Gruselige und Märchenhafte. Plötzlich drückte sich Indira ganz fest an Aramis, sie blieben stehen. »Da steht einer!«, rief sie leise. »Dort rechts, schau auf den riesigen, verknorpelten Baum! Dahinter steht er, in Schwarz, ganz in Schwarz.« Indira und Aramis standen wie angewurzelt. »Das ist kein Mensch«, sagte er verhalten. »Der rührt sich nicht, der rührt sich doch überhaupt nicht, komm! Komm ein Stück zur Seite. Siehst du jetzt, dass es kein Mensch ist, nein, das war einmal ein Baum. Komm, wir werden ihn genauer ansehen, Schreckgespenster muss man für immer vergessen.« Dann erklärte Aramis ihr den noch etwa drei Meter hohen Stamm, der verfault war, der dunkel aussah, weil es eine wilde Kirsche war und so bei diesem trüben Wetter ähnliche Märchenfiguren entstünden. Sie gingen weiter, kamen an einer Dachshöhle vorbei, an einem Fuchsbau, an Schluchten und reißenden Quellen. Als Aramis den Schwanenstein durch die Bäume hindurch im Wasser entdeckte, blieben sie stehen. »Der Schwanenstein!«, rief er vor Begeisterung, ihn wiedergefunden zu haben. »Siehst du ihn, das ist der größte hier, das ist er, den mein Vater gemalt hat, den er einen Riesen nannte, eine Masse. Die, wie sagte er, fest verankert in der Erde, wie eine Form, die einem Schwane gleicht, oder doch einer Glocke von Schiller? Ja, so sprach er mit mir, so prüfte er mein Wissen, so regte er mich täglich zum Nachdenken an. An was würdest du denken, wenn du ihn siehst?« »Dann müssten wir näher herangehen, Aramis.« Um ihren Wunsch zu erfüllen, gingen sie aus dem geschützten Ufer heraus in den Wind, auf einen zugefrorenen, mit Schnee bedeckten Rand der Ostsee. »So wie ich ihn jetzt sehe, Aramis, möchte ich an den Frühling denken.« »Ach! Mein Sohn, würde mein Vater darauf sagen, vom Eise befreit sind Strom und Bäche …« »…durch des Frühlings holden Blick, Aramis, so dachte ich eben, mit dir und nur mit dir und nicht mit Goethe und Schiller«, lachte sie.

Sie wagten sich weit hinaus. Schritt für Schritt. »Schau mal über den Stein zum Horizont! Aramis, auf dem Wasser tut sich was.« »Dunkle Wolken, Indira, vielleicht ein Schneesturm.« »Ein Schneesturm? Aramis. Wir sollten schnell zurück.« Dann, als sie zurückkehrten, erkannten sie, dass sich das Eis, auf dem sie standen, großflächig gelöst haben musste. Sie trieben aufs offene Meer, nahmen sich bei der Hand und rannten. Doch zu spät, ein Sprung wäre ein Sprung ins Wasser gewesen. »Mein Tadsch Mahal!« rief Indira in ihrer Angst. »Um Himmels willen!«, rief Aramis, von Blässe gezeichnet. »Der Schwan, Indira, der Schwan wird uns aufhalten.« Der Schneesturm peitschte über die Ostsee, er kam wie in einem Orkan heran, er hüllte beide ein, zog und schob sie. Noch zwanzig Meter bis zum Stein, gruselig, kalt, noch zehn Meter. »Gleich, Indira, gleich«, tröstete Aramis. Nur nicht auseinanderbrechen, dachte er. »Wir müssen da rauf, Indira, der Sturm, der Schnee.« Die Scholle hielt, als sie gegen den Stein stieß, und beide bekletterten seinen mit klumpigem, gefrorenem Schnee bedeckten Rücken. Indira kauerte sich an Aramis, sie fror. »Mein Tadsch Mahal«, wimmerte sie. Und als rundherum der Schneesturm für trübes Wetter sorgte, die Sicht zum Ufer im Dunkeln ihr Ende zu finden schien, packte Aramis Angst und Bange. Er rief um Hilfe. Aus seinem Ruf wurden Schreie. Die Nacht brach herein. »Indira«, weinte er. Seine Rufe ans Ufer brachten keine Widerhalle mehr, seine Stimmbänder versagten, in eisiger Kälte und finsterer Nacht starben sie. Ihre Körper erfroren zu einem Eisklumpen, der, am Schwanenstein angefroren, die ganze Nacht ihm gehörte. Bis in den Vormittag hielt er sie fest. Dann in der Frühe, als Fischer Peplow bei ruhigem Wetter nach seinen Booten schaute und flüchtig über die Steine schaute, ihm des Schwanenstein Eisfiguren gefielen, ging er nichts ahnend zurück. Erst bei seiner Hedwig, die ihm das Frühstück machte, hatte er die Figuren wieder vor sich. »Nee«, brummelte er sich in den Bart, »ik glöw, dee Schwanenstein, dee Figuren daran sind wat anners.« Stunden später war er mit Sohn Erik, einem Eisschlitten, Leitern und Spitzhacke vor Ort. »Vater!«, rief Erik, »das sind Kinder. Eingefrorene Kinder. Wir müssen den Doktor holen.« Peplow reagierte, wie ein Fischer zu reagieren gewohnt war. »Den Doktor?«, fragte er schroff. »Die Kinder befinden sich auf dem Wasser und das Wasser gehört uns. Wir müssen sie vom Eis befreien.«»Wie, Vater?«»Wie! Wie! Zertrümmere es auf dem Stein, aber verletze sie nicht. Wir lassen sie aneinandergefroren, so holen wir sie auf den Schlitten.« Unterdessen standen Peters und Graf Leopold auf dem Hochuferweg, sprachlos, geschockt. Peters kannte gefrorene Leichen aus dem Zweiten Weltkrieg, Leopold malte nie den Tod. Sie gingen auf der Kinder Spuren ein letztes Mal. Die Fischer brachten sie eingehüllt in eine Plane mit Pferd und Wagen in die Schlosskapelle. Sie lag aus Felssteinen gemauert über dem Grab des Ritters. Und unter dessen Grab floss ein kleiner Bach, dessen Wasser aus einer Quelle im Park in den Bodden floss. Die Kapelle stand im guten Licht durch jeweils zwei zu beiden Seiten eingebaute gotische Fenster. In ihren spitzförmig gestalteten Bögen befanden sich Fensterrosen im Flamboyantstil, die durch senkrecht gegliederte schmale, Steinarme, Stabwerke getragen wurden. Josef, der über das Schicksal der Kinder informiert worden war, der seine Mutter, Anna Gau, informierte, sah herab, als gerade Pferd und Wagen sich der Kapelle näherten. Eigentlich hätte er mit dem Schlüssel längst laufen müssen. Er stand wie erstarrt. Er erinnerte sich an seine Kindheit. Wie er von einem Baum, von einem Pferd, aus einem Boot gefallen war, das aber ... Er lief hinunter, schloss auf, half und zündete die Kerzen an. Die Kinder hockten noch in ihrem Eisklumpen. Bald kamen Anna Gau mit der Grafenfamilie, Dr. Fiedler mit den Kulmbachs, Pastor Friedjung und Herr Peters. Das Eis begann zu schmelzen. Die Kinder schienen noch einmal zu erwachen. Ihre Gesichter zeigten sich rosarot, ihre Haare kräuselten sich, Hände und Beine gerieten in Bewegung. »Alles fließt«, flüsterte Josef zu Peters. »Baust du uns bis heute Abend einen Sarg?«, fragte er. Peters, beim Anblick der Kinder überaus in seine Gedanken vertieft, drehte sich Josef zu und blickte ihn mit halbwegs zugekniffenen Augen an. »Ein Sarg für zwei, bis heute Abend? Josef? Das fragst du jetzt!«»O, Verzeihung, Adam, ich …«»Schon gut, heute Abend ist er hier.« Nach einer Weile, mit Tränen in den Augen und in Gedanken an einen schönen Sarg, brach Peters auf. Am Abend lagen die Kinder in bester Kleidung aufgebahrt im Sarg. Alle waren gekommen. Ranga, dessen Mitgefühl zu Svenja so groß gewesen sein muss, wollte nur bei ihr sein. Zur Andacht sprachen Pastor Friedjung und Lucas. Zum Schluss seiner Predigt: »Schaut sie euch an, heute und morgen den ganzen Tag. Und sagt ihnen heute gute Nacht und morgen Auf Wiedersehen.« Und Lucas sagte zum Schluss: »Wir geben sie morgen in die Gruft und in dreißig oder fünfzig Jahren, werden sie aus ihren Knochengenen heraus neu erwachen können.« Lucas wollte trösten. Bis in die Nacht hinein suchte er, gemeinsam mit dem Kollegium, mit Dr. Fiedler und dem Grafen nach Wegen, alle vor einem längeren psychischen Trauma zu bewahren. Zunächst aber, wie könnte es anders sein, ging es um den Weg, den die Kinder gegangen sind. Graf Leopold bezeichnete ihn als ihren Schicksalsweg. Alle sahen es so und atmeten auf, weil gerade der Vater seines Sohnes es sagte. Obwohl Lucas auch andere Gedanken hegte. Wir haben doch, dachte er, die Kinder nur an konkreten Beispielen in der Physik, Mathematik und Chemie so ausgebildet, dass sie sicheren Weges hätten gehen können. Die Fischer, dachte er, werden sagen: Kinder! Das hättet ihr erkennen müssen, dass das Eis den Schnee nicht mag, dass der Sturm für andere Störungen sorgt und dass man auch wegen der Liebe nie den Helden spielen darf. Aber gut, gut, dass Leopold es so gesagt hatte. Lucas bat Dr. Fiedler um eine Meinung: »Na ja«, begann er. »Da gibt es jüngere und ältere Menschen. Alle haben eine Seele oder

Psyche, einen Geist, Verstand und ein Bewusstsein. Aristoteles bezeichnet die Seele als das gestaltende Prinzip des Leibes. Durch Empfindungen und Bewusstseinsvorgänge über das zentrale Nervensystem. Aber das wisst ihr ja. So müssen wir darauf achten, dass bei keinem, vor allem nicht bei Svenja und Ranga, seelische Störungen zurückbleiben.« »Das ist leicht gesagt, Leo«, antwortete der Graf. Dem entgegnete sofort der Doktor etwas entsetzt: »Du hast Bedenken? Haben wir nicht von dir, dass positives oder negatives Denken unser ganzes Sein beeinflusst? Und du zweifelst?« »Ja, ich zweifle an mir selbst«, antwortete er und nickte mit dem Kopf ein. »Aber nein, Graf Leopold, ihr alle!«, sprach energisch Wilfried. »Niemand hat das Recht, unseren Weg in der Erziehung, Bildung und Psychologie zu verlassen. Wir haben es mit Menschen mit einem hohen Verstand und gutem Geist zu tun. Und im Verstand liegt die Fähigkeit zum Denken, Wollen und planmäßigen Handeln. Halten wir es mit Buddha: Der Geist ist alles, was du denkst, das wirst du.« So hatten sie Wilfried noch nie erlebt. Thekla, Silvia und Manu, während des ganzen Abends zu Tränen gerührt, vornübergebeugt dasaßen, schreckten auf, wischten sich die Tränen aus den Augen und schauten auf Wilfried. Dann fügte er hinzu, »dass wir morgen Vormittag eine Trauerfeier in unserer Kirche mit Jesus Christus, dem Fischermenschen, mit Buddha und Konfuzius haben werden. Für die Musik zeichnet Manu verantwortlich! Der Nachmittag, Graf Leopold, dein Einverständnis vorausgesetzt, gehört dem Abschied in der Kapelle.« Leopold nickte.

Die Schüler und Lehrer des Waisenhauses betraten ein letztes Mal gegen fünfzehn Uhr die Kapelle. Die Grafenfamilie, Josef und Herr Peters saßen schon trauernd am Sarg. Lucas hatte den Verstorbenen weiße Handschuhe angezogen und zwischen ihren übereinandergelegten Händen ein Jesuskreuz gelegt. Indira ruhte in einem weinroten, mit Gold- und Silberfäden bestickten Sari, des Grafen Sohn in einem schwarzen Anzug mit weißem Hemd und Fliege. Ihre unverändert gut aussehenden Gesichter ließen den Tod unbegreiflich machen. Zudem ihre Lieblingsmelodien bei guter Akustik im Hintergrund. Eine Zeit sollte es nicht geben, nur jene Kraft, mit der man sich zu verabschieden vermochte. Peters hatte als Erster die Kraft, er legte eine Hand auf die weißen Handschuhe von Indira, verweilte für Sekunden mit tränenden Augen und traurigen Blicken, ehe er das Gleiche bei Leopold junior machte. Die Kraft bestimmte die Zeit bis zu Mitternacht. Wilfried blieb, bis alle gegangen waren. Er wollte den Sarg schließen und die Flammen der Kerzen löschen. Er wollte einsam weinen. Am nächsten Morgen, Thekla und Wilfried standen am Fenster, sie sahen wider Erwarten die Sonne aufgehen. Sahen eine ruhige Ostsee, vereinzelt Damwild im Schnee und alles war still im Haus. Thekla suchte nach Halt. Sie lehnte sich an Wilfried, drückte ihre Wangen an sein Gesicht und flüsterte ihm ins Ohr: »Schön, dass ich dich habe.« Und bei einer Tasse Tee, sie mochten nur einen Tee an diesem Morgen, kamen sie auf den Tag. »Wir werden um neun Uhr losgehen«, sagte Wilfried. »Gräfin Franziska und Svenja kommen auch«, antwortete Thekla. »Sie fände es in der Tat gut, den gleichen Weg schon heute zu gehen. Dass Lucas und Herr Peters sie psychologisch geschickt führen wollen, überzeugte sie. Ich sagte ihr, dass es deine Idee sei.« Die Sonnenstrahlen um neun Uhr brachten Licht in die Herzen aller und Schatten in die Fußspuren. Lucas beschrieb den reizvollen Pfad mit den Blicken auf die Ostsee und den fantasievollen Bildern der Bäume und ihrer Wurzeln. Die Spuren verrieten Angst und Liebe. Peters erklärte die

Macht der Natur, den Sturm, die plötzliche Böe und ihre Tücken im Winter. Und aus der Spur wurde bald wieder ein Weg. Ihre erste gemeinsame Feier hatten sie zu Ostern. Lucas, der ein Modell des Grabes Jesu in der Kirche aufgebaut hatte, berichtete über eine der schönsten Geschichten im Neuen Testament. »Der Apostel Paulus, einer der frühesten Schriftsteller, habe sie beschrieben. Die Geschichte der Maria Magdalena, die Jesu Frau gewesen sein soll. Maria Magdalena sei am Ostermorgen, es sei noch dunkel gewesen, zum Grab gegangen, um zu weinen. Als sie ihre Hand ausgestreckt hatte, um den schweren Türstein zu berühren, erschrak sie, da der Stein beiseitegerollt und das Grab leer war. Außer sich vor Aufregung und Trauer lief sie zurück in die Stadt, zu Petrus und dem Lieblingsjünger. Nun liefen sie zu dritt ans Grab, außer den Leichentüchern fanden sie nichts. Doch Magdalena blieb, als sie sich weinend in das Grab beugte, fragten sie plötzlich zwei Engel, warum sie weine. Und sie sagte: ›Weil man meinen Herrn weggenommen hat‹. Als sie dann wieder aus dem Grab zurücktrat, sah sie jemand dastehen, den sie für den Gärtner hielt, und fragte ihn: ›Herr, hast du ihn fortgetragen, dann sage mir, wohin du ihn gelegt hast, dann werde ich ihn holen.‹ Als der Fremde ihren Namen Maria sagte, erkennt sie ihn und sagte nur ein Wort: ›Rabbuni, Herr‹. So haben wir eher eine märchenhafte Liebesgeschichte oder eine wahre Märchengeschichte. Das leere Grab Jesu am Ostersonntag ist eine Legende. Aber wäre Christus nicht auferweckt worden, hätte es nie eine Predigt, nie einen Glauben und nie diese Kirche gegeben. Schön, dass wir sie haben. Zum Ostereiersuchen aber und dem Hammel am Spieß wollen wir nun zum Lütt Ländchen wandern.« Ranga ging mit Cixi Hand in Hand. Er hatte nach dem Tod seiner Schwester ein krankes Herz. Es war gebrochen.

Auch seine Seele. Bei den Raben, den Ratten und heiligen Kühen wolle er sein, sagte er Thekla. Und Dr. Fiedler meinte, dass er in ein tiefes Loch gefallen sei, er befürchte, dass Ranga in eine Depression abrutschen könnte. Seitdem nahm Cixi ihn bei der Hand. Aus ihrer Freundschaft wurde Liebe. Cixi suchte die Liebe. Als sie sich rührend um ihn kümmerte, sich gemeinsam dem Lernen, dem Musizieren und dem Schachspiel widmeten, fand er ein neues Glück. Noch glücklicher war er, als Cixi eines Abends, obwohl ihre Schachfiguren drohten, Ranga matt zu setzen, am Brett einschlief. Und er sie in Indiras Bett tragen durfte. Sun, der in seiner Malerwelt lebte, einen tiefen Schlaf hatte und früh sich zu Ruhe legte, stimmte dem indirekt zu. Nach jener Nacht und gutem Gefühl des Doktors und aller Pädagogen durfte Cixi zu Ranga ziehen. Und seit jener Nacht machte Sun aus nunmehr seinem eigenen Zimmer ein Atelier und begann alle Kinder ins richtige Bild zu bringen. »So ist das Leben«, antwortete Dr. Fiedler, als Wilfried über das Wohlbefinden der Kinder berichtete. »Um ans Ziel zu kommen, Wilfried«, sagte er, »muss man es verstehen, Lücken zu schließen. Ihr seid gut. Allein die Idee von einer großen Abiturarbeit. Wie ich gelesen habe, sollen zum Beispiel die Schewtschenkos über den russischen Schriftsteller Taras Schewtschenko berichten, Karl Marx über Karl Marx, Bernd über die deutsche Kultur und Teresa über die Medizin. Über ihr Engagement freue ich mich, auch meine Kollegen in der Klinik. Sie wird eine gute Ärztin.« »Danke, das von dir zu hören, Leo. Wir wollen, dass sie in diesen Sommerferien, ihren letzten an unserer Schule, die Zeit nutzen, um sich konkret vorbereiten zu können.«

KAPITEL XV

»Die schnelllebige Zeit verbirgt eine Gefahr, Wilfried.« Thekla war schon wieder mit den Vorbereitungen der Schulferien beschäftigt. »Es sind der Kinder letzte Ferien«, antwortete Thekla. »Wir haben sie so vorzubereiten, dass die Schüler sicher reisen können.« »Werden sie, Thekla, werden sie. Ich habe hier die Liste der mitreisenden Studenten. Alle aus dem letzten Studienjahr.« »Das beruhigt ungemein, Wilfried.« »Was mag es nur sein, dass Graf Leopold Sun, Cixi und Ranga unbedingt wieder nach China und Indien begleiten will?« »Die Malerei, Thekla. Ich entdecke in seinen Bildern Elemente chinesischer Malerei und in seinen chinesischen Bildern Elemente deutscher Malerei. Obwohl, nach Indien? Ich denke, er reist nur mit. Eines Malers Gedanken sind unergründbar.« »Ich freue mich über Teresa, Wilfried. Sie möchte bei Dr. Leo bleiben und auf den Spuren unserer alten Ärzte wandern. Gut, dass Josef mit Dantos durch Mexiko und Lucas mit den Schewtschenkos reisen wollen.« Thekla lehnte sich in ihrem Sessel zurück, reckte sich, indem sie mit ihren ineinandergeschobenen Fingern und angewinkelten Armen bei vorgestreckter Brust den Hinterkopf stützte und tief durchatmete. »Ich bin wieder glücklich, Wilfried«, sagte sie mit weicher Stimme. Ihre Blicke verrieten, was jeder so dachte. »Holst du uns bitte ein Glas Sekt?«, fragte unvermittelt Thekla. »O, zu dieser Stunde. Es erinnert mich an Zeiten, als wir noch jung waren, an Samstagvormittage, an denen wir den Sonnenaufgang mit Sekt genossen. Heute, Schatz, merkst du, dass wir älter geworden sind, die Sonne ist bereits vor einer Stunde aufgegangen.« Wilfried lachte und holte eine Flasche Sekt und eine Dose Ananas. Dann setzten sie sich nebeneinander, tranken zwei, drei Gläser, gaben sich von Mund zu Mund Ananasscheiben, kuschelten und liebten sich.

Zum Nachmittag hatten sie alle Schüler, Pädagogen, die Grafenfamilie und Josef eingeladen. Manu hatte für Kaffee und Kuchen gesorgt, die Schüler für gedeckte Tische und eine gute Dekoration. In guter, lockerer Atmosphäre wollten sie vor Reisebeginn in einer Woche für etwaige Unklarheiten Rede und Antwort stehen. Josef fragte, ob er sich aus Mexiko einen Reitsattel mitbringen könnte. »Das kannst du, Josef«, antwortete Thekla. »Nimm bitte in einem größeren Koffer für den Sattel einen kleineren mit und bezahle Zoll. Bitte aus Mexiko keinesfalls irgendwelche Fragmente aus dem Altertum mitbringen, okay!« »O, Länder, die man liebt, bestiehlt man nicht. Und sage mir gegenüber, der die Nachkriegszeit in Ostdeutschland verbracht hat, niemals okay oder otschen karascho.« Aljoscha kam mit einer Frage bezüglich ihrer Reise von der Ukraine nach Petersburg. Sie hätten doch noch keine Visa, brachte er erregt zur Sprache. Aber an Wilfrieds Gesichtsausdruck war zu erkennen, dass das Problem gelöst sei. Er hob mehrere Reisepässe in die Höhe und sagte: »Sind da! Seit gestern sind sie in meinen Händen. Für euch und für die Reisenden nach China und Indien.« Karl, der den »Marx« schon auf zehn Seiten A4-Papier gebracht hatte, hatte keine Frage. Und da er keine Frage hatte, dürfte an alles gedacht worden sein, dachte Thekla. Aber das enthob sie nicht der Pflicht, mit allen Kindern über Einzelheiten zu sprechen. So zog sie von Tisch zu Tisch. Einige Zeit saß sie bei der Grafenfamilie. Gräfin Franziska, immer noch im schwarzen Kleid, einem eng anliegenden, fiel durch mädchenhafte Schlankheit auf. Obwohl sie den Tod ihres Sohnes von allen sicherlich am schmerzlichsten empfand und bei dem Gedanken an ihn noch heute in Tränen ausgebrochen war, beteiligte sie sich bei geröteten Wangen gut gestimmt an den Gesprächen. »Ich wollte dir, Thekla«, begann sie, »eine ganz andere Frage stellen, aber nicht vor den Schülern. Eine Frage zur Finanz- und Wirtschaftskrise. Ich habe Bedenken wegen des Geldes.« »O, Franziska, jetzt bin ich aber froh, dass du bei Kaffee und Kuchen diese Frage nicht gestellt hast. Wilfried, als ehemaliger Banker, hätte daraus eine Lehrstunde gemacht. Er würde sagen, dass diese Krisen eben wegen ihrer Bedenklichkeit, seit Jahrhunderten die Münzen nach Zahl und Wert einzuschätzen, herausfordern. Fahre also mit Bedenken, aber im guten Glauben«, antwortete Thekla. »Fahre mit Gewissheit, dass jede Krise in der globalisierten Welt die Menschheit voranbringt«, fügte sie hinzu. Graf Leopold hörte sich ihre Gespräche gelassen, ohne einen Kommentar zu geben, an. »Ich denke, dass es wieder schöne Reisen werden. Ich freue mich auf den Tag der Abreise«, sagte er. »Reisetage, Leopold«, entgegnet Thekla, »sind doch Stresstage.« »Nicht für meinen Mann, Thekla«, widersprach die Gräfin. »An diesen Tagen ist er mit seinen Gedanken mal nicht bei der Malerei. Und dann hoffe ich, Leopold, dass du deinen Schülern Sun und Ranga mit Rat und Tat zur Seite stehen wirst, um ihnen bei ihren Abiturarbeiten zu helfen.« »Du hoffst das, so, so. Im kommenden Frühjahr 2011, hoffe ich, hör schön zu, hoffe ich, dass du meine Handschrift in ihren Arbeiten, vielleicht auch einen Pinselstrich zwischen den Zeilen, wiederfinden wirst«, antwortete Leopold in vergnüglicher Stimmung. Und alle kamen gesund von ihren Reisen zurück. Und alle wetteiferten um den besten Aufsatz. Ihn zu verteidigen, erwählte das Kollegium die

Kulturkirche. Ab Dienstag, den ersten März 2011. Nach einem langen Inselwinter mit zugefrorenem Bodden und großen Erosionen an den Ufern frohlockte die Sonne. Josef eröffnete mit einem Orgelspiel das Prüfungsfest. Es begann um neun Uhr. Alles war feierlich. Die jungen Damen in edlen Kostümen und Kleidern, die jungen Herren in guten Anzügen, das Kollegium in Glanz und Schick, auch alle Gäste. Lili Marx war die Erste. Ihr Pult stand im Halbkreis von gepolsterten Armlehnenstühlen, auf denen ihre Mitschüler saßen. Bevor sie zu reden begann, drückte sie ihren Bruder, ihren Freund Bernd, dessen Schwester Mareike, Cixi und Ranga, Irina und Dantos, als Letzte Teresa und Aljoscha. Zur Rede angetreten im schwarzen Kostüm und weißer Bluse, selbstsicher, mit strahlenden Augen, dezentem Lippenrot und gepflegtem Haar, ihren Blick auf Thekla gerichtet, ihrer Mutter, sah sie Tränen. Tränen der Freude, dachte sie, weil Thekla von Freudentränen sprach, weil aus Waisenkindern Damen und Herren geworden sind. »Deutschland ist schön«, begann sie. »Es ist wie ein großes Puppenhaus. In den oberen Zimmern wohnen die Oberen, in den unteren Zimmern die Unteren. An den Giebelseiten liegen die Schlafzentralen. Sie beeinflussen alle physiologischen und psychologischen Funktionen der Puppen, und zwar an allen Tagen, auch an den Sonntagen. Da sie gläsern sind und gesteuert, vom Geld gesteuert, sind sie dumm. Sie verwechseln das Deutsche mit dem Englischen. Sie sterben in den Altersheimen, nur selten in den Familien, in ihren Autos, in Schulen, vor Babyklappen und wieder in den Kriegen. Es sterben mehr als geboren werden. So sterben sie aus. Sie jagen auf den Autobahnen, hissen wieder Nazifahnen, halten sich Arbeitssklaven und zocken ab. Bürokraten wurden Autokraten, die Justiz verurteilt vor dem Urteil und die Lobbyisten ruinieren wertvolles

Gut. Das Volk lebt. Jeder nach seiner Fasson. Und der Erdball bröckelt. Ihr Haus steht immer noch, zwanzig Jahre nach deutscher Wiedervereinigung, auf geteiltem Boden. Das ist gut so! Es erinnert an den Zweiten Weltkrieg, es erinnert an eine russische Besatzungsmacht und an eine westliche. Es erinnert an Pioniere, FDJler, Betriebsferienlager, Kindergärten und an ein hohes Niveau an Bildung und Kultur. Ihr entstammt die erste deutsche Bundeskanzlerin. Eine promovierte Physikerin mit scharfer, analytischer Denkweise. Sie besitzt das Talent zur Vereinfachung und die Fähigkeit, sich nach Belieben auf das zu konzentrieren, was gerade wichtig ist.«

Der zweite Tag gehörte den Schewtschenkos.

»Auf den Spuren des ukrainischen Dichters Taras Schewtschenko«, begannen sie.

Irina: »Nein Bruder, einmal hast du geweint.«

Aljoscha: »Ich hörte von einem heimatlosen Jungen, der leibeigen war.«

Irina: »Also vor zweihundert Jahren.«

Aljoscha: »Es gibt sie noch heute überall auf der Welt.«

Irina: »Schewtschenko wurde Dichter, Maler und Zeichner«

Aljoscha: »Aus seinen Versen machte er Lieder.«

Irina: »Den Liedern gab er seine Stimme.«

Aljoscha: »Und seine Stimme ist noch heute in den entlegensten Orten der Ukraine zu hören.«

Irina: »Als Puschkin im Duell fiel, schrieb er die romantische Ballade Die ›Behexte‹.«

Aljoscha: »Und die einleitenden Strophen der ›Behexten‹ wurden zu einem der beliebtesten ukrainischen Volkslieder.«

Irina:	»Er arbeitet als Knecht, Hütejunge und Diener beim Gutsbesitzer Engelhardt.«
Aljoscha:	»Und bekam eine bescheidene Schulbildung beim Küster.«
Irina:	»Engelhardt war ein Jude. Er erkannte in Aljoscha einen großen Künstler.«
Aljoscha:	»Er brachte ihn nach Petersburg zu einem großen Maler.«
Irina:	»Schewtschenko lässt sich profilieren und verkauft das Bild für 2500 Rubel.«
Aljoscha:	»Von diesem Geld kann er sich mit vierundzwanzig Jahren aus der Leibeigenschaft freikaufen.«
Irina:	»Sein erstes Buch, der ›Kobsar‹, mit einer Auswahl aus seinem poetischen Schaffen, macht ihn berühmt.«
Aljoscha:	»Darunter seine ›Lieder, meine lieben Lieder‹, ›Der Bänkelsänger‹, ›Kataryna‹, ›Die Pappel‹ und die ›Tarasnacht‹.«
Irina:	»Ich erwähne sein historisch-heroisches Poem ›Die Haidawaken‹.«
Aljoscha:	»In elf Teilen und einem Epilog gestaltet der Dichter einen antifeudalen Volksaufstand.«
Irina:	»Gegen den polnischen Adel, der die Ukraine mit Mord und Brand überzog.«
Aljoscha:	»Und in seinem ›Der Ketzer‹ sagte er über die Deutschen!«
Irina:	»Deutsche wurden Herren der Brandstatt und des Waisengutes.«
Aljoscha:	»Die versklavten Waisenkinder wuchsen auf in Ketten und vergaßen, dass auf Erden sie ein Plätzchen hätten.«
Irina:	»So war Deutschland.«

Bernd hatte schlecht geschlafen. »Ich hörte dich reden heute Nacht«, sagte Mareike am Morgen. Er sah müde aus. »Nun habe ich doch seit Wochen mit mir gehadert, ob ich unsere Mutter persönlich erwähnen sollte oder nicht«, antwortete er. »Du hast mit dir gehadert? Seit Wochen?« Mareike schaute ihn nachdenklich an. »Lass es, Bernd. Ich kenne dich. Ich kenne deine Gedanken. Sie sind das Ergebnis schöner Jahre im Waisenhaus. Andere Gedanken würden sie trüben, lass es.« So sagte sie, als er aus dem Halbkreis trat, ruhig und bedächtig, sich vor allen verneigte.

»Einen Dank an unsere Mütter und Väter aus dem Waisenhaus.

Was sie bedeuten, was Mutter und Vater bedeuten, wissen wir nun. Wir sind Mutter und Vater entkommen und von anderen aufgenommen worden. Euch versprechen wir, alle Erfahrungen fruchtbar zu machen. Wir wollen uns immer jener Waisenkinder erinnern, die mit uns ein Schicksal teilten. Aber auch jener, die erst dadurch zu Großen geworden sind.«

»Edvard Munch«, sagte Sun, »hat die Bilder: ›Der Schrei‹, ›Die tote Mutter‹, ›Die toten Liebenden‹ gemalt, weil er als Fünfjähriger seine Mutter an Tuberkulose sterben sah. Und Michelangelo verlor seine Mutter mit 6, Stendhal, als er 7 Jahre alt war. Johann Sebastian Bach verlor seine Mutter mit 9, seinen Vater mit 10. Auch Tolstoi verlor seine Mutter als er 3, seinen Vater, als er 9 war. Und beim Tod ihres Vaters waren Hölderlin 2, Nietzsche 4 und Zola 7, Charlie Chaplin wuchs im Waisenhaus auf, weil sein Vater ein Trinker war und seine Mutter geisteskrank. Natürlich könnte man hinzufügen, dass die Väter vieler großer Männer Säufer waren, z.B. die von Napoleon und Stalin, Beethoven und Dostojewski. Auch die Mutter von Hans Christian Andersen starb am Suff. Alkohol als erschreckende Erfahrung schuf einen schrecklichen Umwelteinfluss und brachte Genies hervor. Vielleicht. Aber der Mensch ist das Produkt von Erbmasse und Umwelt, genauer gesagt: des Ererbten, des Erlernten und des Erlernens. Manchmal ist es schwer zu sagen, was wir vom leiblichen Vater oder der leiblichen Mutter haben. Es beruhigt uns zu wissen, dass Rembrandts Vater ein Müller war und seine Mutter Bäckerstochter. Dass Händels Vater Bader und Wundarzt, Haydns Vater Stellmacher und Schuberts Eltern ein Schulmeister und eine Köchin waren. Shakespeare hatte einen Handschuhmacher zum Vater, Kant einen Sattler und Lincolns Eltern waren nahezu Analphabeten. Unter vielen westlichen »Bildungsexperten«, Karl, fand ich viele Vorurteile gegen die Behauptung von ›Karl Marx‹, dass der Mensch total erziehbar sei. Du fragtest mich, warum das Bildungssystem in Ostdeutschland besser war als in Westdeutschland. Wir waren Kinder aus fünf Nationen. Wir verstanden uns gut, Freundschaften entstanden, mag gemischtes Blut die Völker einen. Puschkin war ein Urenkel des Mohren am Hof Peters des Großen, die Mutter Gaugins eine Peruanerin mit Indianerblut, die Großmutter von Alexandre Dumas eine Indianerin von Haiti und Obamas Vorfahren lebten in Afrika und gaben ihm die Gene zur Veränderung der Welt.«

Ranga saß nach vorne gebeugt, seine Hände spitzwinkelig zum Gebet aneinandergedrückt, als fürchte er sich vor seiner Rede. Cixi stieß ihn an und flüsterte ihm etwas zu. Sogleich sprang er auf, drückte erst Cixi, dann seine Kommilitonen, um ans Rednerpult zu gehen.

»Mein Indien!«, begann er.

»Ich bin nicht mehr der, der ich war, als ich ins Waisenhaus kam. Ich war auch niemals der, der ich war, als ich mit Indira auf einer Müllkippe gelebt habe. Ich war immer anders. Indira war meine Göttin, meine Sonnengöttin. Mit ihrer Ausstrahlungskraft, ihrer weichen Stimme, ihrem Sinn für die indischen Mythen, Hymnen und Gebete gab sie mir in mancher schwachen Stunde Kraft.« Ranga blickte hinüber zur Grafenfamilie. »Sie war klug, sehr klug. Das einmal Gehörte im Sprachunterricht bei Thekla imponierte ihr. Es imponierte ihr dermaßen, dass ich mit ihr nach jeder Unterrichtsstunde zu reden hatte. Über das Zeitalter der Veden, aber ausführlich über die Einwanderung der Indo-Europäer und den Hinduismus. Sie liebte diese Religion, von der kein Gründer bekannt ist und kein ›Heiliges Buch‹ zum allein verbindlichen Kodex erhoben worden ist. Es stehe dir frei, Ranga, sagte sie mir, über den höchsten Geist im eigenen Herzen zu meditieren oder einen anderen Gott als Vishnu oder Shiva zu verehren. Als wir gemeinsam auf unserer ersten Reise einige der schönsten Werke indischer Baukunst, Malerei und Plastik, vom buddhistischen Geist erfüllt, sahen, kamen wir dem Buddhismus näher. Graf Leopold von Lenau verglich auf unserer gemeinsamen Reise von China nach Indien das Ineinanderlaufen der Farben mit einem notwendigen Ineinandergehen der Religionen. So interpretierte er die Botschaft Gandhis, die da lautete: dass in allen Religionen eigentlich die gleiche Botschaft enthalten sei. Und in einer gleichen Botschaft habe er gesagt: liege Menschlichkeit, Gewaltlosigkeit, Liebe und Brüderlichkeit zwischen den Menschen, ungeachtet ihrer Hautfarbe. In diesem Sinne befreite er, den sein Volk ›Mahatma‹ (›Große Seele‹) oder ›Bapu‹ (›Vater‹) nannte, Indien von einer zweihundertjährigen brutalen britischen Fremdherrschaft. Reichtümer meines Landes, das die Briten nach dem römischen Prinzip ›Teile und herrsche‹ in Pakistan und Bangladesch spalteten, liegen heute in den Königspalästen Englands. Aber ein Bild, das Bild eines Baumes, an dem vierzehn Inder hängen, hat Sun auf unserer Reise kopiert. Die Idee wurde zum Ideal. Jeden Morgen das gleiche Bild im Waisenhaus, auf allen Wegen zur Kirche, jeden Morgen ein fröhliches Beisammensein.«

Dantos Rivera erschien an seinem Tage nicht im dunklen Anzug. Er trug eine festliche Reitkleidung, die ursprünglich die Viehhirten und Rancheros in seiner Heimat getragen haben. Es war Josefs großer Wunsch, für sich und Dantos auf ihrer gemeinsamen Reise diese Anzüge zu kaufen. Und ihm zu Ehren trug er die gleiche Jacke, ein Rüschenhemd, eine Hose, aus feinem Leder gearbeitet und mit Reihen silberner Knöpfe besetzt, sowie einen breiten, randständigen, mit Gold und Silber bestickten Filzhut. Die unbeschreiblich traurige Geschichte Mexikos, die sie auf ihren Reisen in ihrer Lyrik fanden und in ihren Liedern und Tänzen, verband sie zu guten Freunden. So eröffneten sie gemeinsam diesen Tag mit einem Lied, auf ihren Mandolinen gespielt, das melancholisch Schmerz, Gewalt und unerfüllte Liebe besingt. Danach begann Dantos, sichtlich ergriffen von der Melodie, mit seiner Rede: »Wir sangen von der Hochkultur der Mayas, dem Schmerz, den die Spanier den Azteken zugefügt haben, der ewigen Gewalt der Kolonialmächte Frankreich, England und Amerika. Die Mayas waren klein, ja, wie die Azteken. Aber sie errichteten Paläste, Ballspielplätze, Altäre und Stelen. Der Maya-Kalender ist der perfekteste seiner Zeit, in ihm steckt eine hochentwickelte Astronomie und Mathematik.

Wir haben uns, Teresa und ich, verliebt in den Kalenderstein der Azteken. Er hängt in unserem Zimmer. Ihn zu verstehen, bedurfte es, so meinen wir, eures Wissens. Es bedurfte deiner Sprache, Thekla, deiner Physik, Lucas, deiner Mathematik,

Wilfried, deiner Musik, Manu, deiner Geschichte und Literatur, Silvia, und deiner Liebe zu unserem Land, Josef. Für die Azteken ist unsere Welt, so der Kalenderstein, die fünfte. Interessant, darüber nachzudenken. Sie hatten die Seele unserer Schule. Ich sage das, weil sie eine andere Auffassung vom Wesen des Krieges hatten als die Europäer und Amerikaner: Überraschungsangriffe lehnten sie ab. Sie setzten auf Verhandlungen. Gelang es ihnen nicht, gaben sie dem Gegner die Wahl zwischen freiwilliger Unterwerfung und dem Kampf. Gefangene wurden nicht getötet. War die Hauptstadt eingenommen, entschied das Gottesgericht, die Kampfhandlungen einzustellen. Die Geschichte der Azteken begann im 13. Jahrhundert und endete 1521. Seit 1864 gibt es die Genfer Konvention zum Schutz der Verwundeten, Kriegsgefangenen und der Zivilbevölkerung. Fragt mich, wie oft seit dieser Zeit des Menschen Wille gebrochen wurde. Fragt mich nach Alexander von Humboldt, fragt mich nach Moctezuma II. und Hernán Cortéz, fragt mich nach dem Gold und Silber meines Landes.«

Mao Sun ließ sich von Cixi, bevor er ans Pult ging, den oberen Knopf seines weißen Hemdes öffnen. Er spürte eine Enge über seinem Kehlkopf. Cixi, mit ihm fiebernd, nutzte die Gelegenheit, um ihm auf die Schnelle noch einen Kuss auf die Wange zu geben. Seit sie in Ranga verliebt war und bei ihm wohnte, Sun also allein in ihrer gemeinsamen Wohnung zurückgelassen hatte, empfand sie das Bedürfnis, ihn bei jeder sich bietenden Gelegenheit zu küssen. Sie überreichte ihm das große Landschaftsbild mit dem Grafen das er für alle sichtbar auf einen Stuhl stellte. Eine gewisse Raffinesse von ihm, mit einem Geschenk an den Grafen seinen Vortrag einzuleiten.

»Konfuzius, so mein Thema, lebte 551 bis 479 vor Christus, aber unsere Malerei war viel früher da als die europäische. Wir

fanden auf unseren Reisen kultische Wandmalereien in Grab-
kammern, Tempeln und Palästen aus der Zeit vom ersten bis
zum dritten Jahrhundert. Aus Respekt vor dem chinesischen
Eigentum haben wir weder fotografiert noch abgezeichnet.
Dafür malte ich diesen Tempel in einer herrlichen Landschaft
mit einem großen Maler. Ihnen, Herr Graf von Lenau, gebührt
mein herzlicher Dank, dass Sie mich die Kunst der Malerei
gelehrt haben.« Alle klatschten. »Vier Sätze gehören ins
Atelier, sagten Sie, der Pinsel, die Tusche, der Reibstein und
das Papier. Der Malpinsel müsse aus Kaninchenhaar sein, fei-
nere Pinsel aus Marderhaar. Dieser muss die Eigenschaft besit-
zen, in nassem Zustand nadelspitz zu werden. Mit Verlaub,
Herr Graf, ich erlaube zu wiederholen: nadelspitz.« Sun nahm
das Bild vom Stuhl und unter großem Beifall ging er damit zum
Grafen.

Alsdann kam er auf den Konfuzius. »Die Armut trieb ihn zu
dem, was er lehrte, seine Bildung gab ihm das gute Wort. Zweitausend Jahre mussten die Kinder, die in die Schule gingen,
seine Gespräche, seine ethischen Grundsätze und Lehrsätze
auswendig lernen. Seine Lehre begründete die chinesische
Philosophie und Ethik. In ihr liegt die Zukunft der Menschheit.
Sie will ein Streben nach Harmonie zwischen den polaren
Kräften, zwischen Himmel und Erde, nach Ausgleich, nach
einem Zustand der Ruhe, der Ordnung und des Friedens. In
seiner Lehre gab es keinen Schöpfergott, auch keinen Welt-
beweger. Der Himmel folgt dem Weltgesetz, Sonne, Mond und
Sterne folgen in ihren Bewegungen den Naturgesetzen. Sie zu
beachten, wäre Aufgabe aller Herrscher gewesen. Aber sie und
beinahe alle auf dieser Welt heute frönen nur dem Augenblick,
anstatt sich um die Zukunft der Welt zu kümmern. Gier,
Korruption und Dummheit vernichten alle Werte. So wie im

europäischen Mittelalter die Philosophie eine Magd der Theologie war, war sie in China eine Philosophie der Konfuzianer. In ihren Sätzen und Regeln liegt unsere Zukunft. Möge sie an der Seite Deutschlands sein. War im alten China das Lernen ein Prozess des Auswendiglernens, so haben die Lernphasen heute ähnlichen Charakter wie an dieser Schule. Erst erklären und deuten, dann überdenken und das Gelernte in das eigene Leben mit all seinen Tätigkeiten einbauen. Das ist der Weg, unser Weg, für den ich im Namen aller Schüler zu danken habe. ›Der Weg ist das Ziel‹, sagte Konfuzius.«

Am dritten Tag betrat Karl Marx die Bühne.

Er trug eine Fliege. Stattlich, bei einer Größe von einsachtzig, breiten Schultern und großem Kopf, trat er aus dem Halbkreis hervor. Er drückte nur seine Mareike, obwohl er alle drücken sollte. Aber nein, er war eben Karl Marx.

»Karl Marx lebt und der liebe Gott ist endlich gestorben. Es waren der Sünde zu viel!«, rief er einleitend in den Raum. »Die Ideen meines Namensvetters werden dafür erhört! Sie gehen um die ganze Welt. Nach China, Indien, Afrika, Lateinamerika und nun auch nach Arabien.« Endlich zwang ihn eine Enge im Brustkorb, Luft zu holen und in die Menge zu schauen. »Seine Weltanschauung«, fuhr er fort, »scheint der beste Kompass auf dem Lebensweg der Menschheit zu sein. Seine Philosophie findet Bestätigung. Banken müssen sein, aber andere, feuerte ›mein Karl‹ sein Leben lang aus allen Rohren, wie sein Jugendfreund, der Philosoph Arnold Ruge, einmal schrieb. Eines von Ruges Häusern, habe ich herausgefunden, steht auf unserer Insel. Sollte ich als Philosoph eines marxistischen Deutschlands froh gelaunt sein, werde ich mein Haus neben Ruges bauen.« Alle lachten. Sie lachten auch zwischendurch hin und wieder, da er frei sprach und gestikulierte, wie es ihm Spaß machte. Aber dann, – dann war er wieder todernst in seinen Ausführungen.

»Die marxistische Weltanschauung ist: streng wissenschaftlich begründet. Jede Weltanschauung bedarf der Naturgesetze. Sie bestimmen den Lauf der Dinge. Nach ihnen zu leben und zu handeln ist jedermanns Pflicht. Denn es funktioniert nur in einem einheitlichen, geschlossenen System. Im Gleichgewicht zwischen Himmel und Erde, im Gleichgewicht zwischen den Nationen, im Gleichgewicht zwischen den Ländern, im Gleichgewicht zwischen Mensch und Natur. Im Gleichgewicht liegt bekanntlich die Ruhe und in der Ruhe die Kraft. Jene Kraft, die das Rad der Geschichte in soziale Bahnen zu bewegen hat. Dazu bedarf es Politiker mit Herz und Verstand und Philosophen, die das ›Kapital‹ zu interpretieren imstande sind. Denn das ›Kapital‹, so Karl Marx, sei fürs Publikum viel zu gut. Und er sagte über sich: Alles, was ich weiß, ist, dass ich kein Marxist bin.

Aber seine Absicht, welthistorische Wirkung zu erzielen, hat Marx erreicht. Der arme, der nie Geld hatte. Der Ruge anpumpte und Friedrich Engels. Und immer wieder Friedrich Engels. Als der Dichter Ferdinand Freiligrath ihm einmal nichts borgen wollte, nannte er ihn einen ›Scheißkerl‹ und ›fetten Reimeschmied‹. Mit Arroganz und Hochmut verteidigte er sein Werk. Nur so behielt er die Kraft, gegen eine gleichgültige oder missgünstige Umwelt zu bestehen. Er beschimpfte seine zahlreichen sozialistischen Vorläufer, seine Konkurrenten, die Objekte seiner Geistestyrannei, die Proletarier. Es ginge ihm gar nicht darum, was das Proletariat denke und sich vorstelle, sondern: es ginge ihm darum, was es ist und was es diesem Sein gemäß geschichtlich zu tun gezwungen sein wird.

Und wenn die Ära des Kapitalismus beendet ist, so meine ich, wird der Arbeiter nur noch vier Stunden am Tage zu arbeiten haben, mit fünfzig in Rente gehen können und nie mehr in den Krieg ziehen müssen.«